NEW ROMANCE®

Tarryn Fisher

Le Songe

Roman

Traduit de l'américain
par Alexia Barat

Hugo Roman

Chapitre 1

WTF

– C'est avec moi que tu es censée être.

Qu'est-ce que ça veut dire ? Ces mots me font tressaillir, et au début je crois avoir mal entendu. Il est penché sur la table pendant que nos conjoints respectifs se trouvent à quelques mètres de là, en train de faire la queue pour commander nos repas.

– Toi et moi, dit-il. Pas nous et eux.

Je le regarde en cillant des yeux avant de réaliser qu'il me fait une blague. Je rigole et retourne à mon magazine. En fait, il ne s'agit pas vraiment d'un magazine. C'est un cahier pour faire des exercices de maths, parce que je suis ce genre de personne super cool.

– Helena.

Il se rapproche puis touche ma main. Je sursaute et fais un bond en arrière. Ma chaise racle le sol en provoquant un bruit épouvantable, et Neil jette un œil dans notre direction. Je fais semblant d'avoir laissé tomber quelque chose et me penche sous la table.

Sous la table où se trouvent nos chaussures et nos jambes, ainsi qu'un crayon bleu juste à mes pieds ; je le ramasse et refais surface.

Neil est à l'avant de la queue en train de commander, et le mec de ma meilleure amie attend ma réponse, le regard lourd.

– T'es bourré ? je siffle. C'est quoi ces conneries ?

– Non, répond-il.

Mais il n'a pas l'air si sûr de lui. Je remarque pour la première fois la peau de son visage. Ses yeux sont cerclés de jaune. Il traverse peut-être une période difficile ? La vie est tellement merdique.

– Si c'est une blague, sache que tu me mets très mal à l'aise, je lui dis. Della est juste là. Qu'est-ce qu'il te prend ?

– Je n'ai que dix minutes, Helena.

Son regard se pose sur le crayon bleu resté posé entre nos deux mains.

– Dix minutes pour quoi ? Tu transpires, je lui dis. Tu as pris un truc, tu es sous crack ? Quel genre de drogue te fait transpirer comme ça ? Crack ? Héroïne ?

J'ai envie que Neil et Della reviennent. Je veux que tout redevienne normal. Je me retourne pour voir où ils sont.

– Helena...

– Arrête de prononcer mon nom comme ça.

Ma voix tremble. Je m'apprête à me lever, mais il saisit le crayon, puis ma main.

– Je n'ai pas beaucoup de temps. Laisse-moi te montrer.

Il est assis, immobile, mais ses yeux me font penser à ceux d'un animal pris au piège : effrayés, paniqués, brillants. Je ne l'ai jamais vu avec ce regard-là, mais comme Della ne sort avec lui que depuis quelques mois, c'est une réflexion sans intérêt. Je ne connais pas vraiment ce mec. C'est peut-être un camé, qu'est-ce que j'en sais ? Il retourne ma paume vers le haut et je le laisse faire. Je ne sais pas pourquoi, mais c'est pourtant ce que je fais.

Il pose le crayon dans le creux de ma main et referme mon poing.

– Tu dois le dire à voix haute, dit-il. Montre-moi, Kit. Dis-le, Helena. S'il te plaît. J'ai peur de ce qui pourrait se passer si tu ne le fais pas.

Il a l'air tellement angoissé que je finis par le dire.

– Montre-moi, Kit.

Puis j'ajoute :

– Je suis censée savoir de quoi il s'agit ?

– Personne ne devrait le savoir, dit-il.

Et tout devient noir.

Kit est là quand je me réveille. J'ai mal à la tête, et ma langue est collée à mon palais. J'ai dû m'évanouir. Ça ne m'était encore jamais arrivé. Je m'assieds, mais au lieu de me retrouver sur le sol du Bread Company [1], je suis étendue sur le canapé de quelqu'un. C'est un beau canapé, de ceux que l'on voit dans les catalogues Pottery Barn[2]. En velours à cinq millions de dollars. Je le gratte, puis renifle mon doigt. *Du velours.*

– Neil ?

Je m'assieds et regarde autour de moi. M'ont-ils transportée jusque dans le bureau du manager ? C'est tellement embarrassant. C'est un canapé plutôt chic pour un manager.

– Kit, que s'est-il passé ? Où est Neil ?

– Il n'est pas ici.

1. Magasin de meubles bon marché.
2. Magasin de meubles plus pointus.

Je me lève, mais un peu trop rapidement et j'ai la tête qui tourne. Je m'écroule de nouveau dans le canapé et cale ma tête entre mes genoux.

– Va chercher Neil, s'il te plaît.

Ma voix est nasillarde. Je lève les yeux et m'aperçois que le jean de Kit est toujours immobile devant moi. Il ne fait pas un geste pour aller chercher Neil. Dans un grand soupir, il s'assied près de moi.

– Neil est à la Barbade pour sa lune de miel.

– Il s'est marié le temps de revenir à notre table ?

Je siffle à travers mes dents. J'en ai marre de ce petit jeu. Della est complètement folle si elle continue de fréquenter ce mec. Il est drogué, ou cinglé, ou les deux.

Kit se racle la gorge.

– En fait, il s'agit de son second mariage. Il a été marié avec toi pendant un certain temps.

Le sang me monte à la tête. En voyant l'expression de mon regard, il tressaille.

Un enfant arrive en courant dans la pièce et se jette sur mes genoux. Je fais un bond en arrière. Je n'aime pas les enfants ; ils sont bordéliques et bruyants, et...

Il me réclame un sandwich.

– Hé, petit bonhomme. Je vais t'en faire un. Laisse maman tranquille une minute.

Putain. De. Merde.

Je me lève du canapé mais retombe dans son angle cinq secondes plus tard. Kit et le petit humain ont déjà disparu de la pièce. Je peux entendre leurs voix, aiguës et joyeuses. Une vraie pièce Pottery Barn. Il y a du bleu marine partout où je pose mon regard. Des cadres photo bleu marine, des tapis bleu marine, des pots de fleurs bleu marine d'où émergent des fougères luxuriantes. Je me dirige vers la fenêtre, certaine de voir apparaître un parking devant le Bread Company. Ou peut-être m'ont-ils transportée au Pier

One [3]. Au lieu de ça, je découvre un petit jardin. Un chêne noueux se dresse en plein milieu, des pierres blanches encerclent son pied.

Je suis en train de m'éloigner de la fenêtre quand je me heurte à quelque chose. Kit. Il saisit le haut de mes bras pour m'immobiliser. Je frémis quand il me touche. Je suis allergique aux cinglés.

– Où est-ce que je suis, à la fin ? je lui demande, en le repoussant. Qu'est-ce qui se passe ?

– Tu es dans ta maison, dit-il. 214 Sycamore Circle.

S'ensuit un long blanc, puis il ajoute :

– Port Townsend, Washington.

J'éclate de rire. Quiconque se trouve derrière tout ça m'a bien eue. Je contourne Kit et cours à travers la maison. Une salle à manger s'ouvre sur une grande cuisine spacieuse. J'aperçois l'eau à travers les fenêtres, la pluie s'abat contre les vitres. Je suis en train de fixer la pluie quand une petite voix zozotante me dit :

– Tu zegardes quoi ?

Le gamin. Il est assis à la table de la cuisine en train de s'empiffrer de pain.

– Qui es-tu ? je lui demande.

– Thomas.

Quand il me donne son nom, du pain mouillé jaillit de sa bouche et asperge la table.

– Thomas comment ? Quel est ton nom de famille ?

– Le même que celui de papa, mais pas le même que le tien, dit-il, tout naturellement.

Des picotements parcourent ma peau.

– Thomas Finn Browster. Et tu es Helena Marie Conway. Il brandit son poing en l'air. *Browster !*

---

3. Magasin de meubles bon marché.

Le nom de famille de Neil.

J'entends Kit derrière moi, et lorsque je me retourne pour le regarder, il est appuyé contre le frigo, les sourcils froncés.

Quand il me voit en train de l'observer, il porte un doigt à ses lèvres et jette un regard au petit garçon.

– Tu en as un autre, dit-il.

– Un autre quoi ?

– Enfant.

Il s'écarte du frigo et se dirige vers moi. Soudain, je remarque ses tempes grisonnantes et les fines lignes autour de ses yeux. Il ne ressemble pas au Kit du Bread Company.

Il me conduit vers une autre pièce et ouvre la porte. Une chambre de bébé. Je regarde à l'intérieur du berceau, le cœur battant. Une toute petite tête avec des cheveux noirs duveteux.

– Tu m'as dit que Neil était en lune de miel, mais c'est encore un béb...

– C'est la nôtre.

Je déglutis.

– La tienne et la mienne ?

– Oui.

Mon cœur est sur le point d'exploser. Je peux le sentir pomper tout le sang vers mon cerveau.

– Es-tu un voyageur du temps ?

Kit sourit pour la première fois. De profondes rides sillonnent ses joues comme si cela lui arrivait souvent. C'est drôle, je ne me souviens pas avoir déjà vu Kit sourire. Il a tout le temps l'air si sérieux, c'est ce que Della adore chez lui.

Della.

– Où est Della ?

Oh ! mon Dieu. J'ai eu un bébé avec son copain. Je regarde ma main, mais il n'y a pas d'alliance.

Il sort de la chambre. Je jette un dernier regard au bébé avant de le suivre. Une fois que nous sommes arrivés dans le couloir, il referme la porte de la nurserie.

– Nous ne sommes pas vraiment en bons termes avec Della, dit-il.

Je ressens un tel chagrin. Della et moi étions amies depuis plus de dix ans. Kit perçoit l'expression sur mon visage et détourne les yeux.

– C'est un rêve, je lui dis.

Kit secoue la tête pour me signifier que non. J'entrevois mon reflet dans l'imposant miroir doré derrière sa tête. Mes cheveux sont courts. Éclaircis.

– Non, un cauchemar, je lui dis en les touchant. Je ressemble à une maman.

– Tu es une maman.

Dans cet univers parallèle, ou ce voyage dans le temps, ou ce rêve, je suis une maman. Mais dans ma tête, je suis juste Helena. Sans enfant et le ventre tout plat. Et devant moi il y a Kit. Le mec que ma meilleure amie pense être « le bon » pour elle. C'est impossible que je puisse l'envisager de cette manière. Je le regarde maintenant, en essayant de le voir sous un autre angle. Il est si différent de Neil. Robuste, un peu débraillé. Neil rasait ses bras ; ceux de Kit sont couverts de poils noirs. Neil a les yeux foncés ; Kit a les yeux clairs. Neil porte des lentilles de contact ; Kit porte des lunettes.

Della et moi n'avons jamais eu les mêmes goûts en matière d'hommes, ce qui nous convenait très bien. Ça rendait l'adage « les copines avant les mecs » plus facile à appliquer.

– Où est-elle ? je lui demande.

– Toujours en Floride. Nous avons emménagé ici il y a deux ans.

Kit saisit ma main.

– Laisse-moi te montrer quelque chose, dit-il.

Quelque chose ne colle pas. Nos doigts ne s'accordent pas ensemble. Ses mains sont larges, ses doigts épais. Ma main me semble bizarre et à l'étroit dans la sienne. Della disait toujours que les mains devaient bien s'emboîter ensemble, comme les pièces d'un puzzle. Les siennes et celles de Kit s'accordent bien. Elle me l'a dit !

Le petit garçon sort soudain de la cuisine. Kit lâche ma main pour le prendre dans ses bras.

Ils ont l'air très à l'aise ensemble, sachant qu'il n'est pas le père du garçon. C'est Neil, son père. Alors où est Neil ? Et que s'est-il passé entre nous ?

– Qu'est-il arrivé à Neil ? Pourquoi ne sommes-nous plus ensemble ?

Il jette un coup d'œil au petit garçon... quel est son nom, déjà ? Tim ? Tom ? Et le remet sur ses pieds.

– Va choisir un film, petit bonhomme, et je te rejoins dans une minute pour le regarder avec toi.

C'est un bon petit, j'imagine, parce qu'il acquiesce sans broncher et déguerpit en claquant ses pieds nus sur le parquet.

– Neil t'a trompée, dit-il. Mais ce n'est pas aussi simple que ça en a l'air. Tu n'es pas en colère contre lui. Tu as compris.

La chaleur me monte au visage. Neil m'a trompée ? Ce n'était vraiment pas le genre de Neil, sans parler du fait qu'il me vouait carrément un culte.

– Il ne ferait jamais ça, je lui réponds.

Kit hausse des épaules.

– Les gens sont comme ça. Les choses changent.

– Non, je lui dis. Je ne veux pas de cette vie en mode Pottery Barn.

– Comme je te l'ai dit, ce n'est pas aussi simple. Il avait ses... raisons.

Avant que je puisse lui demander les raisons, le bébé se met à pleurer. Kit lance un regard vers la porte, puis de nouveau vers moi.

– Elle ne veut que toi. Elle fait ses dents. Si je vais là-dedans et que je la prends, elle va piquer une crise.

– Mais je n'aime pas les bébés.

Il m'attrape par les bras et me fait tourner jusqu'à ce que je me retrouve face à la porte de la chambre.

– Tu aimes celui-ci, dit-il, en me poussant légèrement.

– Comment s'appelle-t-elle ? je chuchote avant d'ouvrir la porte.

Il a un petit rictus. Pour je ne sais quelle raison, mon ventre fait un petit bond.

– Brandi.

Je lui jette un regard dégoûté.

– Comme l'alcool ?

Il essaye de contenir un sourire, et soudain je comprends d'où viennent ces profondes rides aux coins de sa bouche.

– C'est ce que tu buvais la nuit où tu es tombée enceinte.

– Oh mon Dieu, je dis en poussant la porte. Je suis devenue un misérable cliché.

Brandi est assise dans son berceau, en train de hurler. Ses bras se dressent dans les airs à la minute où elle m'aperçoit. Je n'ai jamais eu de bébé qui essayait de m'attraper ainsi auparavant ; ils m'aiment encore moins que je ne les aime moi-même.

Je la prends dans mes bras et elle s'arrête instantanément de pleurer. Elle est petite. Minuscule. Et elle a tant de cheveux qu'elle ressemble à un petit lion. Je suppose que si j'aimais les bébés, je trouverais celui-ci mignon. Je la porte vers son... père.

– Voilà, je lui dis en la tendant vers lui.

Il secoue la tête.

– Garde-la.

Je suis toute raide lorsque que nous nous dirigeons vers ce qui ressemble à un autre salon. Celui-ci fait moins Pottery Barn pour adulte, et davantage Pottery Barn pour enfant. Mon Dieu. Si tout cela était réel, que me serait-il arrivé ? Je n'aimais pas les merdes de ce genre. Mon appartement ressemblait à une brocante qui aurait mal tourné.

– Pourquoi est-ce que tout ressemble à ça ? je lui demande.

– Ressemble à quoi ?

– Comme si je n'avais aucune personnalité.

Kit a l'air surpris.

– Je ne sais pas. C'est ce que tu aimes. Je n'y ai jamais réfléchi avant.

– Ça fait combien de temps qu'on est ensemble ?

Les coins de sa bouche tressaillent, et avant qu'il ne dise quoi que ce soit, je sais qu'il va me mentir.

– Quelques années.

– Et nous nous aimons ?

Il cesse de farfouiller dans un tiroir pour me regarder.

– Tu vois ce sentiment que tu ressens, là, maintenant ? Ce trouble, cette peur, cette fascination ?

Je hoche la tête.

– C'est ce que je ressens tous les jours. Parce que je n'ai jamais aimé personne comme je t'aime toi.

Mon ventre palpite de nouveau sans que je puisse le contrôler. Je culpabilise que le mec de ma meilleure amie me donne des papillons dans le ventre. Heureusement, au même moment, Brandi tire sur mes cheveux et cette sensation passe pour de la douleur plutôt qu'une réaction à ses paroles.

Il retourne à son tiroir et en sort un livre de coloriage. Au début, je pense que c'est pour le petit garçon, mais il me le tend.

– Tu veux que je le donne à Tim ? je lui demande, confuse.

– Tom, dit-il. Et non. C'est ce que je voulais te montrer.

Je l'ouvre à la première page et découvre quelque chose d'inattendu. De belles images de châteaux constitués de bougies, des maisons féeriques perchées dans des arbres fruitiers, et des princesses combattant des dragons. Le genre de livre de coloriage que j'aurais voulu avoir enfant.

– Qu'est-ce que c'est ? je lui demande sans le regarder. J'ai envie de le découvrir.

– C'est ton cahier, dit-il, en me prenant le bébé.

Je rigole.

– Je ne sais pas dessiner. Je n'ai pas du tout la fibre artistique.

Je le referme et lui rends.

C'est un rêve tellement étrange. Je me pince, mais je ne me réveille pas, et ça fait mal.

– C'est comme ça que tu as acheté cette maison et emménagé à Washington. Tu en as fait toute une collection et ils ont beaucoup de succès. Il existe même des posters et des carnets. Tu peux les acheter chez Target.

– Target ? je répète. Je suis des études de comptabilité. C'est absurde. Je veux me réveiller.

Pourquoi est-ce que cela me contrarie ? Si c'est un rêve, je devrais juste me laisser porter, non ?

À ce moment précis, Tom arrive en courant et annonce qu'il a renversé du jus de raisin partout. Kit s'en va précipitamment, et je reste seule pour veiller sur la petite fille. Je l'installe sur mes genoux et caresse sa tignasse de cheveux soyeux. Elle pousse un soupir de satisfaction, et je me dis qu'elle doit aimer ça.

– J'aime bien, moi aussi, je lui dis. Une fois, je me suis endormie à un enterrement parce que mon père jouait avec mes cheveux.

Je continue pour qu'elle ne pleure pas et ne puisse pas alerter Kit sur le fait que je n'y connais rien aux bébés. Quand il revient, nous sommes assises sur le canapé, elle est à moitié assoupie contre ma poitrine. J'essaie toujours d'émerger de ce rêve bizarre. Il s'appuie contre l'embrasure de la porte et arbore son fameux demi-sourire.

– Elle est comme toi.

– Tu ne sais pas comme je suis.

– Vraiment, Helena ? Je ne te connais pas ?

J'hésite. Je n'en sais rien. En fait.

Je continue d'espérer que le rêve se termine, mais non. Je passe ce qui semble être des heures avec Kit, Tom et Brandi, tandis que leur journée avance. J'essaie de jouer le jeu au mieux, je fais semblant d'appartenir à cette vie, je me promène même avec au milieu des bois les plus verdoyants que j'aie jamais vus. Les rêves durent-ils vraiment aussi longtemps ? Pourquoi les rêves nous semblent-ils si vagues et si déformés, au réveil ? Nous nous arrêtons près d'un lac, Kit et Tom escaladent les rochers tandis que je porte Brandi qui, à mon grand effroi, ne veut personne d'autre que moi. Je recueille un peu de boue épaisse et humide au bout de mon doigt et la goûte. La boue ne devrait pas avoir de goût dans les rêves. Ou alors le goût d'Oréos. Clairement pas celui de la boue. Après la balade, Kit prépare le dîner pour nous tous. Un poisson qu'il a lui-même pêché. Il le fait griller dehors dans le patio que j'ai, selon lui, moi-même conçu. Une fois de plus, je lui rappelle que je ne suis pas quelqu'un d'assez créatif pour concevoir quelque chose d'aussi majestueux que ce patio. Ça me renvoie aux livres de coloriage, avec les cabanes en bois sculpté dans les arbres. Le poisson est délicieux. Pendant que Kit ramène Brandi et Tom à l'intérieur pour leur faire prendre leur bain, je passe en mode panique totale. Je recense les films que j'ai vus pour m'aider à y voir plus clair : *Inception*, *BIG*, *Le Magicien d'Oz*. Lorsque Kit revient, une bouteille de vin et deux verres à la main, je suis en train de pleurer et de transformer la serviette en papier en confettis.

Il ne remarque pas mes larmes. Il ouvre la bouteille, remplit un verre et le pose devant moi.

Je le repousse comme une jeune étudiante. Parce que je suis une étudiante – pas une maman.

– Tout cela n'est pas réel, je lui dis. Où seraient passés tous mes souvenirs, si c'était réel ?

Il s'assied près de moi et croise sa cheville sur son genou.

– Le jour où je suis tombé amoureux de toi, c'est le premier jour où tu t'es trouvée. Tu n'étais même pas encore à moi.

Il a l'air tout flou et déformé à travers mes larmes ; je les laisse couler le long de mon visage tout en l'écoutant.

– Tu insistais toujours pour dire que tu étais un cerveau gauche, mais je ne te croyais pas. Un artiste reconnaît toujours un autre artiste. On se flaire les uns les autres. Un soir, on était bourrés et on traînait chez Della. Elle disait qu'elle voulait colorier et avait donc apporté tous ces livres de coloriage, des crayons, des feutres. Nous nous sommes tous étalés sur le ventre à même le sol et avons colorié comme si nous avions cinq ans. C'était une de ces soirées que tu n'oublies pas, parce que c'était spécial – il s'interrompt –, mais aussi parce que je suis tombé amoureux.

J'ai envie qu'il continue. L'histoire qu'il raconte n'est jamais arrivée, mais elle semble si réelle.

– J'étais allongé près de toi, sur le tapis, et Neil était de l'autre côté. Ton dessin était le meilleur. Il n'était pas juste bon ; il était incroyablement beau. Tout le monde a pété un câble, mais moi je me sentais fier, comme si je l'avais toujours su. On a commencé à te vanner sur le fait que tu étais une artiste, et c'est à ce moment-là que tu as dit que tu voulais exceller en dessin pour créer ta propre collection de livres de coloriage. Alors je t'ai dit de le faire.

Je réalise que mes lèvres s'entrouvrent et que mes yeux deviennent humides quand il me parle comme s'il me connaissait. C'est tellement intime. J'ai toujours voulu me connaître moi-même et n'ai jamais su par où commencer.

– Je ne peux pas...

– Dessiner, finit-il. Tu m'as alors répondu « Oui ». Tu as pris des cours. Sans en parler à personne d'autre qu'à moi.

J'ai envie de prendre un crayon pour vérifier si c'est vrai, si j'ai des talents cachés que je n'ai jamais soupçonné avoir. Et je veux savoir pourquoi, parmi toutes les personnes au monde, j'ai choisi de me confier à Kit. Si ce n'est pas un rêve...

C'est un rêve.

– Qu... quels genres de choses faisons-nous ensemble ? je lui demande en bégayant.

Kit passe sa langue sur ses lèvres.

– Toi et moi, nous sommes pareils, dit-il. Ne me regarde pas comme ça.

Je renifle en rigolant et couvre ma bouche avec le dos de ma main.

– Nous sommes très différents.

Il sourit.

– Je suis un optimiste, tu es pessimiste. J'évite les conflits, tu fonces droit dedans.

– Alors comment pouvons-nous être pareils ?

– Nous étions tous les deux à la recherche de quelque chose de vrai au même moment. Parfois, la vérité d'une personne se trouve dans l'amour d'une autre.

Je ne comprends pas ce qu'il veut dire, mais j'ai honte de l'admettre.

– Est-ce qu'on aime faire les mêmes choses ?

– Oui.

Son visage est dans la pénombre, mais je peux entendre ses doigts frotter son menton.

– Nous aimons l'art. La bonne nourriture. Les petits instants qui durent éternellement. Nous aimons faire l'amour. Nous aimons nos enfants...

Je frissonne à cette dernière phrase.

– Nous avons un peu voyagé avant d'avoir Brandi. On espère encore le faire davantage. Nous avons une liste de tous les endroits où nous voulons faire l'amour...

– Qu'y a-t-il sur cette liste ? je le coupe. Ma bouche est sèche.

– Le Train Bleu.

Sa voix devient plus douce quand il parle.

– Pardon ?

Je me penche plus en avant. Il me sourit.

– C'est un train en Afrique du Sud qui va de Pretoria à Cape Town.

Je me rassieds.

– Un train ? Oh.

Kit lève un sourcil dans ma direction.

– C'est un train qu'on peut affréter. Il t'emmène sur les points de vue les plus magnifiques au monde. Cabine privée, conducteur privé.

Je sourcille.

– Quoi d'autre ?

– Un cimetière pendant la pleine lune. Une cabane.

Il se penche plus en avant et se sert un autre verre de vin.

– Qu'est-ce que je... qu'est-ce qui me plaît, dans le fait d'être avec toi ?

– Tu veux être toi-même, dit-il. Et ça ne me dérange pas.

Une fois de plus, je ne sais pas du tout de quoi il parle. J'étais extrêmement quelconque. Ennuyeuse. Être moi me demandait un minimum d'effort.

Nous buvons la bouteille de vin en silence, en écoutant le bruit des crapauds, de l'eau et des arbres. Une cacophonie des créations de Dieu. Quand je me lève, j'ai la tête qui tourne. Je vacille et dois me rattraper au dossier de ma chaise. Kit se lève aussi, et je ne sais pas si c'est à cause du vin, ou bien parce que je me suis persuadée que c'était un rêve, mais je me dirige droit vers lui. *C'est déjà arrivé avant.* C'est le sentiment que j'ai lorsque ses mains et ses bras m'enlacent. Tout m'est familier chez lui... sa stature, son odeur, la peau plus épaisse au bout de ses doigts. Cela ne ressemble en rien à l'étreinte maladroite de deux personnes qui se touchent pour la première fois.

Il dégrafe mon soutien-gorge et ôte mon t-shirt avant que je n'atteigne sa bouche. Je l'embrasse pour la première fois, nue à partir de la taille, tandis que ses pouces tracent une ligne en dessous de mes seins. L'air est chargé d'érotisme lorsqu'il souffle contre ma peau. Ses mains sont si différentes de celles, longues et fines, de Neil. Des mains solides et chaudes, avec des doigts massifs. Il a un goût de vin. Quand j'embrasse sa joue, ses poils éraflent mes lèvres. Ce n'est pas complètement déplaisant. Je tire sur son t-shirt, et il l'enlève. J'aime qu'il soit robuste, surtout lorsqu'il me soulève pour m'installer sur la table. Mes jambes se tendent pour s'enrouler autour de lui.

Ce n'est pas réel. Tu n'es pas en train de le tromper. Je ferme les yeux. Il fait glisser mon pantalon, m'embrasse à travers ma culotte et se glisse au-dessus de moi. Notre bouteille de vin vient s'écraser au sol. Je tourne la tête pour regarder les éclats de verre au moment où il dépose des baisers le long de mon cou et que ses doigts s'affairent sous mes sous-vêtements.

Ma peau s'embrase, mes hanches se cambrent de désir. De désir pour... Kit. Sa tête est penchée. Je peux l'observer alors qu'il se prépare à entrer en moi. Puis je le sens, juste là. Je m'agrippe à ses bras, excitée. Et à cet instant je me fous de qui il est, et à qui il est censé appartenir. C'est une sensation naturelle, Kit et moi en train de concrétiser quelque chose qui était déjà là. Mes yeux se révulsent tandis qu'il s'introduit en moi.

Et je me réveille.

Chapitre 2

#DRANKTHEKOOLAID

Je me réveille dans ma voiture. La lumière transperce violemment le pare-brise et me force à plisser des yeux. Il y a des traces de doigts poisseux sur la vitre, du côté du conducteur. Des mains ont dû s'y appuyer et glisser. Elles sont là depuis un bout de temps... une vague histoire de soirée trop alcoolisée, à manger du poulet frit sans pouvoir trouver mes clefs. Je me dis tout le temps que je vais les nettoyer, mais je suis si... occupée. Je cherche Kit. Où est-il ? Non, je ne suis pas censée chercher Kit. C'est avec Neil que je sors. Neil que j'aime. Mon esprit est-il encore resté coincé dans mon... rêve ? Je redresse mon siège et me masse frénétiquement le cœur. Il me fait mal. Genre, vraiment mal. Je suis peut-être en train de faire une crise cardiaque ; j'ai l'impression d'avoir un taux de cholestérol élevé. Non, non... c'est autre chose. Je me sens triste. Comment un rêve peut-il contenir autant de détails ? Je n'avais encore jamais rien expérimenté de tel. L'écran de mon portable s'allume. C'est Neil. Ils sont en train de m'attendre au restaurant. Neil, Della, et Kit. *Kit.* Je m'en souviens, maintenant. Je suis arrivée une heure en avance et je voulais simplement fermer les yeux pendant quelques minutes avant que tout le monde n'arrive au restaurant. Toutes ces soirées à réviser très tard ont eu raison de moi.

Je sors lentement de la voiture et regarde aux alentours. J'ai eu du mal à trouver le sommeil, ces derniers temps, avec les examens qui arrivent dans une semaine. Après ça, je serai diplômée. Après ça, je serai une adulte. Pas tout à fait comme l'adulte que j'étais dans le rêve, avec des enfants, une maison, et un Kit. Je peux encore sentir ses lèvres dans mon cou. J'effleure mon point sensible, juste en dessous de mon oreille. Je rigole en me dirigeant vers les portes du restaurant. C'est tellement bête. Je n'ai jamais songé à ce mec de cette manière. Le rêve se dissipera bientôt, mais quand je franchis l'entrée et me dirige vers mon petit ami, la sensation est toujours là, tenace et prenante. Je ne me sens pas comme la Helena de maintenant, mais plutôt comme la Helena de mon rêve. Je cherche Kit. Il est assis près de Della et écoute avec attention ce qu'elle lui glisse à l'oreille. J'attends qu'il lève la tête et me voie. Je ne sais pas ce que je m'attends à voir dans ses yeux. De la familiarité, sans doute. C'est tellement débile. Ces choses-là ne se produisent pas dans la vraie vie. Quand Kit me voit approcher de la table, il m'adresse un sourire poli, le regard dans le vague. Comment pourrait-il en être autrement puisque c'est à peine si nous nous connaissons. L'accueil de Della est bien plus chaleureux. Je souris mollement alors qu'elle bondit pour me prendre dans ses bras avec un compliment sur mon t-shirt. Kit regarde le menu. J'ai envie de le lui arracher des mains.

Tu ne me vois pas ? On a eu un bébé ensemble !

J'ai honte de mes propres pensées pendant que Neil tire ma chaise et m'embrasse sur la joue. Je ferme les yeux et tente d'éprouver de l'attirance pour lui. Mais son odeur est neutre, et ses doigts trop longs et trop fins tandis qu'il me caresse le cou.

Oh mon Dieu. J'ai l'impression d'être shootée.

– Qu'est-ce qui ne va pas ? me demande Neil.

Je prends une gorgée d'eau et en renverse sur moi.

– Rien, je réponds. J'ai juste hyper faim.

Il fait signe au serveur, je me demande s'il pourrait vraiment me tromper. Neil, qui aime les choses simples et faciles. Tromper demande du boulot. Un éventail d'émotions complexes dont il est loin d'être équipé.

Le serveur arrive et je commande du vin. Neil fronce les sourcils. Je suppose que je ne peux pas lui en vouloir. Jusqu'à ce moment précis, je n'ai jamais bu que de la bière.

– Je croyais que tu n'aimais pas le vin.

– Non, je n'aimais pas ça, je lui dis en lançant un coup d'œil à Kit. Je suppose que maintenant, si. Il fait tellement chaud, ici.

Kit aussi commande du vin. Della et Neil se moquent de nous. Ils nous traitent de vieux. J'aurais pu le dire aussi... la semaine dernière, ce matin, ou une heure plus tôt. Est-ce qu'un rêve peut vraiment influencer notre palais ? Je ne pense pas.

Ils parlent de choses et d'autres, mais c'est à peine si je les écoute. Je me fiche de tout, désormais. Je prends un stylo dans mon sac et commence à crayonner sur le set de table en papier. J'essaie de dessiner les choses que j'ai vues dans le livre de coloriage, mais je suis lamentablement nulle.

– Qu'est-ce que tu fais ? me demande Della.

Elle se penche vers lui, sa main caresse sa cuisse. Puis elle s'empare du set de table et l'examine.

– C'est... une cabane ?

– Oui ! je lui réponds tout excitée.

Elle ricane, et ça me fait de la peine.

– Ne lâche surtout pas tes plans de carrière, Helena, me lance-t-elle. Tu es une matheuse. Tu débordes complètement.

Je récupère le set de table et le retourne contre la table. Kit me regarde pour la première fois... genre pour de vrai.

– Tu aimes dessiner ? me demande-t-il.

J'adore comparer les yeux des gens à des sucreries. Les yeux de Kit sont comme du chocolat onctueux et chaud. Je ne suis pas tellement friande de chocolat, mais Neil, lui, a des yeux en forme de pastilles contre la toux, et là, tout de suite, j'ai vraiment besoin de quelque chose de sucré.

– Non, répond Neil à ma place. Je la connais depuis des années, et je ne l'ai jamais vue gribouiller quoi que ce soit dans un carnet.

Je regarde de nouveau Kit en espérant... quelque chose. Un instant je repense à cette histoire de vouloir illustrer un livre de coloriage, mais ce n'est pas réel, et je me sentirais stupide de le dire. J'ai peut-être peur.

– Je ne sais pas, je réponds à Kit. Je ne suis pas très douée pour ça.

J'attends qu'il m'encourage, mais le serveur arrive avec nos plats et tout est déjà oublié. Ils passent le reste du dîner à parler d'un voyage qu'ils ont prévu de faire cet été. Et moi à penser à mon rêve. Une vie que je ne soupçonnais pas vouloir. J'ai envie d'y retourner. J'ai envie de me rendormir pour voir si je peux encore visiter la maison Pottery Barn d'Helena et Kit à Port Townsend, dans l'État de Washington. Quand Kit dit quelque chose, j'écoute. Il ressemble assez à la personne que j'ai connue dans mon rêve, peut-être pas aussi lucide. Mais pour la première fois, je remarque à quel point il est attentionné envers ma meilleure amie. Combien il est délicat, et pas d'une manière oppressante. Il aime simplement la toucher et ça me rend jalouse. Quand il parle, ce n'est jamais pour ne rien dire. Ses paroles incitent Neil à acquiescer de la tête, et Della le regarde d'un air rêveur. C'en est trop. Je me lève.

– Je dois y aller.

– Pourquoi ? proteste Neil. On avait prévu d'aller au cinéma.

– Je ne me sens pas très bien, je lui réponds.

Je me penche en avant et l'embrasse sur la joue. Il n'y a pas de poils pour érafler mes lèvres.

– On se voit demain. Ciao tout le monde.

Après un signe de la main à Della et Kit, je me dirige rapidement vers ma voiture. Je jette un coup d'œil par-dessus mon épaule, m'attendant à voir l'un d'entre eux me courir après. Je ressens un pincement en réalisant qu'ils sont tous à table, en train de parler comme si je n'avais jamais été là.

Je conduis jusque chez moi et me traîne dans mon appartement, toujours incapable de me défaire du sentiment bizarre que j'éprouve depuis que je me suis réveillée. Plutôt que de sortir mes manuels pour réviser, je trouve un cahier vide et commence à écrire tous les détails de mon rêve. *Tellement stupide. Quelle perte de temps.* C'est ce que je me répète, sans pour autant m'arrêter jusqu'à ce que dix pages soient remplies de gribouillis à l'encre bleue. Quand j'ai fini, je suis exténuée. Par l'émotion, oui. Mais surtout parce que je me sens changée. Modifiée. Reprogrammée. J'avale trois verres d'eau et prends une douche. Quand plus rien ne peut m'abstraire de cette étrangeté, j'ouvre mon ordinateur et me connecte sur le profil Facebook de Kit. On est devenus amis récemment, après notre première présentation par Della. Il semblerait que ce soit devenu le truc à faire dès qu'on rencontre quelqu'un de nouveau – l'ajouter sur ses réseaux sociaux. *Maintenant nous sommes amis !* Désormais, tu peux voir la photo de mon déjeuner postée avec mes filtres préférés, et celle de mes baskets pendant que je pose en contre-plongée, histoire de te faire savoir que je suis en train de faire du sport. Et aussi lire mes statuts à l'eau de rose qui racontent que je sors avec le meilleur mec de l'univers (posté à l'occasion de son anniversaire ou du nôtre). Chaque petit moment prétentieux et totalement inventé de ma vie te sera servi sur un plateau. Bienvenue, cher abonné !

Après que nous nous sommes immiscés mutuellement dans la vie virtuelle de l'autre, je n'ai jamais pris le temps d'y retourner pour regarder le profil de Kit. J'ai beau le suivre sur Twitter, Facebook et Instagram, Kit ne poste pas grand-chose. Je tombe sur une photo de Della assise sur ses genoux et les étudie tous deux avec attention – ses dents blanches parfaites, son petit sourire effronté. Où ont-ils bien pu se rencontrer ? J'essaie de m'en souvenir. Il était musicien, je crois. Elle était en boucle sur le sujet. Je cherche des indices sur son Instagram, mais il ne poste que des photos de couchers de soleil et de plages dépourvues d'êtres humains. Elles sont très bonnes, d'ailleurs. Il se débrouille plutôt bien avec l'appareil photo de son portable. Je referme mon ordinateur en le claquant, ignore un appel de Della et m'écroule sur mon lit. Peut-être que j'aurai de la chance et que je retournerai à Port Townsend pendant la nuit. Peut-être que le rêve se transformera en cauchemar et qu'ensuite je *voudrai* tout faire pour l'oublier. Demain, ma tête sera vidée. Demain, Kit sera juste le petit ami de Della, et je serai amoureuse de Neil, avec toute la vie devant moi.

Chapitre 3

#SOCKS

Je me réveille et retourne de nouveau sur son profil. Rien n'a changé depuis la veille, mais c'est pourtant la première chose que je fais. J'ai sept appels en absence de Della et de Neil. Je m'allonge sur le ventre et commence par appeler Neil tout en fixant une photo que Kit a prise d'une mouette perchée sur un morceau de bois.

– Le film était génial, me dit-il. Je ne sais pas s'ils en ont vu grand-chose ; ils étaient tout le temps l'un sur l'autre.

Je signale la photo de Kit comme contenu inapproprié par pure méchanceté.

– Comment ça ? je lui demande, il n'est pas vraiment du genre tactile.

– Je crois qu'ils s'aiment vraiment bien. Ils plaisantaient sur le fait de se marier en cachette ensemble hier soir.

– Quoi ? Non !

Je mords mon oreiller et roule sur le dos. Heureusement pour moi, Neil pense que c'est Della qui me contrarie.

– T'inquiète. Tu sais comment devient Della dès qu'il s'agit de mecs. Ce n'est pas comme si elle allait se marier avec lui.

Je fais un signe de croix en fixant le plafond.

– Ils nous ont proposé de les rejoindre chez Barclays, ce soir, mais je leur ai dit que je ne savais pas si tu pourrais, à cause de tes révisions.

– J'irai, dis-je rapidement.

Je roule hors du lit et tente d'atterrir sur mes pieds, au lieu de quoi, je me retrouve coincée dans les draps et m'écrase au sol. Neil n'entend pas le bruit sourd, ni mes cris de douleur.

– Je passe te prendre à sept heures, dit-il avant de raccrocher.

Il n'attend pas que je lui dise au revoir. Je reste enchevêtrée dans mes draps et fais semblant d'être Frodon quand Shelob l'araignée l'enroule dans sa toile [4].

Je suis sur le point de me rendormir quand mon téléphone sonne. Cette fois, c'est Della.

– Neil vient de me dire que tu venais ce soir, dit-elle. Je suis tellement surexcitée. Écoute, je sais que ça va te faire flipper, mais je pense vraiment que Kit va me demander en mariage.

Mon « Quoi ? » est étouffé par ma couette.

– Je sais, je sais, ajoute-t-elle. Mais quand tu sais, tu sais. C'est ce que tout le monde dit.

Je lutte pour me frayer un chemin hors de la couette et me relève précipitamment. J'aperçois alors mon reflet dans le miroir et sursaute. Mon chignon est de travers, défait et dégoulinant, et la crinière de lion qui

4. Référence au *Seigneur des anneaux*.

encadre mon visage se dresse dans tous les sens. Je porte mon pyjama du Roi Lion qui date de mes années collège. Je ne peux pas me résigner à le jeter, en mémoire de Simba et Nala qui ont vécu une si belle histoire d'amour.

Quelqu'un frappe à la porte. Je suis déjà en train d'ouvrir quand Della me lance :

– Ah oui, Kit devrait arriver chez toi d'une minute à l'autre. Je lui ai demandé de passer récupérer ma housse d'ordinateur.

Il est trop tard pour lui refermer la porte au nez. Sa copine continue de jacasser dans mon oreille tandis que j'ouvre au mari de mes rêves. Pas le mari de mes rêves, juste le mari de mon rêve. Sauf que je ne sais même pas si nous étions vraiment mariés. Nous avions juste des enfants hors union et vivions à Port Townsend comme un couple de hippies.

Kit fronce des sourcils en me voyant.

– Je dois y aller, j'annonce à Della, et je raccroche sans attendre sa réponse.

– Hakuna matata.

– Tellement prévisible ! Une commission pour la reine ?

Je pense à lisser ma tignasse, mais comme j'ai ouvert la porte comme ça, autant assumer jusqu'au bout.

– Elle a laissé sa sacoche ici ?

– Oui.

Je m'écarte pour le laisser entrer. Il passe près de moi et je perçois des effluves de son parfum. Ce n'est pas le même que celui du rêve, mais il sent tout aussi bon. Neil, lui, n'en porte pas. Je l'observe chercher la housse d'ordinateur de Della dans la pièce. Je sais où elle se trouve, mais j'ai envie de le regarder. J'ai aussi envie d'être méchante avec lui parce qu'il est en train de bousiller ma vie.

– Elle est là, près du tabouret, je finis par lui dire.

Kit se penche pour la ramasser. D'habitude on n'a rien à se dire, et c'est toujours un peu gênant. Mais maintenant, j'ai l'impression de le connaître. Je passe devant lui, me dirige vers la cuisine pour sortir le bacon du frigo.

Il hésite, ne sachant pas s'il doit partir ou faire la conversation.

Je n'ai pas très envie de partager mon bacon avec lui – il est cher et c'est celui avec du poivre –, mais je suis curieuse d'en savoir plus sur lui. Qui il est. Enfin tout ça, quoi.

– Tu as faim ? je lui demande.

– C'est celui avec du poivre ? De la boucherie ?

J'acquiesce.

Il s'installe sur un de mes deux tabourets de bar et croise ses mains sur le comptoir.

– Je ne sais pas cuisiner. C'est un sérieux handicap.

Je hausse les épaules.

– Il y a des vidéos sur Internet, des émissions de cuisine, et des cours qui coûtent cinquante dollars de l'heure. Tu as juste besoin d'être guidé et tu pourras être réhabilité.

Il rigole. Son sourire n'est pas centré sur son visage ; il remonte sur sa joue comme s'il était bourré. Impossible de le savoir vraiment puisqu'il ne sourit que très rarement. Il a l'air plus jeune, plus espiègle.

– Je devrais sans doute faire ça, dit-il. Devenir sous-chef par mes propres moyens.

– Je te prédis que tu adoreras cuisiner dans dix ans, je lui dis en retournant le bacon. Et à ce moment-là, tu devras me préparer quelque chose d'incroyable, puisque j'aurai été l'initiatrice de ton amour pour la cuisine.

– Très bien, me dit-il en me regardant. Qu'est-ce qui te ferait plaisir ?

– Du poisson, je réponds presque instantanément. Que tu auras toi-même pêché.

– Et après ça, j'abattrai un arbre pour toi.

Un frisson me parcourt et je baisse les yeux vers mon bacon. C'est arrivé si naturellement. La taquinerie. C'est la toute première fois que nous discutons seuls tous les deux, et nous avons un bon feeling. Je sors aussi les œufs et le fromage car j'ai vraiment besoin d'évacuer mon stress dans la nourriture.

– Donc tu fais juste...

Il mime le mouvement du fouet que j'utilise pour brouiller les œufs.

– Oui, je lui réponds. Tu veux essayer ?

Il le fait pour se prêter au jeu ; je sais que c'est pour ça. Qui voudrait battre des œufs gluants dans un bol ? Il éclabousse mon comptoir, mais je trouve mignon qu'il essaie. Je lui fais verser les œufs dans la poêle, puis, comme je vois qu'il est disposé à m'aider, je lui tends la spatule. Il m'observe terminer la cuisson du bacon et répandre le fromage sur les œufs. J'aimerais bien pouvoir voir l'état de mes cheveux, mais en vrai, je sais que je suis trop chou avec les cheveux dans tous les sens.

Je n'en ferais pas un peu trop ? je me demande intérieurement. *On s'en fout !*

Je nous sers dans des assiettes et le précède vers mon minuscule coin repas. Il s'assied, et je repars chercher le café.

– Je ne bois pas de café, me dit-il.

J'avale une longue gorgée et le fixe un instant pardessus mon mug.

– C'est pour ça que tu ne souris jamais. Tu serais un homme meilleur si tu buvais du café.

Il rigole pour la seconde fois, et je me sens un peu étourdie en lui tendant sa tasse.

– C'est quoi, un moldu ? me demande-t-il en me la prenant des mains.

– Je la réserve aux personnes spéciales, Kit. Ne me pose pas de questions.

Kit boit son café. J'attends qu'il grimace, ou qu'il se plaigne, comme le font d'habitude les gens qui ne boivent pas de café. Mais il le termine comme un pro, et je me dis qu'il n'est pas si nul, finalement. Peut-être un peu trop stoïque. Mélancolique. Mais bon sang, quand j'arrive à le faire rire, ça me fait l'effet d'une sacrée récompense.

– Merci de m'avoir appris à battre les œufs, et aussi de m'avoir nourri, dit-il quand c'est le moment de se quitter.

– Pas de soucis, Kit. À ce soir.

Ça sonne un peu trop solennel. J'ai envie de me taper moi-même dans le dos pour ne pas m'évanouir.

– Ce soir ? demande-t-il.

– Ouais, Neil et moi allons au Barclays.

– Cool, dit-il. Je ne savais pas.

– Della aime bien prévoir pour tout le monde.

Je veux voir comment il réagit. Si la manie de Della de vouloir contrôler le temps libre de chacun le saoule. Mais il hausse simplement les épaules.

– À plus tard, alors.

Quand je me regarde dans le miroir après qu'il est parti, je découvre de l'œuf collé dans mes cheveux. Et je suis bien loin d'être aussi chou que je l'imaginais.

Della arrive plus tard, pendant je suis en train de trier ma boîte de chaussettes dépareillées. Elle entre en trombe et jette son hit bag de merde sur mon canapé.

– Oh non, dit-elle. Pourquoi tu as sorti ça ?

– Hein ? Comme ça.

J'essaie de cacher la boîte, même si elle l'a déjà vue. Elle me prend par les épaules et me regarde droit dans les yeux.

– Tu ne sors jamais cette boîte à moins de faire une crise d'angoisse, dit-elle. Qu'est-ce qui ne va pas ?

Della a raison. Ma boîte à chaussettes existe depuis que je suis petite. Ma mère me reprochait toujours qu'une de mes chaussettes manquait, et elle jetait celle qui était toute seule à la poubelle. Dès qu'elle avait le dos tourné, l'enfant de cinq ans que j'étais à l'époque allait la récupérer dans la poubelle et la glissait dans sa taie d'oreiller. L'autre chaussette finirait bien par réapparaître. Déjà là, je le savais. Je gardais juste sa comparse en sécurité jusqu'à ce que ça se produise. Quand ma mère changeait les draps de mon lit, elle était horrifiée de découvrir toutes les chaussettes dans ma taie d'oreiller. Je l'entendais dire à mon père que j'étais une accumulatrice compulsive. Je me souviens m'être sentie tellement honteuse. Quelque chose ne tournait pas rond chez moi ; ma mère l'avait dit avec une telle conviction. *Accumulatrice compulsive ! Accumulatrice compulsive de chaussettes.* Plus tard, lorsque mon père était venu dans ma chambre pour me parler, il m'avait raconté que, lorsqu'il était petit, il avait l'habitude de conserver tous les capuchons de tubes de dentifrice. Il ne supportait pas l'idée de les jeter. Il m'a donné une boîte à chaussures et m'a dit d'y ranger mes chaussettes dedans. Je l'ai cachée sous mon lit, ma boîte à chaussures de la honte, et quand je me sentais anxieuse ou perdue, je la ressortais et caressais toutes mes chaussettes. Toutes les esseulées. Toutes à attendre d'être réunies avec leur jumelle. La boîte à chaussures a fini par s'agrandir… et par-là, je veux dire qu'il y avait trop de chaussettes.

Chapitre 4

#SMUTLOVER

Kit n'est pas venu au Barclays. Il a appelé Della au dernier moment pour lui dire qu'il avait un imprévu. Je ne sais pas qui de nous deux est le plus déçue : Della – qui commence à pleurer – ou moi, qui boude dans mon coin en faisant semblant d'écouter Neil parler de fusées lunaires ou un truc dans le genre. Nous commandons à boire, puis je sors un crayon pour gribouiller sur mon set de table. Une fois de plus, Neil et Della discutent sans moi. Je me demande à quel moment je suis devenue une fille bizarre. La petite marginale qui reste assise dans l'ombre pour tenter de découvrir son talent d'artiste caché. J'ai même commandé une boisson différente de mon éternelle vodka cranberry. L'idée de la commander me semblait soudain si puérile, maintenant que j'ai meublé toute une maison en mode Pottery Barn. Je commande un autre verre de vin. Blanc, cette fois. La soirée se termine tôt, et Neil nous reconduit toutes les deux chez moi. Della me demande si elle peut rester dormir. Je dis oui, mais je n'aime pas quand elle passe la nuit ici. Malgré sa jolie peau douce et ses yeux bleus étincelants, Della pète dans son sommeil. Ça me met très mal à l'aise. La plupart du temps, je m'éclipse pour dormir sur le canapé et retourne me faufiler dans le lit juste avant qu'elle ne se réveille. Neil nous raccompagne jusqu'à la porte et m'embrasse pour me souhaiter bonne nuit.

– J'avais espéré qu'on passerait un peu de temps ensemble cette nuit. Pour... tu sais...

Il hausse les sourcils en me fixant.

– Pour faire quoi ? je lui demande sèchement.

Neil ne comprend pas mon humour. Ce n'est pas contre lui, vraiment. Mais parfois, j'aime le mettre mal à l'aise.

– Pour faire des choses.

Il jette un œil par-dessus mon épaule en direction de Della qui est en train de retirer ses chaussures et d'attraper la télécommande.

– Du genre ?

– Coucher ensemble, chuchote-t-il.

– Quoi ? Qu'est-ce que tu marmonnes ?

– Pour coucher ensemble, dit-il plus fort.

– Oups ! dit Della depuis le salon. Je suis là.

Je l'observe devenir écarlate et pouffe de rire. Neil est trop mignon.

– On aura tout le temps pour ça la semaine prochaine, chéri, je lui dis. Dès que mes examens seront passés.

Il me donne un vrai bon baiser pour me souhaiter bonne nuit. J'ai presque les larmes aux yeux en repensant à toutes les raisons qui font que je l'aime :

1 – Il embrasse bien

2 – Il est gentil

3 – Il est maladroit

4 –

Della me demande de lui cuisiner un truc. Cuisiner. Genre, je dois carrément faire fondre du beurre et éplucher de l'ail pour lui faire ce qu'elle veut. Elle s'installe dans le canapé, avec *Teen Mom* en mode silencieux, et n'arrête pas de me parler de Kit. Elle pensait qu'il allait la demander en mariage, mais maintenant il est sûrement en train de la tromper.

– J'ai été distante, me dit-elle.

Je me demande bien quand.

– Tu veux dire, émotionnellement parlant ? je lui demande. Ou physiquement ? Parce que chaque fois que je vous vois, tu es assise sur ses genoux.

– Émotionnellement, me répond-elle précipitamment. La semaine dernière, j'ai envoyé deux de ses appels sur messagerie. J'étais aux toilettes. Et hier, quand il m'a demandé ce que je pensais de son morceau de basse, je lui ai donné une réponse très générale.

– Ouch, je réponds. Le mariage est annulé.

– Ce n'est pas drôle, Helena ! C'est l'amour de ma vie. Mon âme sœur !

Je me gratte le nez. Il me semble avoir lu quelque part qu'il y avait une différence entre les deux. Je pense à lui raconter mon rêve. Peut-être que c'est de ça dont j'ai besoin. Un bon gros fou rire au sujet de moi avec Kit. Mais elle me dirait sûrement que Kit et moi n'avons rien en commun. Et après je me mettrais en colère. Elle ne nous a pas vus au petit déjeuner. Elle ne sait pas que j'ai réussi à lui faire changer d'avis sur le café. Ni que je travaille dur pour devenir une illustratrice de livres de coloriage parce qu'il m'a dit que c'était ma profession, dans mon rêve. Toutes ces choses.

Je lui apporte son snack et m'assieds sur le canapé, le plus loin d'elle possible.

– Viens te blottir contre moi, dit-elle.

– Non.

Elle reporte son attention sur la télévision, le regard vide, vérifiant son portable toutes les trente secondes.

– Il n'a répondu à aucun de tes textos ? je lui demande.

– Non. Je crois qu'il dort.

J'attends quelques minutes avant de prendre mon portable et de taper son nom.

Moi : *Hé Kit !*

Quelques secondes s'écoulent, mais la fenêtre de discussion finit par apparaître.

K : *Salut toi !*

Je surveille Della du coin de l'œil. Elle est en extase devant Tyler et Catelynn.

Moi : *Encore en train de boire du café ?*

K : *J'aspire à devenir un homme meilleur.*

Moi : *Lol. Pourquoi tu ne réponds pas à Della ? Elle est en plein flip.*

Sa fenêtre apparaît pendant quelques secondes, puis disparaît d'un seul coup. Après ça, je n'ai plus aucune nouvelle de lui. Exclue par association. Della avait peut-être raison, après tout. Il la trompe. Connard. Il est hors de question que je me marie avec un type comme ça, et encore moins que je lui fasse un enfant. Je dois mettre un terme à ces bêtises. C'était juste un putain de rêve.

– Parle-moi de lui. De sa façon d'être et pourquoi tu penses qu'il est si génial.

Elle se retourne pour me regarder, ses yeux s'élargissent et se remplissent de larmes.

– Il est tellement gentil. Dix fois plus que n'importe quelle autre personne que je connaisse. Il s'intéresse tellement aux autres. Pas à ce qu'ils pensent, ça il n'en a rien à foutre – il fait juste attention à *eux*.

– Quoi d'autre ? Est-ce qu'il est intelligent ? À quoi s'intéresse-t-il ?

– Il est... vraiment intelligent. Mais il ne s'en vante pas, tu vois ? Il est discret. Il écoute, même quand tu crois que non. Et il remarque toujours le moindre détail, des détails débiles. Par exemple, il sait toujours quand je viens de m'épiler les sourcils, ou que j'ai changé la couleur de mon vernis. Et il aime... Je ne sais pas. On fait les mêmes choses.

Comme la vie de Della consiste à faire la grasse matinée, s'acheter des bikinis et aller à des concerts de temps en temps, ça ne m'avance pas beaucoup sur Kit.

– Il est juste occupé, je lui dis. Ça n'a rien à voir avec toi.

Elle hoche la tête, et d'un coup, son regard vide se reporte sur la télé, et elle s'enferme dans sa bulle. C'est ça le truc avec Della ; si un mec n'est pas amoureux d'elle, elle cesse de fonctionner.

Kit ne donne pas signe de vie pendant une semaine. Et durant cette semaine, Della ne décolle pas de mon appartement. Elle me suit de pièce en pièce, me réclame à manger et pleure dans mes coussins. Je lui suggère de se rendre sur son lieu de travail et de lui demander ce qu'il en est. Mais elle me répond que seules les pauvres filles courent après les garçons, au lieu de ça, elle préfère l'espionner sur Facebook.

J'essaie de sortir de mon appartement le plus souvent possible, mais elle me demande tout le temps si elle peut venir avec moi. Je me retrouve étouffée dans des endroits où personne n'est censée l'être : l'épicerie, le pressing, la station essence, où elle sort de la voiture pour être à mes côtés pendant que je fais le plein. Une fois, j'arrive à filer en douce pendant qu'elle est dans la salle de bains, mais dix minutes plus tard, elle me bombarde de messages jusqu'à ce que je lui réponde.

– Où es-tu ? sanglote-t-elle.

Quand je lui dis que j'ai dû faire un saut à la librairie, elle me répond qu'elle me rejoint là-bas et débarque, munie de gigantesques lunettes de soleil et d'une robe noire moulante.

– Pourquoi tu es habillée comme ça ?

Je suis accroupie dans la section des romans érotiques, à la recherche de sensations fortes bon marché et de techniques détaillées.

– Kit est ici, me dit-elle. Je l'ai vu sur son Instagram.

Merde. Pas moi. Il poste rarement des photos.

– Et tu t'es dit que tu allais te faire un look boîte de nuit en plein milieu de la journée ?

– Chut, dit-elle, en agitant ses mains dans ma direction. Il se dirige vers nous.

J'ai *Le Désir du Baron* dans les mains lorsque Kit nous rejoint. Je me lève, de manière à ne pas me retrouver à hauteur de son entrejambe, et je jette un regard à Della. L'expression de son visage est neutre, mais je peux voir trembler ses mains. Je suis coincée au milieu d'une querelle d'amoureux, et je ne sais pas quoi faire.

– Tranquille, Dells, je lui chuchote, c'est juste un mec avec un tas d'explications à donner.

Ses épaules se redressent, et je vois émerger son petit menton pointu.

Kit commence par remarquer mon livre.

– Waouh ! dit-il. Je parie qu'il mesure au moins vingt-cinq centimètres.

Je le repose sur l'étagère.

– Où étais-tu passé ? bougonne Della.

Je recule tout en essayant de rester solidaire. Kit grimace.

– Nulle part. Pourquoi tu portes des lunettes de soleil à l'intérieur ?

Della les arrache de son visage, révélant deux yeux gonflés.

– Tu n'as répondu à aucun de mes appels. J'étais au plus mal.

Je recule encore de quelques pas, essayant de m'extirper de ce rayon érotique avant qu'ils ne commencent à se disputer.

Kit passe sa main sur sa nuque.

– Oh. Désolé. Quand j'écris, je suis ailleurs.

– Quand tu écris ?

La confusion se lit sur son visage.

– Ouais, dit-il. J'ai travaillé sur un nouveau projet.

– Tu écris quoi ? je laisse échapper.

Il me repère au bout du rayon et me fait un drôle de sourire.

– Rien de bien sérieux, dit-il en regardant Della. Juste quelques bribes. Mais cette fois je suis vraiment dedans, ça fait quarante-huit heures que je n'ai pas dormi.

Puis il lance un regard vers moi et ajoute :

– J'ai bu beaucoup de café.

Bienvenue au club, j'ai envie de lui dire. Par rapport au sommeil *et* au café.

– Je... je ne savais pas, dit Della. J'avais l'impression que tu ne voulais pas me parler.

Kit soupire. Profondément.

– Parfois, je ne suis pas doué pour donner des nouvelles ; je disparais. Je ne veux blesser personne, je te jure, je suis juste absorbé par ce que je suis en train de faire.

– Oh, dit-elle. Maintenant je me sens bête.

– Il ne faut pas.

Puis ils s'embrassent dans le rayon des livres érotiques. Et la première pensée qui me traverse l'esprit est que je suis en train de l'observer me tromper.

Ok, peut-être pas moi – l'Helena de mon rêve. Mais je me sens bizarre et dégoûtée.

Je rentre chez moi, sans livre. Au moins, je vais pouvoir récupérer mon appartement.

Chapitre 5

#ART

Après les examens, je m'inscris à un cours d'arts plastiques. Je n'en parle même pas à Neil. C'est idiot, je sais. Il suffit d'un rêve pourri et ça y est, tu crois que tu es vouée à devenir une grande illustratrice de livres de coloriage. Mon professeur est un vieux monsieur farfelu dénommé Neptune, qui déambule pieds nus dans la salle de classe et sent le Vapo Rhume. Je suis complètement captivée par lui. Il nous a raconté que lorsqu'il était jeune homme, Joan Mitchell lui a demandé de la peindre nue. Si je n'arrive pas à être la chouchoute de Neptune à la fin de cette session de huit semaines, la vie ne vaut pas le coup d'être vécue. J'ai envie qu'il me peigne nue. Est-ce que c'est bizarre ? Oh mon Dieu, je suis tellement bizarre. Je ne suis pas particulièrement douée pour tous les travaux à effectuer, mais une fois, Neptune m'a dit qu'il aimait mon interprétation d'un hippocampe.

– C'est comme si cet hippocampe était né dans le ciel, dit-il.

Son haleine est chargée de vodka, mais bon. Tous les grands artistes ne sont-ils pas drogués et alcooliques ? J'encadre mon hippocampe aérien et l'accroche dans ma chambre. Ce n'est que le début. Un jour, je deviendrai super douée.

Quelques semaines plus tard, Della nous invite à dîner chez elle. Je ne les ai pas revus, ni elle ni Kit, depuis le baiser au rayon érotique de la librairie. Et je n'en ai pas envie. Je me suis débrouillée pour ne plus du tout penser à lui. Même en cours d'arts plastiques lorsque j'ai dessiné une cabane qui ressemblait davantage à un minibus. Même quand j'ai refait des œufs brouillés. C'est facile d'oublier un mec qui a des yeux craquants de schtroumpf et un visage mélancolique. Je n'aspire pas à ce genre de vie.

– Je n'ai pas envie d'y aller, je dis à Neil. Je dois chercher du boulot. Je suis une adulte.

– Être adulte peut bien attendre une soirée de plus, dit-il. Della s'est plainte de ne plus jamais te voir.

Della ne s'est pas plainte auprès de moi. Je me demande pourquoi elle parle à Neil de ce genre de choses.

– Ok. Mais elle ne sait pas cuisiner, donc on devrait peut-être aller dîner avant.

Neil approuve, et nous décidons d'aller dîner au Tube avant d'aller chez elle. Le Tube est un restaurant de Miami face à la mer qui utilise de vieilles baignoires et des toilettes en guise de décoration. Si tu as vraiment de la chance, tu as une table près de l'eau où tu peux observer les lamantins nager tout près de toi. Un jour, quelqu'un m'a dit que c'était l'un des restaurants préférés d'Oprah, mais franchement, Oprah semble avoir beaucoup de choses préférées – en définitive, tout cela semble n'être qu'un tissu de mensonges.

Je m'assure que mes cheveux soient bien brushés, cette fois-ci, et j'enfile mon joli short en soie et une blouse en dentelle. Neil siffle en me voyant, et je prends mentalement note d'essayer de me faire belle plus souvent.

– Ces jambes interminables, me dit-il.

– C'est pour mieux m'enrouler autour de toi, je lui dis, puis je rougis instantanément. Je ne dis jamais ce genre de choses, d'habitude.

C'est tellement gênant, mais Neil aime bien. Il me fait boire trois verres de vin, et quand nous nous enlaçons dans le parking après le dîner, il glisse ses doigts sous mon short et embrasse mon oreille.

Je me sens comme une vraie pro de la séduction. Qui aurait cru que le vin pouvait me débrider à ce point ?

Della clame que nous sentons le graillon lorsque nous arrivons. Elle se penche pour renifler mes cheveux, et je la repousse. Nous mentons en disant que c'est le désodorisant de la voiture de Neil, et je lui tends une bouteille de vin. Ce n'est pas comme d'habitude, ici. Je veux dire, pas comme du Della. J'inspecte le salon, suspicieuse. Tout est rangé et ordonné. Pas de trace d'un homme qui vivrait ici. Et pourtant...

Elle nous conduit dans son salon rose où un plateau de gâteaux apéritifs est disposé sur la table basse.

Je cligne des yeux. Merde, c'est classe. J'oublie que je viens tout juste de sortir de table et goûte à tout. Les canapés au saumon, les tourtes à la viande miniatures, les feuilletés de chèvre chaud. Je fais tomber de la sauce à la mangue sur ma blouse, mais je m'en fous complètement. Le bouton de mon short commence à comprimer mon ventre. Della me sert un verre de vin, et alors que j'essaie de nettoyer la tache, une giclée de vin vient asperger mon haut.

– Où as-tu acheté tout ça ? je lui demande la bouche pleine de fromage.

– Je ne l'ai pas acheté, dit-elle. Kit a tout préparé.

Le fromage reste coincé dans le fond de ma gorge, et je tousse. C'est horrible, comme si ma vie entière défilait devant mes yeux, et c'est d'un ennui mortel. Espèce de sale petit menteur. Neil me tapote le dos. J'ai les larmes aux yeux et suis pliée en deux, lorsque Kit entre dans la pièce, un plateau de je-ne-sais-quoi posé en équilibre sur ses doigts repliés en forme de cloche.

– Ça ne te plaît pas ? me demande-t-il.

J'observe son jean bleu déchiré et secoue la tête. *Ordure. Chef de mon cul.*

– C'est délicieux. Un vrai travail de Chef. Celui de quelqu'un qui a dû *beaucoup* pratiquer en cuisine.

Il a un petit sourire narquois et pose le plateau.

– Oh, ce n'est pas si compliqué. Pas plus que de faire des œufs brouillés.

Je manque de m'étrangler avec mon vin.

– C'est quoi ton problème, ce soir ? me demande Neil, en me tendant une serviette.

– C'est juste que je fais tout trop vite, je réponds. Je m'étouffe, et voilà.

– Tu as du fromage dans les cheveux, me dit Kit. Juste là, dit-il en m'indiquant l'endroit, mais je n'y touche pas. Que le fromage prenne possession de mes cheveux.

Della tape dans ses mains et saisit une Saint-Jacques enrobée de bacon sur le plateau de Kit.

– Maintenant, je n'aurai plus jamais besoin d'apprendre à cuisiner ! dit-elle gaiement. Kit peut s'en charger !

Je me demande quand elle a déjà eu l'intention d'apprendre à cuisiner. Surtout depuis que je suis devenue sa cuisinière attitrée de snacks, et ce depuis la cinquième.

– Qu'as-tu prévu pour le dîner ? je demande en m'enfonçant dans le canapé.

– Du poisson, dit Kit. Que j'ai moi-même pêché.

Je suis à deux doigts de défaillir.

– Charmant, je réponds avant d'ajouter, Neil, tu peux me resservir du vin ? Voilà, comme ça. Remplis bien jusqu'en haut...

En fait, il s'avère que je peux manger bien plus que je ne le soupçonnais, surtout quand c'est aussi délicieux. Le dîner s'achève et je n'arrive même plus à marcher droit. Neil s'est endormi sur la table, et Della est en train de chanter sur son karaoké dans sa chambre. Kit me conduit dans le salon, curieusement sobre, et m'aide à m'installer sur le sofa.

– Je vais préparer du café, dit-il en se dirigeant vers la cuisine.

– Pour le café aussi tu m'as menti ? je crache.

Je m'agrippe aux coussins pour ne pas rouler hors du canapé.

Il tient quatre verres de vin entre ses doigts. Il s'arrête pour intégrer ce que je viens de lui dire, et la seule chose à laquelle je pense, c'est sa faculté à tenir quatre verres de vin sans qu'ils lui glissent des mains.

– Non. Ça, c'était vrai. Et c'est sûrement grâce à ça que j'ai commencé à écrire ce livre. Je suis devenu accro au café et suis resté éveillé toute la nuit. Je t'en remercie.

Je lève les yeux au ciel.

– Hé, j'ai quelque chose pour toi.

Je fais une drôle de tête.

– Tu as quelque chose pour *moi* ?

– Ouais, dit-il. Attends une seconde.

Il disparaît dans la chambre de Della et revient avec un sac en papier marron.

Je le lui prends des mains, avec précaution.

– C'est quoi, ça ?

Je plonge ma main dans le sac et en ressors un livre. Je lis le titre :

– Dessiner pour les nuls.

Mon cerveau est encore imbibé de vin, mais la situation est suffisamment perturbante pour me donner la chair de poule.

– C'est un bon début, me dit-il. Si tu as l'intention de crayonner, autant apprendre à le faire bien.

Je déglutis péniblement.

– Pourquoi as-tu choisi ce livre en particulier ? je lui demande, en levant les yeux vers lui.

– Il y en avait plein de différents, dit-il. Mais je me suis dit que tu aimerais les châteaux et les licornes.

Mon cœur se met à faire ce truc quand il s'emballe. Pour la première fois depuis des jours, je ne pense pas être dingue. Je pense que tout est dingue. Je suis prise au piège dans un rêve. Le rêve a envahi mon monde. *C'est quoi, ce bordel ?*

Chapitre 6

#SOOVERIT

Je lis le livre que Kit m'a offert et lui envoie un texto pour le remercier. Il fait genre que ce n'est rien. Typique. Il ne sait pas à quel point ce n'est pas rien.

Moi : *Quand vas-tu me laisser lire le livre que tu es en train d'écrire ?*

Sa réponse arrive presque instantanément.

K : *Waouh ! Tu voudrais ?*

Je roule sur le dos, tout excitée. Lire son livre me permettra peut-être de mieux le connaître.

M : *Bien sûr ! J'adore lire.*

K : *Ok, je te l'enverrai. Mais autant te prévenir tout de suite, il n'y a pas de pénis frémissants ni de seins qui se balancent dans mon livre.*

J'en lâche mon portable sur ma gueule avant de pouvoir lui répondre. J'aurai sûrement un œil au beurre noir demain, mais j'aurai aussi le manuscrit inachevé de Kit.

M : *Qu'est-ce qui peut bien te faire penser que je lis ce genre de choses ?*

K : *Je ne sais pas. C'était idiot de dire ça. Tu es bien trop coincée pour apprécier une bonne partie de jambes en l'air.*

Je fronce les sourcils. Je ne sais pas si nous sommes toujours en train de plaisanter, ou s'il pense réellement ça de moi. Ça n'a pas vraiment d'importance de toute manière. Je suis une bête de sexe au lit. Exactement comme dans mes romans coquins avec des couples en train de s'étreindre sur la couverture. C'est un mensonge, mais je le garde pour moi.

Après lui avoir envoyé mon adresse mail par texto, je sors mon carnet de croquis. Je réalise que, depuis mon rêve, ma seule et unique obsession est de faire en sorte qu'il se réalise. Du moins certaines parties. Pour quelle autre raison me serais-je inscrite à un cours d'arts plastiques alors que je n'ai jamais rien dessiné de ma vie ? Et que se passera-t-il si je ne progresse jamais dans ce domaine ? Cela voudra-t-il dire que mon rêve a échoué ? Ou que c'est moi qui ai échoué ?

Ce jour-là, je ne fais rien d'autre qu'attendre le manuscrit que Kit doit m'envoyer. Je devrais être en train de chercher du travail – un super job peinard de comptable pour soulager mon cerveau bourré de chiffres à rallonge. J'étais première de ma classe à UM [5]. Un tas de mails s'accumulent déjà dans ma boîte de réception. L'oncle d'untel qui recherche un comptable. La gynécologue de ma mère qui connaît quelqu'un qui recherche un comptable. Même mon oncle Chester recherche un comptable pour son entreprise de cornets de glaces pilées. Toutes ces glaces pilées que je pourrais manger gratuitement...

---

5. Université de Miami.

Au lieu de quoi, je dessine. En jetant un œil à un arbre que j'ai fait la semaine dernière, Neptune a émis un son bizarre provenant du fond de sa gorge. Je ne suis pas experte en grognements, mais cela ressemblait fort à une approbation admirative à mon égard. Depuis, j'ai essayé de reproduire ce son à deux reprises – une fois au restaurant avec Neil, qui m'a demandé si j'avais avalé quelque chose de travers, et une autre fois au téléphone avec ma mère qui, pensant que j'avais attrapé la grippe, a voulu m'apporter de la soupe. Certaines personnes ne sont tout simplement pas douées pour communiquer clairement. Ce n'est pas leur faute. Kit m'envoie son roman, enfin. Il apparaît dans ma boîte mail, avec pour objet : Les hommes d'action n'agissent pas. Je ne sais absolument pas ce que cela signifie. Mais quand je le transfère vers mon iPad, je découvre qu'il n'y a que six chapitres. Je suis déçue. Je m'attendais à recevoir *Guerre et Paix*, après tout ce temps passé loin de Della. Je me cale confortablement dans mon lit avec un paquet de noix de cajou et le livre du mari de mon rêve. Pas le mari de mes rêves, juste celui de mon rêve, je me rappelle à moi-même.

L'histoire de Kit parle de deux mecs qui sont amoureux de la même fille. L'un d'eux est fougueux et impulsif ; il s'engage dans l'armée et se fait presque arracher un bras. L'autre est bibliothécaire – très intello et un peu obsédé sur les bords. Il reste en ville et fantasme sur cette fille, Stephanie Brown. Franchement, qui peut bien nommer son personnage Stephanie Brown ? Kit, évidemment. Stephanie est sans intérêt. Elle a toutes ces jolies choses que les belles filles ont, mais je n'arrive absolument pas à comprendre pourquoi George ou Denver la désirent à ce point. Ça viendra, je suppose. Progressivement, Kit déroulera le fil de l'histoire, expliquera cette obsession et, à la fin, je tomberai moi aussi folle amoureuse de Stephanie Brown. Je referme le document après le chapitre six et retourne à mes mails.

Il me faut la suite.

Je clique sur ENVOYER. Il ne met pas longtemps pour me répondre. Je suis en train de lancer des noix de cajou dans les airs et tente de les rattraper avec ma bouche quand j'entends le cling d'un nouveau mail dans ma boîte. Sa réponse est enthousiaste et ne comporte qu'un seul mot.

Vraiment !?

J'aime qu'il utilise un point d'exclamation et un point d'interrogation. Ça fait du bien.

Oui, je lui réponds. *Tu as continué après le chapitre six ?*

Presque instantanément, je reçois un nouveau dossier dans ma boîte mail. Six chapitres de plus ! Mais ils devront attendre. Je dois aller à mon cours d'arts plastiques. Je m'habille tout en noir histoire d'entrer en phase avec mon artiste intérieure et relève mes cheveux en chignon haut.

Quand j'entre dans la salle, Neptune me fait un signe de tête. Tout le monde me prend davantage au sérieux, ces derniers temps. Je me demande s'il faisait déjà ce genre de signes de la tête à Joan Mitchell quand il était plus jeune. Aujourd'hui, nous avons carte blanche pour exprimer notre propre créativité.

– Dessinez ce que vous voulez ! clame Neptune en brandissant le poing.

Je me sens inspirée, aujourd'hui. Je dessine George, Denver et Stephanie Brown. Tous se tiennent par la main, à côté d'un bateau de pêcheur qu'ils ont restauré ensemble. Sauf qu'ils ne ressemblent pas à des êtres humains normaux. Je dessine des pistolets à la place des bras de George et affuble Denver d'un énorme ordinateur en guise de tête. Pour Stephanie Brown, je la fais un peu terne et blafarde avec des épaules tombantes. Neptune s'enflamme complètement en passant près de ma zone de travail. Il m'applaudit.

– Tout ce temps passé à dessiner des cabanes et des sous-marins, et voilà enfin ton vrai talent, dit-il. Le pop art, l'impressionnisme.

Je suis transportée de joie. Ce soir-là, j'emporte mon travail chez moi avec l'intention de le montrer à Kit. Mais, quand j'arrive à mon appartement, Neil m'attend devant la porte d'entrée. Il a l'air tellement furieux que j'hésite à faire demi-tour vers ma voiture.

– Qu'est-ce qui se passe ?

Je sors mes clefs. Neil a une clef accrochée à sa chaîne. Je ne suis pas sûre de bien comprendre pourquoi il m'attend dehors.

– Tu as oublié le dîner, lâche-t-il.

Je le regarde et il répète, de manière plus insistante.

– Le dîner.

Le dîner, le dîner, le dîner… ?

La prise de conscience de ma défaillance me saute brutalement au visage. Je me sens minable et si désolée que j'en ai mal au ventre. Le dîner de Neil. Que son patron a organisé pour lui. Pour l'accueillir dans sa nouvelle boîte. C'était important et plutôt excitant. Nous avions acheté une bouteille de champagne pour fêter ça, et j'avais même prévu ce que j'allais porter – une tenue ni trop sexy, ni trop sérieuse. Comment ai-je pu oublier le dîner de Neil ? Je ne sais comment exprimer verbalement mon désarroi. Je me retrouve à ouvrir puis à refermer ma bouche sans que rien n'en sorte. Neil attend que je dise quelque chose. Ses cheveux sont dressés sur sa tête et sa cravate est défaite.

– Neil. Pourquoi tu ne m'as pas envoyé de texto plus tôt ? Je…

– Je l'ai fait. Toute la soirée.

Je prends mon portable. Il est éteint. Depuis combien de temps est-il éteint ? J'ai oublié de le mettre à recharger.

– Je suis tellement, tellement désolée, j'arrive enfin à prononcer.

– Où étais-tu ?

Je suppose que c'est le bon moment. J'ouvre la porte en le regardant par-dessus mon épaule. Il hésite à me suivre à l'intérieur, et je me demande s'il est venu ici avec l'intention de me quitter.

– Je vais tout t'expliquer. Entre. Tu pourras rompre avec moi après.

Il se traîne à l'intérieur et s'assied sur le canapé. Sa tête est baissée et ses épaules affaissées. Je sens le nœud à l'intérieur de mon ventre se serrer davantage. Je ne suis vraiment qu'une petite conne égoïste.

– Je prends des cours d'arts plastiques en secret, je lâche. Depuis six semaines. Et j'ai menti quand je disais que je cherchais du travail. Je n'ai pas envie de travailler, je veux dire, si, mais je ne veux pas d'un boulot de comptable ennuyeux. Et c'est là-bas que je me trouvais ce soir. J'ai oublié ton dîner parce que je suis égoïste et stupide, et que j'étais en plein délire avec mes fusains et mon papier.

Il reste silencieux pendant un long moment et me regarde juste comme s'il me voyait pour la première fois.

– D'arts plastiques ?

Je lui fais signe que oui de la tête.

– C'est pour ça que tu dessines autant, ces derniers temps ?

J'acquiesce de nouveau.

– C'est bizarre.

Je lui fais face, paumes levées.

– Je sais. Pour moi aussi. Je pense que j'essaie de me trouver, quitte à faire un boulot de merde s'il le faut.

Neil semble perplexe.

– Je te connais depuis des années, Helena. Une des choses que j'ai toujours aimées chez toi, c'est justement que tu as toujours été la fille qui se connaissait bien. Pendant que toutes les autres filles tentaient de trouver un sens à leur vie, toi tu étais celle qui suivait une voie toute tracée.

– Les gens changent, Neil. Tu ne peux pas exiger de moi d'être la même personne toute ma vie. Merde, je ne suis sur terre que depuis vingt-trois ans, et tu fais déjà toute une histoire parce que je suis en train de changer un aspect de ma vie.

Neil lève ses mains, comme s'il voulait se protéger de ma colère.

– Ce n'est pas ce que je suis en train de dire. Je suis simplement surpris, c'est tout. Les gens comptent sur toi. Tu ne peux pas juste prendre une autre tangente sans prévenir personne. Même Della...

– Même Della quoi ? je hurle. Et depuis combien de temps Della et toi parlez derrière mon dos ?

– Ce n'est pas ça du tout, et tu le sais. On s'inquiète pour toi. Tes parents aussi. Plus personne n'a de tes nouvelles depuis des semaines.

Il a raison. Mes parents se sont endettés et ont dû hypothéquer la maison pour pouvoir payer mes études à l'Université. Tout ça pour m'offrir la chance d'avoir une belle vie. J'étais une vraie matheuse, la comptabilité semblait une évidence. Pendant toute mon enfance, je n'ai jamais montré le moindre signe de talent artistique. Même lorsque je prenais des leçons de piano, mes doigts avaient l'air d'être énormes et engourdis. Après deux ans de cours, c'est à peine si je pouvais jouer *Chopsticks* [6]. Je m'enfonce dans le canapé et prends mon visage entre mes mains. Mon Dieu, que dirait ma mère ? C'est un cauchemar. Non ! C'était un rêve !

– Tu as raison, je lui réponds. Je suis désolée. Je me sens tellement stupide.

En un instant, il vient me rejoindre, me caresse le dos et me réconforte. Je me laisse aller contre lui et me sens si fatiguée. Qu'est-ce que j'ai foutu ?

– Je vais me reprendre en main. Je ne sais pas ce qui m'a pris.

Nous ne parlons plus jamais du dîner que j'ai manqué, ni des cours d'arts plastiques auxquels j'ai cessé de me rendre. Je trouve du travail ; et je redeviens la personne que j'étais avant. J'oublie tous mes rêves.

---

6. Équivalent d'*Au clair de lune*.

Chapitre 7

#HERO

J'ai une addiction malsaine aux Kit Kat et aux poulets frits du KFC. Ce n'est pas un sujet dont je parle. Je ne pollue pas les gens avec cet aspect peu reluisant de ma personne. Parfois, mes cheveux sentent le graillon et le poulet bien croustillant, et parfois aussi, une barre de chocolat traîne sur le sol de ma chambre. Mais ne parlons pas de ces choses-là. Je préfère les garder dans l'ombre.

Mes rêves avec Kit ont beau être différents et moins réalistes, ils n'en restent pas moins terrifiants. Du coup, ma langue a viré au rouge à cause du vin, et mes cuisses se sont remplies de gras. J'ai dû acheter de nouveaux pantalons chez Express [7] pour démarrer mon nouveau boulot, parce que... KFC. Heureusement, tout le monde a plus ou moins commencé à travailler en même temps, et l'engouement pour ces nouvelles perspectives de carrière a relégué les réunions sociales

---

7. Outlet de vêtements à prix cassés.

au second plan. Kit n'a pas suivi le même cursus que Neil, Della et moi. Il a obtenu sa licence un an plus tôt dans une autre université. Selon Della, il révise pour passer son Master et travaille tard le soir. Donc, lorsque je crève un matin sur le chemin du travail, et que je dois appeler Triple A [8], je suis surprise de voir Kit au volant d'une camionnette blanche s'arrêter sur le bas-côté. Il a des Ray-Ban argentées et mâchouille un cure-dent.

– Yo, dit-il en se dirigeant vers moi. Je suis venu pour te sauver.

– Quel bobard ! Et Triple A est déjà en route. Mais merci quand même pour la galanterie.

Il a un petit rictus en s'accroupissant près de ma voiture pour inspecter le pneu.

– Tu as pris un clou, dit-il.

Les voitures qui roulent à toute allure derrière son dos soulèvent son t-shirt, révélant sa peau bronzée. J'ai envie de lui dire de faire attention, mais c'est d'une telle évidence. Je reste donc sur le bas-côté, les bras croisés sur ma poitrine, et je râle. Quand Kit se relève enfin et contourne la voiture pour me rejoindre, je passe mes mains sur mes cuisses grassouillettes et essaye d'éviter son regard.

– Il fait chaud, je dis. Je déteste la Floride.

– C'est peut-être la Floride qui te déteste. Tu devrais déménager dans un endroit où il fait plus frais.

– Où, par exemple ? je lui demande.

Je mordille l'intérieur de ma joue en attendant sa réponse, même si je sais déjà ce qu'il va me dire. *Wa-Wa-*.

– Washington. C'est top, là-bas.

– Ah ouais ? Tu y es déjà allé ?

---

8. Assistance routière.

– Je suis de Washington, dit-il en essuyant ses mains sur un bandana bleu qu'il sort de sa poche arrière. Port Townsend.

Je rejette ma tête en arrière et observe le ciel. J'ai envie de me jeter sur du poulet frit. Ou sur des tonnes de Kit Kat.

– Je crois que tu l'avais déjà mentionné.

Pourtant je sais que ce n'est pas le cas. Pas que je m'en souvienne en tout cas. Mais si cette info reposait quelque part dans mon subconscient, cela pourrait s'expliquer...

– Non, jamais. Je n'aime pas dire aux gens d'où je viens, à moins qu'ils ne me le demandent.

Je le regarde.

– Pourquoi pas ?

– Parce qu'ensuite ils pensent te connaître, et je n'en ai pas envie.

– C'est idiot. On a tous envie d'être connu.

Je penche la tête pour tenter d'apercevoir le camion de secours de Triple A. *Dépêchez-vous s'il vous plaît, dépêchez-vous s'il vous plaît.*

– Sauf ceux qui n'en ont pas envie.

– Alors pourquoi me le dire, dans ce cas ?

Il regarde le ciel, et je peux voir les nuages se refléter dans ses lunettes de soleil.

– Je ne sais pas.

Mes sourcils tressaillent l'espace d'un instant. Je suis contente qu'il ne me regarde pas.

– Au fait, comment savais-tu que j'étais ici ? je lui demande.

– J'ai des yeux.

Je le fixe en gardant mes lèvres pincées, de manière qu'il s'aperçoive de mon mécontentement.

– Je conduisais dans le coin, Helena. On ne peut pas te louper.

On ne peut pas me louper ? On ne peut pas me louper ? À cause de mes cuisses ? Aucune importance. La dépanneuse arrive à toute allure, tel un golden retriever en rut.

J'ai toujours eu un problème de timing, dans ma vie.

Kit patiente avec moi pendant qu'un mec qui ressemble à Ben Stiller change ma roue.

– Comment tu trouves mon regard Blue Steel [9] ? me chuchote-t-il, en faisant une drôle de tête.

– Parmi tous les films dans lesquels il joue, il fallait que tu cites celui-là, je soupire. Mais qu'est-ce que c'est ? Un centre pour fourmis [10] ?

Le sosie de Ben Stiller frotte ses mains l'une contre l'autre, puis il repart à la rescousse de quelqu'un d'autre.

– Merci de t'être arrêté. Et de m'avoir tenu compagnie.

– Pas de soucis ; tu es une sorte de cœur solitaire.

Un cœur solitaire. Ah bon ? Je détourne les yeux.

– Je ne suis pas solitaire, je lui dis.

Il a un petit sourire malicieux.

– Vraiment ?

Je le regarde de nouveau, abasourdie. Il a l'air si sûr de lui. Tous ces petits airs suffisants.

– À plus, Helena.

Cette façon qu'il a de dire mon prénom tout en souriant. Personne d'autre ne sourit comme ça en prononçant mon prénom. Non ? Du moins, je ne l'ai jamais remarqué chez qui que ce soit d'autre. Sûrement pas Neil, qui ne sourit que très rarement. Quant à Della, elle geint mon prénom la plupart du temps, et mes parents m'appellent Len d'une voix ronronnant d'adoration (je suis fille unique).

---

9. Fameux regard « Bleu Acier » du personnage Zoolander, tiré du film du même nom et interprété par Ben Stiller.
10. Réplique de Ben Stiller dans le film *Zoolander*.

Le temps que son prénom sorte de ma bouche pour lui dire au revoir, il est déjà dans son camion en train de démarrer. Ce n'est pas réel – rien de tout cela n'est réel. Ma fascination pour Kit, mon penchant pour l'art. Je suis en train de faire une crise de quart de vie. J'ai lu quelque chose à ce sujet sur Google : *Qu'est-ce qui ne va pas chez moi, putain ?* Le site était un point org donc je savais que je pouvais m'y fier. Enfin bref, il disait que parfois, lorsqu'une personne expérimente un grand changement de vie, elle perd complètement pied avec la réalité et tente de se raccrocher à quelque chose de nouveau avec lequel elle se sent plus à l'aise. Eh bien c'est ce qui est en train de se passer. J'ai hésité à laisser un commentaire avec mon histoire, ce qui aurait crédibilisé l'auteur. Je l'imagine en train de vérifier chaque jour son article dans l'espoir que quelqu'un comme moi partage sa dépression avec la communauté.org. Mais finalement, j'ai trop honte pour dévoiler quoi que ce soit.

La chaleur du sud de la Floride me dessèche complètement, ou plutôt me transforme en l'opposé de la sécheresse. Je lève les bras pour aérer mes aisselles. Et merde à la fin. J'appelle le bureau. Problèmes de voiture. Puis je roule dans la même direction que celle empruntée par Kit. Il vit à Wilton Manors. J'ai vu sa résidence en fouillant dans ses photos Facebook. C'est comme ça en Floride, il n'y a pas d'immeubles hauts mais des résidences d'appartements tentaculaires, peintes dans différentes nuances d'orange rosé, avec une salle de gym et une piscine. Je peux la retrouver. Et s'il était au travail ? Où travaille-t-il ? Il doit passer son Master – m'a dit Della une fois. Et il bosse comme barman le soir quelque part en ville. Facebook m'indique son lieu de travail. Parfait.

Je mets l'air conditionné à fond et me lance à la recherche de Kit Isley. Je vais aller là-bas et faire genre que c'est par pur hasard. Peut-être que discuter avec lui me remettra les idées en place. Après tout, Della et moi avons des goûts complètement opposés en ce qui concerne les mecs. Je vais débarrasser mon organisme de cette merde une bonne fois pour toutes. D'ici à lundi, je redeviendrai normale, et je pourrai réemprunter le chemin de ma vie parfaitement lisse et bien planifiée. Avec Neil aux commandes. Neil. Neil.

Neil.

Neil.

Neil.

Chapitre 8

#FUCKLOVE

Kit travaille à la Taverne on Hyde. Il est dix-huit heures quand je pénètre à l'intérieur et m'installe au bar. C'est un endroit stylé, je ne m'attendais pas à ce qu'il travaille dans un lieu comme ça. J'imaginais sans doute quelque chose de moins cool. Je sais, je sais. Je ne suis qu'une connasse fermée d'esprit. Je commande un verre de vin à une fille derrière le bar avec des piercings sur le visage. Elle me dit que son service est terminé, et que Kit va venir s'occuper de moi.

– Il n'est pas encore là, dit-elle. Il devrait arriver d'une minute à l'autre.

– Vous auriez de la Bièraubeurre [11] ? je lui demande alors qu'elle s'éloigne.

Elle ne m'a pas entendue, et c'est sûrement mieux comme ça.

---

11. Boisson dans *Harry Potter*.

J'envoie un appel de Neil sur la messagerie et me redresse sur ma chaise en voyant Kit entrer dans le bar. Il porte une chemise blanche boutonnée, un pantalon noir, et des bretelles. Ce n'est pas mon style, mais l'ensemble est assez sexy. Du genre, si votre frère portait ce type de bretelles, je pense que vous pourriez le trouver sexy aussi. Ok, là je vais trop loin, il faut vraiment que j'arrête de regarder *Game of Thrones* [12]. Kit se dirige vers l'ordinateur et entre son heure d'arrivée. Juste avant qu'il se retourne et m'aperçoive, je renverse du vin sur mon haut. Il s'échappe du coin de ma bouche, comme d'habitude. Il faut vraiment que j'aille consulter un docteur pour mon trou entre mes lèvres. Je suis en train de frotter mon haut quand il prononce mon nom :

– Helena ?

– Oui, je réponds. C'est moi.

Il se penche vers moi par-dessus le bar et m'observe. Je continue d'essuyer mes seins. J'arrête.

– Tu es tellement bizarre.

– Peut-être parce que tu me dis des choses très bizarres, je lui fais remarquer.

– Voilà pourquoi nous ne pouvons pas nous permettre de jolies choses, dit-il en me tendant un verre d'eau pétillante et un chiffon.

Je commence à être vraiment perturbée par toutes ces mentions de « nous ».

– C'était soldé, je lui dis. Douze dollars chez Gap.

– Je vois, dit-il en se dirigeant vers un autre client. Ça c'est bizarre.

Je hausse les épaules. J'ai des problèmes plus importants à gérer, comme mon trou entre les lèvres.

---

12. Référence à l'inceste entre le frère et la sœur Lannister dans *Game of Thrones.*

Le bar commence à se remplir et Kit revient vers moi à plusieurs reprises pour me servir de nouvelles boissons. Il ne me demande pas ce que je veux ; il m'apporte juste des trucs à boire. D'abord, un Martini avec une chose blanche toute fine qui flotte à la surface.

– C'est du litchi, dit-il. Tu vas aimer.

C'est le cas. Il revient au bout d'un moment avec du vin, blanc, cette fois. Un plat que je n'ai pas commandé arrive : des coquilles Saint-Jacques avec du quinoa à la mangue. Je n'ai jamais mangé de coquilles Saint-Jacques, mais il me dit que c'est son plat préféré. Elles ont la texture d'une langue, et j'envisage l'espace d'une seconde qu'il est peut-être en train de me faire passer un message. Le temps que je termine mon dessert, les tabourets du bar sont presque tous vides, et une mélodie de Nina Gordon passe dans les enceintes. Je suis complètement sonnée. Je me dis que ça serait drôle de danser sur cette chanson dans un restaurant vide. Comme je ne suis pas une bonne danseuse, je sais que c'est une pensée trop alcoolisée à laquelle je ne peux pas me fier.

Kit vient s'asseoir sur le tabouret près de moi. Ce que j'apprécie vraiment chez lui, c'est qu'il ne m'a pas demandé une seule fois pourquoi j'étais ici. Comme si la meilleure amie de sa copine débarquant sur son lieu travail et se bourrant la gueule était tout ce qu'il y avait de plus normal.

– On ferme dans une heure. Je te reconduis chez toi ?

– Je peux prendre un Uber, je lui dis. Ça va aller.

Il secoue la tête.

– C'est juste que j'ai peur pour toi, dit-il. Si le chauffeur du Uber remarque les taches sur tes vêtements, il risque de penser que tu n'as pas de quoi payer ta course.

– C'est vrai.

Plusieurs verres d'eau gazeuse sont posés sur le bar devant moi. Il empile les assiettes qui restent de mon dîner. Je sors mon portefeuille, mais il le repousse.

– C'est moi qui te nourris, ce soir.

Je suis trop étourdie pour protester.

– On peut partir d'ici dans une heure et demie environ. C'est bon pour toi ?

J'acquiesce. Mais lorsqu'il s'éloigne, je commande le Uber et griffonne une note rapide sur ma serviette. Je la glisse sous mon verre vide, avec un billet de vingt.

Je n'aurais jamais dû venir ici. Je n'aurais jamais dû rester. Je n'aurais jamais dû écrire cette note. Je suis à deux doigts de retourner la récupérer dans le bar, mais je ne tiens pas très bien sur mes jambes, et le chauffeur me regarde comme s'il hésitait à me laisser sur place.

Je me réveille sur mon canapé. Il sent le patchouli. Le patchouli me donne envie de gerber. Je me pince le nez et roule sur le dos. Je n'ai même pas réussi à aller jusqu'à ma chambre. Ce qui est cool, parce que j'ai un peu vomi sur l'un de mes coussins, et personne n'aime vomir dans son propre lit. Je titube jusqu'à la poubelle et y fourre le coussin. Puis je prends une douche. Mes cheveux sont à moitié recouverts de shampooing quand je me souviens de la note que j'ai laissée pour Kit sur le bar. Un gémissement s'échappe de ma bouche. Je bondis hors de la douche, ne perds même pas de temps à attraper une serviette et cours chercher mon portable. Mon Dieu. J'ai un milliard d'appels en absence de Neil, de mes parents, de Della, et de mon boulot. *Bla Bla.* Du savon est en train de couler le long de mes jambes. Je fais défiler tous les messages jusqu'à ce que j'aperçoive le nom de Kit.

K : WTF[13].

C'est tout ce qu'il dit. Je couvre ma bouche avec ma main. Qu'est-ce que disait la note ? Je ferme les yeux. Je me rappelle que je tenais maladroitement le crayon entre mes doigts. Que la mine a troué la serviette par endroits, et que j'ai dû l'étirer de chaque côté pour pouvoir écrire.

J'AI FAIT UN RÊVE. NE TE MARIE PAS AVEC DELLA.

Je gémis. Soudain, j'ai de nouveau envie de vomir. Au lieu de quoi, je me prends en selfie. Mes cheveux sont gonflés sur un côté de ma tête, et du mascara a coulé sur mon visage. Je range la photo dans un album qui s'appelle Phases Émotionnelles Honteuses, et je la nomme Note sur Serviette Humide. Le dernier selfie que j'ai rangé ici me représente le jour de ma remise des diplômes. Mon visage parfaitement apprêté est heureux… soulagé. Je l'ai nommée : Sallie Mae[14] Peut Aller Se Faire Foutre.

Je finis de prendre ma douche et retrouve un peu confiance. Je ne reverrai plus jamais Kit de ma vie. Tous mes problèmes seront réglés d'un seul coup. Et je m'arrangerai pour trouver quelqu'un de mieux pour Della, quelqu'un de plus grand, avec des expressions moins sarcastiques sur le visage. Elle sera de toute façon bien plus heureuse avec un docteur ou un courtier. Quelqu'un qui financera son mode de vie, sans empiéter sur son indépendance. Ou alors je pourrais me trouver une nouvelle meilleure amie. Elaine, à l'école, m'a toujours appréciée. J'aimais bien ses cheveux.

---

13. Anglicisme courant chez les jeunes, abréviation de « What the fuck », qui signifie « bordel de merde ».

14. SLM Corporation, plus connue sous le nom de Sallie Mae, est une entreprise américaine de collecte de prêts étudiants, fondée en 1972.

Neil veut aller à la plage. « Juste tous les deux », dit-il, mais vous savez comment ça se passe. Vous finissez toujours par tomber sur quelqu'un que vous connaissez alors que vous êtes en bikini et que votre ventre est gonflé de tout l'alcool et de toute la nourriture que vous avez ingérés la veille. J'y vais quand même, et je porte un maillot de bain une pièce. Je me sens encore un peu vaseuse quand je retire mon short et m'allonge sur ma serviette, la tête recouverte d'un livre ouvert. Neil me parle de son boulot pendant au moins quarante minutes. À aucun moment il ne m'a posé la moindre question sur le mien. Lorsqu'il marque une pause pour rire à sa propre blague, je lui raconte l'épisode de la crevaison, et il se renfrogne.

– Pourquoi tu ne m'as pas appelé ? Je serais venu te chercher. Ils me laissent prendre trente minutes de pause supplémentaires pendant le déjeuner tellement ils me trouvent bon.

Je lève les yeux au ciel derrière mes lunettes de soleil.

– J'ai appelé Triple A. Et puis, Kit m'a vue et s'est arrêté. J'ajoute cette dernière partie de l'histoire sans faire attention.

– Kit ? Le Kit de Della ?

– D'une, il ne lui appartient pas, je lui dis agacée. Et combien d'autres Kit connaissons-nous ?

– Tu ne trouves pas que c'est bizarre ? demande-t-il.

Je me redresse.

– Que le mec qui sort avec ma meilleure amie me voie en train de galérer sur le bord de la route et s'arrête pour m'aider ?

Neil lâche, vexé :

– Bon, vu de cette manière, je suppose que...

– Il n'y a aucune autre manière de le voir.

Il a l'air complètement dépité et perdu. Je suis en train de me pencher vers lui pour l'embrasser quand son portable s'allume pour lui signaler un nouveau message. Je n'ai pas l'intention de regarder. Je ne suis pas comme ça – une fouineuse. Mais je vois le nom d'une fille s'afficher. Il veut s'emparer de son portable, mais je suis plus rapide. C'est un réflexe. Mes doigts rentrent son code de manière automatique et...

tout

ce que

je vois

ce sont

des

seins.

– Helena...

Pourquoi dit-il mon prénom ? Pourquoi est-il en train de prononcer mon prénom ? Nous sommes tous les deux debout, à présent, moi toujours avec son portable dans la main en train de regarder les seins. Les photos ne cessent d'affluer. Je ne savais pas que des seins pouvaient être pris en selfie sous des angles aussi différents. Je me mets à trembler. Le portable me glisse des mains et atterrit sur le sable.

– Je dois t'avouer quelque chose, dit-il. Il s'avance vers moi, lentement. Comme si j'étais une sorte de bombe sur le point d'exploser. BOUM !

– Que tu me trompes comme un sale enfoiré que tu es ?

– Helena, laisse-moi parler.

– Juste une seconde, je lui dis.

Puis je lui assène mon poing. En plein dans l'œil, et comme mon père me l'a appris. Poing chargé, poing projeté. Sa tête est secouée et bascule d'avant en arrière comme celle d'un pantin désarticulé. Bong, bong, bong sur son cou de dindon maigrichon. Il porte sa main à son œil, et je le gifle pour qu'il ait une marque de chaque côté du visage.

– Helena ! hurle-t-il en agitant sa main pour que j'arrête.

Ça me fait du bien de voir le choc sur son visage. Ça me fait du bien de voir que nous sommes tous les deux en état de choc.

– Laisse-moi t'expliquer, tente-t-il.

Je lève ma main pour le frapper encore, et il recule apeuré.

– Depuis combien de temps ça dure ?

Son visage devient pâle.

– Pas longtemps.

– Combien de temps ? je hurle.

– Un an, dit-il en baissant la tête.

– Un an, je murmure.

Soudain, je n'ai plus envie de le frapper. C'est le néant absolu dans ma tête. Mes épaules s'effondrent.

– Pourquoi ? je lui demande.

Et alors qu'un son s'élève de ma gorge – un sanglot –, je sors la phrase la plus pathétique qui soit :

– Qu'est-ce que j'ai fait de mal ?

Neil laisse retomber sa tête.

– Rien, Helena. Et il ajoute : elle est enceinte.

C'en est trop. Je m'effondre violemment sur le sable et fixe l'océan. Il n'y a pas de vagues dans cette partie de la Floride, alors plutôt que des surfers, on peut voir des petits enfants en maillots de bain Dora l'Exploratrice.

– Tu étais très occupée, commence-t-il. C'est arrivé comme ça, et c'était une erreur.

Dire que c'était une erreur ne me fait pas moins mal ; en fait, tout me semble encore plus saisissant sous ce soleil de plomb, cette chaleur et ce sable. C'est comme s'ils me punissaient eux aussi.

– Je suis désolé, dit-il.

Mais il n'existe pas de désolé assez fort pour excuser une telle trahison. *Un an.* Neil était celui avec lequel je me projetais. Avec qui je parlais d'avenir.

Le choc cède alors la place à la douleur. Je me relève. Je ne peux pas rester ici. Je ne peux pas le regarder. Il a une trace dans le cou : vive, rouge, et boursouflée. Je suis tellement écœurée d'être sortie avec lui.

– S'il te plaît, Helena, dit-il. C'était une erreur, je t'aime.

Mais ça ne me fait rien, et le fait qu'il utilise le verbe « aimer », me fait rigoler. *L'amour est fidèle, l'amour est doux, l'amour est patient* [15]. L'amour... n'est pas ce que je croyais. Je ramasse mes affaires et m'éloigne en chancelant. *Le rêve. C'était dans le rêve.* Et elle s'appelle Sadie.

– Avada Kedavra [16], je murmure à l'attention de Sadie.

Je décide de rentrer chez moi en marchant. Non que je ne puisse appeler personne. Putain, Della serait là dans la seconde une machette à la main. J'ai juste besoin de réfléchir. Je me prends en selfie en patientant à un feu rouge et le range dans mon album PEH. Je le nomme « J'emmerde l'amour ».

---

15. Référence à la lettre aux Corinthiens dans la Bible.
16. Malédiction dans *Harry Potter*.

Chapitre 9

#BEFOREHECHEATS

Neil n'a pas envie d'être avec Sadie, mais Sadie a envie d'être avec Neil. C'est drôle quand on y pense, non ? Il devait la désirer assez pour prendre le risque de me perdre. J'apprends tout ça par messagerie vocale, mails, sms et par Della. Apparemment, il semblerait que pendant ma crise de quart de vie, Della et Neil se soient rapprochés. Je pourrais me sentir trahie, mais Neil s'en est déjà chargé. Sadie garde le bébé, évidemment, parce que son père est pasteur et qu'elle est contre l'avortement. En tout cas elle n'est pas pour l'abstinence. Neil me dit qu'il sera dans la vie du bébé autant que Sadie le lui permettra. Il veut réparer les choses entre nous. Je n'ai jamais aimé réparer quoi que ce soit. Qu'il s'agisse d'objets ou de mon cœur. Rien que le fait de penser à réparer des trucs m'épuise déjà. C'est ça, j'ai sommeil à la seule idée de réparer quoi que ce soit. Je dis donc à Neil d'aller se faire foutre, puis je pleure pendant deux jours. Était-ce ma faute ? Étais-je trop distante ? Pas assez expérimentée ? Pas assez jolie ? Pas assez bonne au lit ? Et quand de sales types sans loyauté vont semer leur graine ailleurs en couchant avec d'autres filles, pourquoi les femmes se blâment-elles et se remettent-elles en question ? Ce n'était pas ma faute. En fait, peut-être que si. Oh et puis merde. Qu'est-ce que ça peut bien foutre, de toute façon ?

Je décide d'aller boire des verres à la Taverne on Hyde. Je n'ai pas la moindre nouvelle de Kit depuis des semaines. Sa copine, en revanche, a élu domicile dans mon lit, pour me soutenir, cette fois-ci. J'ai beau être celle qui a le cœur brisé, c'est toujours elle qui me demande de lui préparer à manger. Elle trouve même le moyen de me dire que ça me changera les idées. *Tu dois rester active.*

J'ai la ferme intention de l'éviter ce soir, mais pas son copain, apparemment. Je ne pense qu'à deux choses, ces derniers temps : Kit et le rêve. Au fait qu'il m'ait presque prévenue. Peut-être que je le savais déjà inconsciemment. Neil n'était plus Neil depuis un bon bout de temps. Avec du recul, je réalise que nous n'étions plus en phase depuis... un an.

J'entre en vacillant dans la Taverne on Hyde, ma tresse complètement emmêlée et les yeux cernés de noir. Kit est en train de discuter avec un de ses clients de l'autre côté du bar lorsqu'il remarque ma présence. Il doit s'y reprendre à deux fois pour s'assurer que c'est bien moi, et je me demande à quel point j'ai mauvaise mine. *Tu as mauvaise mine, mais d'une manière mignonne et vulnérable,* j'essaie de me convaincre. Mais bon, je devrais sûrement commencer par brosser mes cheveux.

– Hello, dit-il en faisant glisser une boisson devant moi avant même que j'aie eu le temps de m'asseoir. Comment va ton cœur ?

– Je me sens sobre, et j'ai envie d'être saoule, je lui dis.

– Je suis désolé que ça te soit arrivé.

Il passe un coup de chiffon sur le bar, puis il prend appui sur ses coudes et m'examine. Ses jolis yeux ont l'air sincèrement tristes.

– La tristesse arrive par vagues, non ? C'est comme si tu te sentais différente toutes les dix minutes.

– Ouais.

Je me demande qui a bien pu briser son cœur, à lui ? Quelle salope. Je sirote ma boisson violette et fixe mon portable. Mais dès que je regarde mon portable, je vois des nichons apparaître dans ma tête. C'est dur d'oublier une telle chose, vous savez ?

Je reçois un message de Della.

D : *On devrait se faire belles et sortir, ce soir !*

Moi : *Pour danser avec des hommes qui finiront par me briser le cœur ?*

D : *Tu dois rester positive.*

Moi : *Rien à foutre.*

D : *Je peux te rejoindre pour boire un verre, alors.*

Moi : *Je suis déjà en train de boire. J'ai envie de rester seule.*

Elle ne me répond plus, et je sais que je l'ai blessée.

Je range mon portable. En dehors de cette peine de cœur insupportable, de ce sentiment de nullité, de ces crises de larmes sporadiques et de ce sentiment de désespoir, ça me plaît assez d'être célibataire. Tu n'as plus de comptes à rendre à personne sur l'endroit où tu te trouves et avec qui. C'est un mélange de liberté et de solitude, d'euphorie et de paix intérieure. Plus besoin de se raser non plus. Les pics d'émotions sont extrêmes dans le positif, comme dans le négatif. Putain de montagnes russes. Je choisis d'ignorer Della et mes parents, et il n'y a rien qu'ils puissent faire contre ça.

Kit ne mentionne pas la note que j'ai laissée la dernière fois, Dieu merci. Peut-être a-t-il oublié, ou peut-être pense-t-il que j'étais trop bourrée pour savoir ce que je faisais. Nous bavardons à propos de ses autres clients, et je mate ses bretelles dès qu'il a le dos tourné. Ses épaules sont vraiment larges ; il pourrait paraître trop massif, mais sa silhouette se rétrécit au niveau de la taille. Ce n'est pas mon genre de mec, mais c'est normal de remarquer des trucs. Je ne veux pas être comme ces personnes égocentriques qui ne sont intéressées que par ce qui les concerne. Finalement, mater les bretelles de Kit me permet simplement de travailler à être une bonne personne. Et tout ce dont il s'agit, ce sont ses bretelles. Il me chante les paroles d'une chanson qui parle de tromperie et me dit que c'est sur l'album de Carrie Underwood. Alors qu'il atteint la note la plus aiguë, il ferme les yeux et dresse un doigt en l'air. Tout cela me rappelle Mariah Carey, et c'est un peu gênant.

Je profite du fait qu'il disparaît récupérer le plat d'un client dans les cuisines pour laisser un billet sur le bar et filer en douce. Je n'aime pas les adieux, surtout lorsqu'ils me concernent. Je pense avoir parfaitement géré jusqu'à ce que j'arrive à ma voiture et que je voie Kit assis sur le siège conducteur.

– Tu crois que je ne te connais pas, maintenant ? me demande-t-il, en s'écartant pour me laisser passer.

– Tu étais occupé, je dis. Et j'ai des choses à faire.

– Du genre ?

Je passe ma langue sur mes lèvres, elles ont encore le goût du citron.

– Je dois me laver les cheveux.

– C'est une évidence, oui.

Une fois que je suis installée au volant, il referme la portière et se penche pour poser ses coudes sur le rebord de la vitre.

Je tremble, je suis hyper nerveuse. Il va me demander des explications sur cette foutue serviette, c'est sûr et certain. Je lui dirai que je ne m'en souviens pas, et qui est-il pour en douter ?

– Helena... Il sourit. Bonne nuit !

Mon Dieu. Putain. Il s'éloigne en souriant d'un petit air malicieux. Je lui renvoie un bref sourire et pars en marche arrière, en essayant de ne pas le regarder dans le rétroviseur tandis que je manœuvre pour sortir du parking. Ce n'est qu'en arrivant à la maison et en sortant de la voiture que je remarque la serviette sur le siège côté passager.

Je la ramasse. C'est le même type de serviettes qu'ils ont au bar.

Donne-moi une bonne raison de ne pas le faire.

Je lâche un petit cri. *Non, non, non, non, non.* Je fourre la serviette dans mon sac et me rue à l'intérieur. Della sera là. Della est là.

– Où étais-tu passée ? me demande-t-elle quand je franchis la porte.

Elle est en pantalon de pyjama et en soutien-gorge. Les deux sont à moi. J'ai la haine contre sa grosse poitrine. Elle me rappelle une sale histoire de textos.

– J'étais à une convention Harry Potter. Pourquoi ? Tu as besoin d'un snack ?

– J'étais inquiète.

– Dells, tu peux rentrer chez toi, tu sais. J'apprécie tout l'amour que tu me donnes, mais je n'ai pas besoin d'une baby-sitter.

– Des gens se suicident tous les jours après une rupture.

– Je n'ai pas l'intention de me suicider. Je me suis arrêtée prendre un verre à la Taverne on Hyde, je lui dis.

Son visage s'illumine.

– Tu as vu Kit ? Il est toujours aussi sexy ?

– Oui je l'ai vu ; il portait des bretelles et un t-shirt à manches longues malgré ce temps. Super sexy.

– Il n'aime pas que je vienne le voir quand il bosse, dit-elle. Il dit que ce n'est pas professionnel d'avoir sa copine en train de picoler sur son lieu de travail.

J'acquiesce. Della se comporte comme une ivrogne ; elle finit toujours par caresser un inconnu en chantant En Vogue [17] à tue-tête. Kit essaie sûrement de s'épargner cette honte.

– Il est très gentil, Della, je lui dis. C'est un mec bien.

Je déteste utiliser le cliché du mec bien avec Kit, mais je ne sais absolument pas quoi dire d'autre. C'est vrai. Della rayonne. Ce que je viens de lui dire la rend tellement heureuse que c'est elle qui me prépare à manger. Elle a déjà trouvé les noms de leurs enfants et a créé un tableau Pinterest en prévision de leur mariage. Pendant que nous mangeons, elle l'ouvre et me montre les nouvelles images qu'elle a trouvées.

– Un mariage en hiver, dit-elle. C'est tellement plus romantique.

En Floride, il fait dix-huit degrés pendant l'hiver, mais je ne le lui fais pas remarquer. Je hoche la tête et complimente sa photo de lampion.

Fucklamourfucklamourfucklamour

Donne-moi une bonne raison de ne pas le faire.

Je lui dépose un baiser sur le front. Il n'y a pas de bonne raison. Ils sont mignons, tous les deux. Le fait que je connaisse déjà le nom de sa fille n'y change rien. Ce n'était qu'un rêve.

17. Groupe de R'n'B.

Chapitre 10

#FOODPORN

Un soir, alors que Della et moi sommes en train d'écouter la chanson « Before He Cheats », de Carrie Underwood, quelqu'un frappe à ma porte. Je me lève pour aller ouvrir et trouve Kit debout sur mon paillasson, un sac de courses entre les mains.

– Puisque tu m'as volé ma copine, je viens vous préparer le dîner à toutes les deux, déclare-t-il.

Je suis hyper déçue qu'il ne soit pas venu juste pour moi. *Je suis un peu ta femme, quand même ! Nous avons un enfant ensemble, pour l'amour de Dieu.*

– Super chanson.

Il passe près de moi et embrasse Della.

– Ouaiiiiis.

Je mets Carrie sur silencieux, mais Kit continue de chanter depuis la cuisine. Même quand il pense que personne ne le regarde, il continue de faire ce truc avec les yeux fermés et le doigt dressé. Potentiellement ça pourrait être adorable, mais ce n'est pas mon genre. Et *sérieusement,* arrête de voler les poses de Mariah.

Il ne me demande pas où se trouve chaque chose et ne réclame pas mon aide – que je ne lui aurais pas donnée, de toute façon. Il s'affaire dans la cuisine pendant que Della et moi regardons un replay de *Teen Mom*, jusqu'à ce qu'il annonce qu'il est l'heure de dîner.

– Qu'as-tu préparé ?

Je m'installe à table avec le sentiment bizarre d'être invitée.

– Ropa Vieja.

Je me gratte le nez.

– De vieux vêtements ?

Mon espagnol se limite à quatre années d'étude au lycée, il se pourrait donc que je me trompe.

– Oui. Délicieux.

Della ne pose aucune question sur le linge sale de Kit, donc je ne le fais pas non plus. Il se trouve que c'est vachement bon. J'ai envie de prendre une photo pour mon album PEH et de la nommer : Je Mangerais Bien Son Vieux Pantalon, mais ils risqueraient de se poser des questions et de me trouver bizarre. Ils pourraient tous les deux mal l'interpréter. Kit débarrasse la table, fait la vaisselle et m'éjecte de la cuisine quand je lui propose mon aide.

– Il est parfait, déclare Della. Et si on passait une nuit blanche et qu'on jouait à des jeux ?

Quarante minutes et quatre bières plus tard, elle gît inconsciente sur mon canapé. Kit et moi sommes en train de jouer au Mancala, mais il est vraiment nul.

– J'ai compris ta stratégie, je lui dis. Tu n'en as aucune.

– Tu veux aller faire un tour ? demande Kit.

Nous jetons tous les deux un regard à Della qui n'est pas près de se réveiller.

– Dells, je l'appelle en la secouant par les épaules. Viens, on va se promener.

Elle gémit, enfoncée dans le coussin du canapé, et me repousse. Je hausse des épaules.

– Elle déteste la chaleur, de toute façon. Ça lui ruine son brushing.

– Ouais, je sais, dit Kit en souriant. C'est ma copine.

Je sens mon visage devenir tout rouge et je me précipite vers la porte en passant devant lui. *Évidemment. Évidemment.*

Je n'ai pas fait de brushing, juste un chignon flou. Kit en tapote le dessus tandis que nous affrontons la chaleur extérieure.

– On dirait une sorte de ruche, dit-il. De petites créatures pourraient vivre là-dedans.

– J'ai eu un escargot comme animal de compagnie, autrefois. Il s'appelait SnailTrail.

– Ta bizarrerie ne cessera jamais de m'étonner.

– J'ai pris des cours d'arts plastiques, je lâche.

Kit me regarde d'une drôle de manière, la tête penchée sur le côté.

– Tu as pris ?

– J'ai arrêté d'y aller parce que ça menaçait mon couple. Neil m'avait donné l'impression de l'avoir trompé quand il l'a appris.

– Ah, eh bien ce bon vieux Neil devait sûrement se sentir coupable de ses propres activités extraconjugales et cherchait quelqu'un à blâmer.

– Je n'étais pas très douée.

Il hausse des épaules.

– Mais tu es douée pour être passionnée. Et si tu es assez passionnée, tu peux exceller dans presque tous les domaines.

Je le fixe.

– Dans ce cas, comment Justin Bieber ne s'est jamais amélioré pour devenir un vrai bad boy ?

Nous rigolons tous les deux.

– J'essaierai peut-être quelque chose de nouveau. Hé ! Comment avance ton livre ? Tu as de nouveaux chapitres à m'envoyer ?

Je n'ai pas pensé au livre de Kit depuis la nuit où je me suis engueulée avec Neil à propos de son dîner manqué. Je n'arrive pas à croire que ça ait pu me sortir de la tête.

– Je me sens bien quand j'écris. C'est comme si tout se mettait en place.

Il irradie légèrement quand il en parle. Moi aussi j'aimerais bien avoir quelque chose qui me fasse rayonner comme ça. Nous dépassons un lac, qui n'en est pas vraiment un. Il y a un jet d'eau en plein milieu qui répand une pluie fine dans les airs. L'atmosphère est si lourde que j'ai envie d'aller m'y rafraîchir.

– Je peux te poser une question ? je lui demande.

– Tu viens juste de le faire.

Je lui fais les gros yeux.

– Tu es amoureux ?

Kit s'arrête de marcher, et je panique. Je suis allée trop loin, j'ai demandé quelque chose de trop personnel. Je tire sur mon lobe d'oreille et le fixe jusqu'à ce qu'il éclate de rire.

– Calme-toi, laisse ton oreille tranquille.

Je laisse retomber ma main sur le côté. Tellement bizarre.

– J'étais fiancé, avant Della, dit-il.

Ma tête chancelle. Je suis surprise. J'ai l'impression que c'est quelque chose qu'elle aurait pu me raconter.

– Elle n'est pas au courant, dit-il.

– Oh.

– C'est juste que nous avons décidé, tout au début, de ne pas parler de nos relations passées. Bref, puisque nous ne sortons pas ensemble, je peux te le dire.

Bien sûr que nous ne sortons pas ensemble. Nous sommes mariés.

– Tu ne peux en parler à personne. C'est une confidence.

– C'est ma meilleure amie. Tu penses vraiment que je ne vais pas lui dire ?

– En fait, oui. Si tu me dis que tu ne le feras pas, je te croirai.

Il a raison. J'excelle à garder les secrets des gens. Savoir que je les connais me donne l'impression d'être supérieure, même si personne d'autre ne le sait.

– Peu importe, je lui dis. Je ne promets rien du tout.

Nous arrivons à un croisement de chemins, et Kit choisit d'aller à gauche. Je vais toujours à droite. C'est bizarre qu'il ne m'ait pas demandé où tourner, ou qu'il ait juste choisi de manière si catégorique. Neil, lui, aurait hésité à cet endroit.

– C'était mon premier amour. Nous étions un merveilleux cliché. Jusque dans sa manière de me tromper avec un de mes amis.

Aha ! La salope !

– Je veux dire, je sais que c'était une erreur, nous n'avions jamais connu d'autre expérience, alors je comprends. Ça fait quand même mal. Je cherchais une raison de fuir après ça. Donc j'ai pris toutes mes affaires et j'ai emménagé ici.

J'hésite.

– Donc tu aimes Della, mais tu n'as toujours pas oublié ton ex ?

– C'est un peu ça, dit-il. Je veux juste prendre mon temps, cette fois-ci. Je suis resté en couple pendant cinq ans.

– Dac.

– Ne fais pas ça, dit-il en me regardant.

– Pas quoi ?

– Ne sois pas toute formelle et bizarre. Dis-moi juste ce que tu penses.

– Ok…

On ne m'avait jamais reprise sur ma façon de m'exprimer. Mais en y pensant vraiment, c'est sûrement une façon pour moi de choisir la facilité.

– Est-ce que tu parles le Fourchelangue ? je lui demande.

– Quoi ?

Son visage grimace d'incompréhension.

Je secoue la tête.

– Laisse tomber. Je pense qu'elle est à fond dans votre histoire. Et que toi tu ne l'es qu'à moitié. Et il semblerait que quelqu'un du nom de Della risque de souffrir.

– Je l'aime beaucoup. Elle est drôle, et elle ne se prend pas trop au sérieux. Elle a bon cœur.

Je suis d'accord avec tout ça. Mais je n'ai pas envie d'épouser Della, ni de vivre avec elle. En fait, j'ai vraiment très envie qu'elle rentre chez elle et cesse de manger mon pop-corn.

– Si tu n'avais pas toujours en tête… ?

– Greer, répond-il.

– Euh, sérieusement ?

Il hoche la tête.

– Si tu n'avais pas toujours Greer en tête, est-ce que tu verrais les choses différemment avec Della ?

– Je n'en sais rien. Je pense que la bonne personne peut balayer tous les souvenirs de la mauvaise.

Waouh. Ok.

– C'est sûr, je réponds.

Mais je ne le pense pas. Si c'était vrai, il n'y aurait pas autant d'humains en train de pleurer leur grand amour perdu. On ne veut pas toujours ce qui est bon pour nous. On veut ce qu'on ne peut pas avoir.

– Tu es plein d'espoir et d'optimisme, je lui dis. Mais ne brise pas le cœur d'une fille parce que tu tentes de te guérir d'une autre.

– Bien, M'dame. Mais quelque chose me dit que ce ne sera pas ça mon problème. Je vois un tout autre merdier dans mon avenir.

Je plante mes yeux dans les siens.

– Tu as un tatouage qui rappelle Greer, pas vrai ?

Ses yeux s'écarquillent, et il triture une éraflure sur sa joue en faisant une grimace.

– Ah ! je rigole. Je veux le voir. J'ai deviné, je le mérite.

Il secoue la tête.

– Hors de question. Personne n'a dit que j'en avais un. Tu es en train d'inventer.

Il sourit, et je sais que j'ai visé juste.

– Je n'aurai qu'à poser la question à Della, je continue. Elle l'a forcément vu.

Kit secoue la tête.

– Non, elle ne l'a pas vu.

J'incline la tête de côté.

– C'est impossible. Vous avez... je veux dire, vous avez déjà...

– Il est en encre blanche. Tu ne peux le voir qu'à la lumière noire.

– Oh.

Je marque une pause quelques minutes pendant que nous marchons péniblement le long du chemin. L'air chaud fait enfler mon nez et me donne envie de hurler.

– Qu'est-ce qu'il signifie ?

– Il signifie...

Il s'interrompt. Je me demande s'il est en train de reconsidérer le fait de me le dire ou pas.

– Il signifie « Ne crains pas les animaux ».

Et là, Della arrive. Elle somnole à moitié et a du mal à articuler.

– J'ai eu peur, dit-elle en passant ses doigts dans ses cheveux.

Ses yeux sont endormis, elle a toujours l'air bourrée.

– J'ai un peu envie de retrouver mon lit, dit-elle en me regardant. Ça t'embête si je rentre chez moi, ce soir, Helena ?

Elle a surtout envie de Kit dans son lit, et en elle, mais je hoche la tête. Ils ne repassent même pas chez moi. Je les raccompagne directement à la voiture de Kit, dans laquelle il aide Della à monter, avant de faire le tour et de s'installer derrière le volant.

– Bonne nuit, Helena.

– Hé, bonne nuit. Et merci pour le dîner.

– Désolé d'être un cuisiner si lamentable.

Il a un petit sourire en coin.

– Tu es un super menteur, en tout cas. Ça compense.

– Et toi, tu es super... tout court.

Je me sens tellement seule une fois qu'ils sont partis.

Chapitre 11

#KITELLA

Dans la vie, il y a des limites sérieuses et bien définies à ne jamais franchir. Craquer pour le mec de sa meilleure amie devrait être l'une d'entre elles. Débarquer régulièrement sur son lieu de travail et boire ses cocktails fruités devrait en être une autre. Je ne les aime pas autant que j'aime le Kentucky Fried Chicken, mais merde à la fin, si ce mec ne m'avait pas regardée en me disant que j'étais super… tout court. Super, ce qui veut dire au-dessus de la norme. Genre mieux que la plupart des filles. Pas la meuf basique, quoi. Super à faire saliver. J'ai réalisé que je me sentais vulnérable et que, la plupart du temps, j'avais l'impression d'être une personne sans intérêt – une fille qu'un mec peut tromper en appelant ça une erreur. Je ne veux pas être « la petite copine qui se tire » d'un mec. Je veux être « la petite copine qu'on empêche de partir ». Je m'inscris à un autre cours, mais cette fois je tente quelque chose d'un peu différent : l'argile. J'aime la sensation de la glaise fraîche et humide entre mes doigts. L'argile est une affaire de nombres et de proportions que l'on peut contrôler du bout de ses doigts. Je suis meilleure avec l'argile qu'en dessin. Mes mains semblent plus habiles. Je fabrique des tasses, des vases, des assiettes, puis des plateaux de service. Tous manquent de symétrie, mais j'en suis si fière que je balance la vaisselle bas de gamme achetée chez Walmart et la remplace par celle qui est faite main que je range dans mon meuble de cuisine. Je les peins tous en blanc et les éclabousse de peinture noire. Je livre un combat sans merci contre le style Pottery Barn censé émerger dans dix ans, selon mon rêve. La disposition bien ordonnée des vases en porcelaine de Chine et des petits nœuds décoratifs de toutes les couleurs me donne la nausée. *Ce n'était qu'un rêve. Ce n'était qu'un rêve,* je ne cesse de me répéter. Je travaille à développer mon propre style dans le chaos et le mélange de couleurs. La fille Pottery Barn est bonne pour Neil, pas pour Kit. La copine de Kit, elle, est couleur et texture.

Quand je prends conscience d'éviter Pottery Barn à cause de Kit, je me rends sur leur site en ligne et achète un duo de bulldogs français en céramique. Rien ne parviendra à me contrôler. Ni Kit, ni Pottery Barn. Pour harmoniser le tout, je remplace mes vieux coussins par de nouveaux dénichés au marché aux puces, mais je ne veux pas les toucher. Ni les disposer sur mon canapé. J'achète de quoi tout remplacer chez Pottery Barn. J'arrête aussi de boire du vin, vu que cela était intervenu à la suite d'une manifestation du rêve. Mais certains soirs, lorsque je me sens vraiment triste, je renifle un vieux bouchon que je conserve dans mon tiroir fourre-tout. Il ne provient pas d'une des bouteilles que Kit avait apportées chez moi ; du moins je ne pense pas. Je l'ai trouvé près de ma poubelle. Donc, quand je commence à dormir avec en le posant sur mon coussin de rechange, cela n'a absolument rien à voir avec Kit. C'est juste un bouchon quelconque auquel je me suis attachée. Pendant la journée, je le range dans mon sac et l'embarque avec moi au travail ou à mes cours d'arts plastiques. La poterie, c'est fini ; je m'inscris à des cours de peinture à l'huile, en espérant obtenir de meilleurs résultats que lors de mon premier cours avec Neptune.

Les week-ends, Della insiste pour que je les accompagne, elle et Kit, dans toutes leurs activités. Elle jure que ce n'est pas par pitié, que je ne suis plus sous surveillance rapprochée, que Kit apprécie vraiment ma compagnie et qu'elle a besoin de moi pour mon soutien moral.

– Un soutien moral pour quoi ? je lui demande.

– Un soutien moral de meilleure amie. Du genre, j'aime simplement t'avoir auprès de moi, ça me fait du bien.

J'adore Della, Dieu sait que je l'adore. Je la connais depuis la période où nous avions zéro personnalité, et que nous comptions sur *Tiger Beat* [18] pour nous dire sur quels garçons craquer – JTT pour ma part, Devon Sawa pour la sienne. Mais les gens grandissent, évoluent, ils sont répartis dans différentes maisons – Della chez Serpentard, moi chez Serdaigle. Ils deviennent ce que la vie leur a dicté, et Della et moi avons emprunté deux voies très différentes. Le père de Della a gagné à la loterie. Je ne vous raconte pas de conneries. Cinq cent mille dollars avec un simple ticket à gratter pendant notre deuxième année à l'école. Il a doublé son argent sur ses investissements, et du jour au lendemain, Della est devenue riche. Vacances dans les îles grecques,

18. Magazine de stars pour adolescentes, du type *Fan de*, en France.

croisières aux Bahamas à Noël, Range Rover flambant neuve pour sa dernière année d'études. Nos années *Tiger Beat* ont été remplacées par des années *Vogue*, des années de luxe, pendant lesquelles la famille de Della m'emmenait avec elle à chaque vacances, et à chaque sortie en mer. S'ils achetaient une nouvelle paire de lunettes de soleil Kate Spade à Della, ils m'en offraient une à moi aussi. C'était marrant au début, puis j'ai commencé à me sentir comme une pauvresse à qui on fait la charité. Je me sens toujours comme ça.

La seule fois où je n'ai pas ressenti cette pitié écœurante, c'est quand Kit m'a envoyé les chapitres de son livre. À moi uniquement. Ce n'était pas par pitié ; il voulait sincèrement les partager avec moi, et j'ai vraiment commencé à m'attacher à George, Denver, et Stephanie Brown. Si je pouvais les poser sur mon oreiller à côté de mon bouchon, je le ferais. Au lieu de ça, je lis ce qu'il m'envoie, encore et encore. Je comprends mieux l'engouement pour *Twilight*, et celui pour *Cinquante Nuances de Grey*. Pour la toute première fois, je ne fais pas que lire un livre ; je suis investie dans ce livre. Si George, Denver et Stephanie Brown n'arrivent pas à régler leurs problèmes ensemble, je ne lirai plus jamais un seul livre de ma vie. Kit apprécie mon implication dans leur histoire, mais nous n'en parlons pas devant Della. Della faisait partie de la *Twilightmania*, et après avoir lu un chapitre du manuscrit sans titre de Kit, elle lui a demandé si son histoire contenait des loups-garous ou des vampires. Après ça, Kit l'a très vite tenue à l'écart. Elle a râlé mais a tout de même accepté d'attendre qu'il ait terminé pour lire la suite.

Je me retrouve à une vente aux enchères avec Kit, Della, et notre amie June, avec qui nous traînons de temps à autre depuis le lycée. June et moi sommes sur la pelouse, en train de fouiller dans des caisses pleines de vieux livres, pendant que Kit et Della sont à l'intérieur et regardent des meubles dans la maison.

– Tu penses que les Kitella vont bientôt emménager ensemble ? demande June.

Je la regarde, surprise.

– Kitella ?

– Kit et Della, dit-elle. Kitella.

June est un drôle d'oiseau. Je sais que j'en suis un moi aussi à l'intérieur, mais June est un drôle d'oiseau à l'intérieur comme à l'extérieur. J'observe son chapeau fleuri et le collier en trombones qu'elle porte autour du cou.

– Kitella, je maugrée. Je n'en sais rien. L'appartement de Della est tellement... Della. Je n'imagine pas un mec emménager là-bas.

– Ils devraient modifier quelques trucs, ça c'est sûr. Et faire de la place. Ça fait un bout de temps qu'ils sont ensemble, maintenant.

– Seulement huit mois, je dis sur la défensive. Ce n'est pas si long.

– Allez, Helena. D'habitude, Della ne dépasse pas les trois mois. Son tableau de mariage sur Pinterest s'agrandit de jour en jour. Ces deux-là, c'est du sérieux.

C'est vrai. Elle a déjà choisi son menu et les compositions florales des demoiselles d'honneur. Della trouvait toujours quelque chose qui n'allait pas chez les mecs avec qui elle sortait avant. Charles était trop oppressant, Tim trop jaloux, Anthony avait une sœur jumelle insupportable. Kit est parfait ; elle le répète à longueur de temps. Et ils sont en train de chiner des meubles pendant que nous parlons.

– Tu trouves qu'ils vont bien ensemble ? me demande June.

– Ouais, ils sont mignons. Je pense qu'il lui apporte un équilibre. Il n'est pas aussi superficiel que la plupart des mecs avec qui elle est sortie.

June s'éloigne pour regarder une lampe, et j'ai envie de me noyer dans l'océan d'herbe autour de moi. Pourquoi est-ce que tout me semble être de mauvaises nouvelles ? Ce n'est pas que je ne souhaite pas le bonheur de ma meilleure amie, vraiment ce n'est pas le cas. Je veux juste qu'elle soit heureuse avec quelqu'un d'autre. Je pars les retrouver à l'intérieur de la maison. Ils sont en train d'examiner une bibliothèque.

– J'en ai vu une exactement comme celle-ci chez Restoration Hardware, dit Della. Pour quatre fois le prix. C'est du vol.

Kit n'a pas l'air convaincu.

– Nous n'avons pas assez de livres à nous deux pour remplir toutes ces étagères.

– On pourrait en acheter plus ! dit Della.

Puis elle se tourne vers moi et ses lèvres roses s'étirent tellement de chaque côté que je peux apercevoir chacune de ses dents.

– On emménage ensemble ! crie-t-elle en tapant dans ses mains.

Et je reste là, sidérée, en me demandant si June a des pouvoirs de médium.

– Dans ton appartement ? je demande, parce que c'est la seule chose que j'arrive à sortir de ma bouche.

– Non, voyons. Il est trop petit. Nous allons acheter une maison.

Je me tourne vers Kit, mais il évite mon regard.

– C'est vraiment super, je dis. Félicitations à tous les deux.

Puis je leur fais croire que je dois aller aux toilettes, mais je me dirige vers l'extérieur. J'ai besoin d'air, d'espace pour cacher mon visage en décomposition. C'est la chose la plus stupide que j'aie jamais expérimentée, mais je ne ressens pas rien pour autant. C'est ce qu'il y a de plus navrant chez un être humain. Des émotions que tu n'as pas même demandées, ni souhaitées, arrivent à te submerger malgré tout. Je fais rouler mon bouchon de vin entre mes paumes. Quelqu'un est en train de faire cuire du bacon dans une maison voisine. Je peux entendre la toux bruyante et grasse d'un homme et sentir la tristesse se propager de mon cerveau à mon cœur. Je sais que la vie n'est pas simple parce que je ne suis pas simple. En réalité, je suis en train de prendre conscience que je suis tout ce qu'il y a de plus simple, mais sans pour autant être normale. Tomber amoureuse d'un garçon est une chose, mais tomber amoureuse du copain de sa meilleure amie à cause d'un rêve, c'est... Je suis foutue.

Chapitre 12

#OLFUCKERY

On ne cherche à connaître la vérité que lorsqu'il se passe quelque chose de terrible et que l'on réalise en avoir besoin. Dès lors, il n'y a plus de retour en arrière possible. Des émotions en béton sont coulées et posent les fondations. Je pense que *c'est ce que l'on doit ressentir lorsqu'on devient fou.* C'est comme si les dix dernières années de ma vie avaient filé sans que je m'en aperçoive et que j'étais subitement devenue adulte sans avoir vécu le moment présent. Se bercer volontairement d'illusions est monnaie courante quand on est jeune. Dans mon cas, j'ai pris conscience de ce leurre suffisamment tôt pour m'en libérer. Je ne peux pas en vouloir à Sadie ; l'épisode Sadie aurait pu arriver avec un autre prénom. J'aurais pu être déjà mariée. Sadie n'est qu'un prénom pour illustrer l'incapacité de Neil à rester fidèle. Peut-être m'a-t-elle épargné bien pire. Je ne peux pas non plus en vouloir au rêve ; le rêve m'a réveillée. Mais il n'était rien d'autre que cela – un rêve. Je conserve l'art, parce que, avant de devenir illustratrice de livres de coloriage, je n'aurais jamais soupçonné aimer ça. Désormais, je transporte toujours avec moi un sac à dos rempli de fusains, de crayons, de carnets de croquis et de mon bouchon de bouteille. Je cesse d'écouter les tubes de l'été qui m'ont accompagnée pendant mes années d'université et crée des *playlists* aux airs nostalgiques et un peu pathétiques. Je suis ce que je suis. Je m'émerveille devant la faculté de la nostalgie à te faire fondre. Et pour éviter de disparaître complètement, il faut se reconstruire. Je me suis fait faire un tatouage au poignet, mais je n'en parle à personne et le cache sous ma montre. *Mai*, c'est tout ce qu'il dit. Parce que c'est la date à laquelle ma perspective a changé.

J'aide Kitella à emménager dans leur nouvelle maison. C'est une ancienne maison de style colonial avec des jardinières blanches. C'est la première fois du mois que je les vois. Kit n'a pas eu le temps de travailler sur son histoire à cause du déménagement, donc je n'ai eu aucun contact avec lui non plus. Quand je me gare devant chez eux, ce n'est pas Della mais Kit qui sort pour m'accueillir et me prendre dans ses bras. Je suis un peu raide au début, mais je finis par lever les bras et l'enlacer moi aussi. Le pire dans les câlins c'est l'odeur. Si on serre assez fort une personne contre soi, son odeur devient familière, et on l'associe à quelque chose de réconfortant, de familier et d'intime. Kit sent toujours l'essence et les épines de pin. *Essence et épines de pin*, je formule dans ma tête tandis que je relâche mon étreinte. *C'est tellement ça*. Quand une simple expérience olfactive fout la merde. Maintenant, je ne pourrai plus jamais sentir l'odeur de l'essence sans voir son beau visage. Je le suis à l'intérieur de la maison ; il semble tout excité. Della est en train de déballer la vaisselle pour la ranger dans le placard de la cuisine, un bandana rose noué autour de la tête. Je déteste l'admettre, mais elle est rayonnante.

– Helena !

Elle se jette à mon cou, et je bascule en arrière sur Kit. Nous tombons tous les trois à la renverse, sur le parquet de la nouvelle cuisine de Kitella, et éclatons de rire.

– C'est tellement parfait, dit Della. Tous de nouveau réunis.

Je m'éloigne d'eux en roulant vers le frigo et prends une canette de Coca sur l'étagère du bas, toujours allongée sur le dos.

– Cet exercice m'a déjà épuisée. On ne pourrait pas rester là toute la journée ?

Kit m'aide à me relever, puis me confie la tâche de défaire les cartons de vêtements de Della et de les ranger dans son armoire. Rien de nouveau. Della me charge d'organiser son dressing depuis notre première année de lycée. En compensation de ce service rendu, j'ai le droit de choisir une pièce parmi sa vaste garde-robe. Je trouve un jean de designer que j'aime beaucoup et le mets de côté. Il est à *moi*.

– Ne touche pas à ce jean Rag and Bone, hurle-t-elle depuis la cuisine.

Je le repose et le remplace par son blazer préféré pour la faire rager.

Les vêtements de Kit me perturbent. Il y a trop de chemises à carreaux. Personne ne devrait posséder autant de chemises à carreaux. J'en prends une pour la respirer, puis la respire encore. Je le refais une troisième fois, juste histoire d'équilibrer les choses ; j'aime faire les choses par groupes de trois.

– Est-ce que tu ne viens pas juste de sentir ma chemise ?

Je me retourne. Il est adossé contre la porte du placard, les bras croisés, empêchant toute tentative de fuite de ma part.

– Elle sent le moisi. Tu ne trouves pas ?

Je la lui tends, mais il ne la prend pas. Il me regarde intensément. Mais ce qui est encore plus perturbant que son regard, c'est son petit sourire en coin.

Il ne se doute de rien, merde, je tente de me rassurer.

– Elle sent le moisi, je lui répète.

Il regarde ma bouche, et je ne sais plus où me mettre.

– Della a envie d'aller dîner dehors.

Je baisse les yeux vers mes vêtements tout pourris, spécial déménagement.

– On ne pourrait pas juste commander ?

– Elle en a marre d'être ici. Elle veut sortir prendre un peu l'air.

Elle n'a même pas encore déballé tous les cartons qu'elle ne supporte déjà plus d'être dans sa maison.

– Tu as ton chignon bun sur la tête, dit Kit. Tu n'as besoin de rien d'autre.

Della a dû lui apprendre ce mot. Je préférais chignon ruche.

Nous décidons de manger des sushis. Mais Della ne veut pas du petit resto du coin où, selon elle, le poisson pue le poisson. Nous devons aller dans cet immense endroit branché en plein centre-ville. Allez, je porte mon nouveau blazer, et ça me met de bonne humeur. June nous rejoint au restaurant. Je pense que Della l'a invitée à se joindre à nous pour que je ne me sente pas comme la cinquième roue du carrosse. Mais honnêtement, j'ai l'impression d'être la cinquième roue du carrosse même quand je suis seule. June nous fait un signe de la main lorsque nous approchons du restaurant.

Elle le fait d'une manière frénétique. Comme si elle venait de faire naufrage et qu'elle avait besoin d'attirer notre attention. Elle porte un turban dans ses cheveux, et un t-shirt qui dit *Cou Cou.*

– J'adore cette fille, dit Kit.

Je lui fais un grand sourire : Moi aussi.

Nous sommes à peine entrés dans le restaurant que nous tombons sur Neil et Sadie, enceinte jusqu'aux dents. Elle porte le poids de son enfant, et moi celui de mon chignon. Neil rougit quand il me voit. Son regard glisse de Sadie à moi, tel un rat pris au piège.

C'est vraiment la merde de les voir ici. Ils étaient censés s'en aller, s'évaporer dans un nuage d'infidélité et de mensonges. Mon instinct premier me dicte de m'enfuir en courant. Mais pourquoi serait-ce à moi de fuir ? Ce sont eux les menteurs et les traîtres. Je me tiens proche de Kit, et tout à coup, je sens la pression de sa main dans le bas de mon dos.

Neil ouvre la bouche, mais je lève la main.

– Ne te fatigue pas la tête. La situation est gênante pour chacun d'entre nous sauf pour June, qui aime ce genre de trucs. Alors bonjour et maintenant dégage ; on a faim de poisson cru.

Kit pouffe de rire, et Della lui donne un coup de coude dans les côtes.

Neil et Sadie s'éloignent rapidement. Je ne regarde pas Sadie, je ne sais donc pas de quelle manière elle réagit à cette situation, mais Neil a l'air dévasté. Nous franchissons les portes du restaurant et les trois autres explosent de rire. Kit m'embrasse sur le haut de la tête, pile sur mon bun.

– Génial, dit-il. Tu es toutes les muses dont j'ai besoin.

Cela me plonge dans une transe de picotements/papillons/confusion. Je m'assieds le plus loin possible de lui et flirte avec le serveur. C'est juste amical. Je le sais. C'est une personne très, très gentille, et moi je suis une vraie salope à cause de ce rêve. Avant la fin du dîner, j'ai réussi à ruiner mon nouveau blazer avec de la sauce soja et chili.

– Il y a un magasin entier de vêtements disponibles pour toi, me dit Kit.

Della me fait les gros yeux, mais elle n'a plus aucun droit. C'est *moooon* blazer. June et Kit partent devant, et Della glisse son bras sous le mien.

– Eh, chuchote-t-elle. Je suis sûrement enceinte.

Mes yeux s'écarquillent et elle me fait signe de me taire.

– Je ne lui ai encore rien dit. Alors pas un mot.

– Que veux-tu dire par « sûrement » ? Tu n'as pas fait le test ? Tu n'as pas eu tes règles ? Qu'est-ce que... ?

Della lance un regard à Kit pour s'assurer qu'il ne capte rien.

– Eh bien, je n'ai pas encore fait le test, mais j'ai une semaine de retard. Une *semaine*, insiste-t-elle.

Ce n'est pas la première fois que Della a un retard d'une semaine dans ses règles. Mais c'est la première fois qu'elle semble s'en réjouir.

– Ok, allons en acheter un, alors, j'arrive à lâcher, malgré l'émotion qui étreint ma gorge. Il faut qu'on sache, qu'on en ait le cœur net.

Della hoche la tête, les yeux brillants et un petit sourire aux lèvres. Je finirai par être contente pour eux. Je le jure. Il me faut juste un peu de temps pour digérer.

Chapitre 13

#NEGATIVE

Le test de Della n'est pas positif. Je l'observe enrouler le test dans du papier toilette et l'enfoncer tout au fond de la poubelle. Elle a l'air profondément déçue. C'est tout de même étrange de réaliser que, il y a à peine quelques jours, la pire chose qui aurait pu lui arriver soit justement que le test de grossesse soit positif. À présent, ma meilleure amie souffre de ne pas être enceinte alors qu'il est arrivé une fois qu'elle fasse une vraie crise d'hystérie un après-midi à cause d'un préservatif qui avait craqué. Elle le voulait tellement. Pourquoi ? Je n'en sais rien. Elle a déjà Kit. Il n'a d'yeux que pour elle. Elle n'a pas besoin d'un bébé pour attirer son attention, ni pour le garder. Elle vient d'une super famille. Le genre qui se rassemble chaque mardi soir, juste pour passer du temps ensemble et déguster des pâtes à la bolognaise.

– Un jour, je lui dis pour la réconforter.

Ce n'est pas ce qu'elle a envie d'entendre. Elle me tourne le dos et ouvre la porte de la salle de bains. Elle a envoyé Kit acheter du lait pour que nous puissions mener à bien notre mission secrète. Elle pensait que, lorsqu'il reviendrait, il y aurait un événement à célébrer.

– Pourquoi est-ce que ça t'affecte autant, Della ? Je pensais que tu serais soulagée.

– Je suis soulagée, ment-elle.

Celle qui est soulagée, c'est moi. Je pense à ce que Kit m'a dit la nuit où nous nous sommes promenés. Combien il doutait de ses sentiments pour elle. Les choses ont peut-être changé depuis, mais dans le fond, je pense que quelques mois ne suffisent pas à soigner un homme de son passé.

– Della. Tu aimes faire les choses dans l'ordre. D'abord, un beau mariage, ensuite un beau bébé, ok ?

Je la serre dans mes bras, et elle se met à pleurer.

– Je voulais lui offrir quelque chose, dit-elle.

Ses yeux gris sont voilés, et ses cils humides. Elle est douloureusement belle, féminine et vulnérable. Je comprends pourquoi les hommes tombent aussi facilement amoureux d'elle. C'est Della.

– Tu devrais peut-être commencer avec un plus petit cadeau, je lui dis. Comme une montre, ou un chaton, ou autre chose.

Elle rigole à travers ses adorables larmes et jette ses bras autour de mon cou.

– Tu trouves toujours les bons mots. Merci, Helena.

Je passe la main dans ses cheveux comme j'avais l'habitude de le faire au lycée, lorsque j'étais la plus jolie et que les garçons qu'elle aimait bien n'arrivaient pas à voir au-delà de son appareil dentaire et de ses genoux cagneux. *Le jour viendra où ils s'en mordront tous les doigts*, je lui disais. Et ils s'en sont tous mordu les doigts.

Le pick-up de Kit se gare dans l'allée, et elle me laisse pour aller le retrouver. Je comprends. Je ne cherche pas à monopoliser l'attention de Della. Je suis même plutôt soulagée de laisser cette responsabilité à quelqu'un d'autre. Je l'observe sortir de la maison en courant et se jeter dans ses bras en enroulant ses jambes autour de sa taille. Il lâche son sac pour pouvoir la porter. De toutes les choses qui se sont passées ce soir, c'est certainement ce qui m'affecte le plus. La manière dont il a lâché son sac, si facilement, pour la prendre dans ses bras. Je n'ai pas beaucoup de points de comparaison puisque Neil était mon premier petit copain sérieux, mais je sais qu'il n'aurait jamais lâché ses affaires pour me rattraper de peur de se casser quelque chose. Une profonde douleur se répand dans ma poitrine. Savoir qu'il y a des mecs capables de tout lâcher pour attraper leur copine au vol. Moi aussi j'ai envie que *quelqu'un* m'aime comme ça, de manière aussi spontanée. Ou peut-être, je songe abattue, que je veux que ce soit *Kit* qui m'aime de cette manière. Pour pouvoir élever correctement mes enfants et être en mesure d'alimenter l'art qui sommeille en moi. Ce n'est vraiment pas le bon moment, mais je repense au bébé Brandi. Della voulait un bébé de Kit, et c'est ce que j'ai eu dans une autre vie. Je commence à rire bêtement et le temps que Kit et Della rentrent à l'intérieur, je suis carrément pliée en deux.

– Qu'est-ce qui se passe ? demande Della.

Elle regarde autour d'elle comme si elle avait loupé un épisode. La bouche de Kit s'étire, et il commence à rire aussi.

– C'est quoi votre problème, à tous les deux ?

Della pose ses mains sur ses hanches, mais sourit.

Je ne peux même plus tenir debout. Je me laisse glisser le long du mur dans le salon tandis que mon ventre se convulse de rire.

Est-ce que j'ai déjà rigolé comme ça ? Non, et je ne sais même pas ce qu'il y a de drôle.

– Elle a juste un fou rire, dit Kit, en secouant sa tête avec un petit sourire en coin. Ce n'est même plus un rire ; c'est un rire hystérique.

Della acquiesce.

– J'ai toujours pensé qu'elle avait un rire diabolique.

Cette remarque me fait rire encore plus fort ; le fait que Kit l'ait tout de suite remarqué, alors qu'il aura fallu dix ans, et un petit ami, à Della pour se rendre compte que j'ai un rire diabolique. Elle disparaît dans la cuisine en secouant la tête. Ce n'est pas le moment de croiser le regard de Kit. Il est toujours debout devant la porte fermée, son sac dans la main. Il ne rigole plus et ne sourit pas non plus. Ses lèvres sont immobiles, et il plisse des yeux. Quand nos regards se croisent, mon rire s'arrête net. Juste comme ça. C'est le Kit que j'ai vu dans mon rêve, celui qui a posé sa main sur la mienne et m'a dit : « *C'est avec moi que tu es censée être* ».

Je laisse reposer ma tête contre le mur, les mains ballantes entre mes genoux. Bourrée ou non. Sobre ou non. Fixer Kit Isley droit dans les yeux, dans son tout nouveau nid d'amour, me rend affreusement mal. J'ai l'impression d'être une merde. Je le regarde de nouveau car je veux savoir ce qu'il ressent. Je peux voir la poitrine de Kit se contracter. Sa respiration s'accélérer à cause de... quoi ? Peut-être que lui aussi a fait un rêve. Peut-être qu'il ressent lui aussi cette connexion. C'est sûrement dans ma tête, et c'est précisément ce qui me rend complètement dingue, que je puisse être en train d'inventer ça de toutes pièces. Je ne sais pas ce qui me pousse à le dire. De toute façon, je fais n'importe quoi, ces derniers temps. Ma voix est à peine audible. Je touche mes lèvres pour être sûre qu'elles sont vraiment en train de bouger.

– Eh, Kit. J'ai fait un rêve.

Je dégage les cheveux que j'ai devant les yeux pour le voir plus distinctement, puis les remets devant mon visage.

Ses yeux s'écarquillent ; ses lèvres s'entrouvrent.

– Ah oui. Sa voix est douce. Et de quoi parlait ton rêve ?

Maintenant qu'il me pose la question, je ne sais plus quoi dire. Ma langue me paraît tout engourdie, et mes pensées encore plus. Comment faire entendre ce qui relève de la pure folie ? Ma poitrine commence à être douloureuse. J'ai commis une énorme erreur. Je ressens encore les effets de l'alcool du dîner.

Puis Della fait tomber quelque chose dans la cuisine. Un verre se brise pile au bon moment. Tout est une affaire de timing quand on s'apprête à dire à quelqu'un que l'on rêve de lui au plus profond de son cœur. Putain, si ce n'est pas la chose la plus romantique du monde, ça. Kit tourne sa tête vers la cuisine, d'où Della lance des jurons et appelle à l'aide. Il me jette un regard plein de regrets. Se yeux glissent sur mon visage un dernier instant, puis il disparaît. Je ne dis même pas au revoir. Je file en douce pendant qu'ils sont dans la cuisine. Je ne manquerai à personne. J'ai toujours été la fille bizarre, de toute manière, celle que tout le monde s'attend à voir faire ce style de choses. Della aime être entourée de ses amies, mais depuis qu'elle sort avec Kit, elle a de moins en moins besoin de nous. Ce qui est une bonne chose. Sauf que non, parce que je ne peux pas faire ce que j'ai en tête. Je ne le peux pas.

Chapitre 14

#OMG

Le lendemain matin, je consulte ma messagerie et découvre un mail de Kit. La semaine dernière, quelqu'un a piraté son compte et m'a envoyé un virus sous forme de fines bulles, donc je préfère ne pas l'ouvrir immédiatement. Je me lave le visage, prépare du café, et je lance l'album de Pat Benatar sur la chaîne. Quand je suis enfin bien installée devant mon ordinateur, je remarque que le e-mail ne possède pas d'objet. Je me prépare à affronter un nouveau virus, mais lorsque j'ouvre le ficher, c'est un chapitre qui apparaît. Le fait qu'il écrive de nouveau me donne le tournis. Je sirote mon café et le fais défiler pour en voir le nombre de pages. Ça fait longtemps que Kit ne m'a pas envoyé de chapitre, et tout aussi longtemps que je n'ai pas lu de bon livre. Quand je les ai laissés, la dernière fois, George, Denver et Stephanie Brown avaient le cul entre deux chaises. Denver venait de perdre son travail parce qu'il s'était cassé une jambe, et Stephanie, en bonne âme charitable, avait proposé qu'il vienne s'installer chez elle. George se trouvait alors désavantagé et espérait lui aussi se blesser à son tour. Je les imagine tous en train de vivre dans le minuscule appartement de Stephanie Brown et pouffe de rire. Dans la vraie vie, les gens ne prennent jamais de décisions aussi radicales juste par amour. La pauvre Stephanie Brown finissait par être elle-même prise de court avec toute leur détresse. Mais alors que je fais défiler le chapitre, je réalise qu'il ne s'agit pas de leur histoire. C'est quelque chose de nouveau. Quelque chose qui me file la chair de poule sur tout le corps tellement c'est flippant. Je referme mon ordinateur. Pianote des doigts dessus. L'ouvre de nouveau. C'est toujours là, et je ne suis pas en train de rêver.

CHAPITRE UN
LE RÊVE

Quand j'ai fini de le lire, je referme mon ordinateur et retourne me blottir dans mon lit. Je me sens plus en sécurité dans mon cocon de draps moelleux et mes gros oreillers. Comment ? Comment diable a-t-il bien pu écrire ça ? Qu'est-ce que ça veut dire ? Comment est-ce possible ? Je fixe le café froid sur ma table de nuit et me sens nauséeuse.

Je suis tellement gênée. Que m'est-il passé par la tête de lui avoir raconté ça ? J'ai juste lâché quelques mots à Kit, dans un moment de faiblesse, et voilà ! Chapitre un : Le Rêve. Est-ce lui qui a eu l'idée de ce Chapitre un ou bien moi ? Je ne connais rien aux artistes, mais je commence à croire qu'ils pratiquent la sorcellerie.

Mon loyer n'est dû que dans un mois. Je peux tout quitter et partir vivre ailleurs. Mon Dieu, n'ai-je pas toujours rêvé de me tirer de cette fournaise de fosse sceptique remplie de gens bronzés et transpirants et de ces palmiers acérés ? Je suis atteinte d'une maladie qui s'appelle ne pas être capable de fermer sa putain de gueule. Et sérieusement, quand tu sais que tu vas finir par craquer, ne vaut-il pas mieux tout laisser tomber ?

« Du calme, Helena. Tu ne peux tout de même pas quitter la ville juste parce que le mec de ta meilleure amie a des pouvoirs psychiques. »

Je rampe vers mon portable et regarde mes messages. J'en ai reçu un de Kit.

K : *J'ai écrit cinq chapitres de plus la nuit dernière.*

Que se passe-t-il dans ces cinq chapitres ? Je veux savoir. Ses personnages n'ont pas de prénoms ; il les appelle simplement Il et Elle. *Il fait ceci. Elle fait cela.* C'est assez énigmatique, et son personnage masculin, qui passe son temps à employer des mots-valises, me fait sourire. C'est tout Kit. Fralade pour parler d'une salade de poulet frit, mot dont la composition ne fait en aucun cas penser à une salade. Sexcité lorsqu'il n'est pas sûr d'être vraiment séduit par quelqu'un ou qu'il est juste excité sexuellement. Co-ami pour appeler une connaissance qui pense être son ami. Et puis, j'arrive à me reconnaître dans cette femme que Kit décrit comme réservée, tourmentée, et déconnectée du monde qui l'entoure. Suis-je vraiment comme ça ? Ou suis-je tellement égocentrique que je pense qu'il s'agit de moi ? J'envisage un instant la possibilité que les mots que j'ai pu lui dire la nuit dernière aient fait germer une idée dans sa tête, et que les similitudes ne soient pas que pure coïncidence.

Je réponds à son texto : *De quoi va parler ce livre ?*

Une bulle de texte apparaît pour me signaler qu'il est en train d'écrire, mais disparaît subitement. Puis elle réapparaît, et disparaît de nouveau. Il est en train d'écrire des choses qu'il finit par effacer. J'empoigne mon portable entre mes mains, puis le jette plusieurs fois sur le lit. Toujours pas de texto. Je vais dans la cuisine pour grignoter un truc avant de faire plusieurs fois le tour de mon lit, en engloutissant des cuillères pleines de beurre de cacahuète à même le pot. J'ai peur qu'il ne m'ait répondu. Mais j'ai aussi peur qu'il ne m'ait pas répondu.

– Espèce de poule mouillée ! je hurle.

Je me rue sur mon téléphone, lâchant au passage le pot de beurre de cacahuète, qui tombe par terre.

Le premier message est de Della : *APPELLE-MOI TOUT DE SUITE !*

En lettres capitales. Nous réservons les lettres capitales aux situations d'urgence.

Le message de Kit est juste en dessous de celui de Della.

K : *À toi de me le dire.*

Je ne comprends pas le sens de son message. Est-il en train de me faire comprendre que, puisque je lui ai inspiré l'histoire, j'ai mon mot à dire sur ce qui va se passer ensuite ? J'appelle Della.

– Le test était faussé ! crie-t-elle au téléphone.

Il me faut une minute pour comprendre de quoi elle me parle. Le test était...

– Quoi ?!

– J'en ai fait un autre ! J'en ai fait cinq en tout. Ils sont tous positifs.

Je suis prise de vertige. Je m'assieds sur le rebord du lit et pose ma tête entre mes genoux. Je suis choquée et attends que mes émotions surgissent. Au fond de moi, je sais que ce ne seront pas des émotions positives, ni des émotions de joie. Pourtant ça devrait être le cas parce que ma meilleure amie attend un bébé.

– Tu l'as dit à...

– Non, répond-elle instantanément. Je ne lui ai pas encore dit. J'ai peur.

– Peur de quoi ? je lui demande sèchement. C'est ce que tu voulais.

– Ouais. Mais ce n'est pas comme si nous l'avions prévu ou que nous en avions parlé. Je ne sais pas vraiment ce qu'il va dire.

Si elle ne sait pas ce que Kit va dire, c'est qu'elle ne le connaît pas très bien. Je l'imagine parfaitement être surpris, avoir besoin de quelques heures pour digérer, pour finalement se résigner et laisser place à la joie. Kit est ce genre de mec.

– Waouh, je dis. Tout le monde attend des bébés, en ce moment.

C'est stupide de dire ça, et je m'excuse immédiatement.

– Excuse-moi, je suis juste sous le choc. Bien sûr que non, tout le monde n'attend pas de bébés... juste toi et Sadie.

Je mordille ma lèvre en attendant de voir comment elle va réagir à ça. Je continue de dire n'importe quoi alors que ce n'est pas mon intention. Franchement. Je suis contente pour elle. Je crois.

– Ça n'a rien à voir, me répond-elle sèchement.

– Bien sûr que non, je dis rapidement.

– Sadie a fait exprès de tomber enceinte.

– Ouais...

Ma voix s'éteint. Mon Dieu, faites que cette conversation se termine.

– Quand comptes-tu lui dire...

– Je dois y aller, dit-elle.

Elle raccroche avant que j'aie le temps d'ajouter quoi que ce soit. Je fixe le message de Kit un long moment, en essayant de décider quoi faire. Il va avoir un bébé avec ma meilleure amie, ce qui signifie que je ne peux plus totalement l'exclure de ma vie. Mais je dois quand même mettre un terme à certaines choses. Comme celle d'être attirée par lui. Alors peut-être que toute cette histoire de textos doit cesser aussi. Idem avec le fait de m'envoyer ses histoires. Ce dernier point me déprime complètement. Et l'ambiguïté qu'il instaure aux soirées, entre autres. Et – ok – je dois arrêter de débarquer sur son lieu de travail. J'efface tous ses textos sans même lire le dernier. Puis je supprime son numéro de mon portable. J'envoie un message à Della en sachant pertinemment qu'il effacera le malaise de notre dernière conversation téléphonique. C'est aussi simple que ça avec elle.

On devrait choisir des prénoms !

Sa bulle de texte apparaît presque instantanément.

Daphné, m'envoie-t-elle.

Mon Dieu, non ! je réponds.

Elle me répond un *lol,* et comme si rien ne s'était passé, et juste comme ça, tout redevient normal. Helena et Della. La copine bizarre et la jolie copine.

Kit ne me renvoie pas de message. Je prends des nouvelles de Della trois jours plus tard pour savoir si elle lui en a parlé.

D : *Ouais,* me répond-elle.

Moi : *Et alors ?! Il a dit quoi ?*

D : *Il était fou de joie. Il n'aurait pas pu être plus heureux.*

Moi : *Comme ça, direct ?*

J'insiste, mais je veux vérifier que j'avais raison à son sujet.

D : *Oui, direct.*

Elle ment.

Chapitre 15

#YOGI

Della a perdu le bébé. C'est Kit qui m'appelle pour me l'annoncer. Sa voix est éteinte et sombre. Je n'avais jamais entendu sa voix au téléphone auparavant, et je me demande s'il parle toujours de cette manière ou si c'est à cause du chagrin. Je quitte immédiatement le bureau et conduis les trois kilomètres d'une traite pour me rendre chez eux. Je sais que Della a demandé à Kit de m'appeler ; c'est son truc. Elle sait que ça rend la situation encore plus dramatique lorsqu'elle demande aux gens d'appeler à sa place. Je ne suis pas trop dure : elle est comme ça. La première fois qu'elle a eu ses règles, elle a demandé à sa mère de m'appeler pour me dire que quelque chose venait de se produire. Les gens ne changent jamais vraiment, n'est-ce pas ? Quand j'arrive au 216 Trinidad Lane, toute sa famille est rassemblée dans le salon. Les voir ainsi tous assis me déprime complètement. On dirait une veillée funèbre. Les membres de sa famille me prennent à tour de rôle dans leurs bras, puis je suis envoyée dans la chambre de Kit et Della où je la trouve allongée sur son lit, dans le noir.

– Salut. Je suis tellement désolée, Dells.

Je grimpe sur le lit près d'elle, et elle se blottit contre moi. Elle renifle.

– Je ne vais pas te sortir des trucs ringards, mielleux et limite désobligeants pour te réconforter, je lui dis.

– Je sais, répond-elle. C'est pour ça que je suis contente que tu sois là.

– Qui a dit les pires trucs ? je lui demande. Parmi tous ceux qui sont dans le salon ?

– Tante Yoli. Elle m'a dit que mon utérus n'était sans doute pas assez fertile pour être fécondable.

Nous éclatons de rire, et c'est à ça que servent les meilleures amies. À se changer les idées quand ça ne va pas.

– Une fois, tante Yoli m'a dit que mes seins ne me permettraient jamais de rassasier un bébé qui a faim, je lui raconte. Je n'avais que treize ans.

Nous rions de plus belle, et je prends la main de Della dans la mienne.

Elle allume la télévision, et nous regardons *Desperate Housewives* jusqu'à ce que Kit prenne le relais et vienne s'allonger avec elle sur le lit. Nous échangeons à peine un regard, mais au moment de nous croiser je saisis sa main et la serre. *Désolée pour le bébé*. Il me serre la main en retour.

Je me rends chez eux chaque soir après le travail. Della le vit très mal. Encore plus mal que je ne l'aurais cru. Je leur prépare le dîner et reste avec elle pendant que Kit est au boulot. Et, une fois de plus, ma vie se retrouve envahie par le chagrin de Della. Je m'en fiche sauf que je suis fatiguée. Et que je n'ai toujours pas fait le deuil de mon propre chagrin à moi. June me reproche d'entretenir malgré moi ce type de situations.

Je pense à la façon dont j'encourage June à porter d'ignobles chapeaux, et je sais qu'elle a raison.

Un soir, je suis en train de nettoyer la cuisine après qu'elle s'est endormie quand Kit rentre du travail. En voyant les lumières de sa camionnette, je ne peux m'empêcher d'être contente. Enfin une personne non dépressive à qui parler ! Il se hisse sur le comptoir près de l'endroit où je suis en train de faire la vaisselle.

« Tu dois aussi prendre soin de toi », est la première chose qu'il me dit. Et d'un coup, je me mets à pleurer. C'est tellement bête, il ne m'est rien arrivé de grave. Je n'ai pas le droit.

– Je suis désolée, je lui dis. Je ne cherche pas à attirer l'attention sur moi.

Kit a un petit rire.

– Tu ne cherches jamais à attirer l'attention sur toi. Peut-être que tu devrais.

J'agite ma main pour lui dire d'arrêter.

– Je vais bien. Tout va bien. Et toi ? Comment vas-tu ?

Kit secoue la tête.

– Tu n'as pas le droit de changer de sujet pour tenter de me distraire.

J'observe l'eau couler du robinet.

– Parler de moi me rend vraiment mal à l'aise. Je préfère t'entendre parler de toi.

– Très bien. Que veux-tu savoir ?

– Ta famille est au courant pour le bébé ?

Son visage ne trahit aucune émotion. Il est quasi indéchiffrable.

– Non. C'était un peu tôt.

Pas faux.

– Comment *tu* te sens ?

Il mordille sa lèvre inférieure.

– Je ne sais pas. J'ai à peine eu le temps d'intégrer sa grossesse que tout était déjà terminé.

– Tu es triste ?

Je le pousse à se confier. Je veux en savoir plus. Il se livre si peu.

– Je ne sais pas.

– Pour quelqu'un qui prétend tout savoir des sentiments des autres, tu sembles en savoir bien peu sur toi-même.

Kit grimace.

– Peut-être que je n'aime pas non plus parler de moi.

– Hum, je dis en souriant d'un air malicieux. On ne peut rien y faire, pas vrai ?

Il saute de son perchoir.

– Allons faire un tour, dit-il.

Je jette un regard vers la chambre.

– Ok. Tu crois qu'on devrait lui laisser un mot ?

– Elle a pris ses somnifères ?

J'acquiesce.

– Dans ce cas, elle ne se réveillera pas avant demain matin.

Je le suis dehors jusqu'en bas de l'allée. J'essaie de deviner quelle direction il va emprunter au bout de la rue, mais je me trompe. L'air exhale une légère odeur d'océan, et aussi d'essence provenant de la route. C'est un parfum d'évasion et de liberté. Je me demande si Kit le ressent aussi, et si ça lui donne envie de sauter derrière le volant de sa camionnette et de conduire, conduire loin de toute cette perfection.

– Kit, tu es amoureux ?

Il grimace.

– Pourquoi me poses-tu toujours cette question chaque fois que nous partons nous promener ?

– Pourquoi tu ne réponds jamais à la question ?

– C'est gênant, dit-il. Et ça ne te regarde pas.

Je rigole.

– C'est pas faux, Kit Kat.

Kit soupire.

– S'il te plaît, ne me fais pas revivre mes années lycée.

Les gens l'appelaient Kit Kat au lycée. C'est mignon. Je me demande à quoi il ressemblait.

Alors que je pense qu'il ne répondra pas à ma question, c'est pourtant ce qu'il fait.

– J'ai envie de l'être, Helena. J'ai essayé.

Je sais qu'il vient de partager un truc incroyablement personnel avec moi alors j'essaie de ne montrer aucune réaction. J'ai envie de le choper par le col et de hurler, « C'EST QUOI TON PROBLÈME ?! » et « C'est le cœur de ma copine que tu es en train de bousiller ».

Au lieu de ça, je me racle la gorge.

– Ah ouais ? Tu as failli être papa, Kit. Tu es en train de jouer à un jeu sacrément dangereux.

Il reste silencieux pendant un long moment.

– Della est ton amie depuis des années, Helena. Tu sais comment elle est. Plusieurs fois, on en est presque arrivés à se séparer. Elle... a menacé d'en finir.

Je suis stupéfaite. Vraiment. Je n'aurais jamais cru que Della puisse menacer de se suicider pour faire rester un mec. Mais je n'aurais jamais cru non plus que Della essayait d'avoir un enfant. Les gens changent, je suppose.

– Je ne sais pas quoi dire, Kit. Franchement, je ne crois pas qu'il s'agisse d'une raison suffisante pour rester. Ça ne m'a pas l'air très sain.

– Elle compte pour moi. Tellement.

– Je pense qu'il faut vraiment, vraiment aimer une personne pour vouloir un enfant avec elle. Et même dans ces cas-là, parfois les couples ne tiennent pas.

– Pourquoi est-ce que tu parles avec cette voix bizarre ?

Il me regarde du coin de l'œil, et je sens un tsunami émotionnel dans mon ventre.

– Ça m'arrive quand je suis nerveuse.

– On dirait l'ours Yogi.

Je lève les bras au ciel.

– Oh mon Dieu ! Je n'irai plus jamais me promener avec toi.

– Ouais ouais, c'est ça, Yogi.

– Toutes les maisons se ressemblent, par ici, je lui dis en essayant de changer de sujet. C'en est déprimant.

Kit rigole.

– Ma maison est différente, dit-il. Della a vérifié que personne n'ait de volets de la même couleur que les nôtres.

– Tu as raison. Vos volets sont de loin les plus beaux.

Et puis au même moment, nous disons « aubergine » et éclatons de rire. Elle ne pouvait pas tout simplement dire violet, mauve, ou un autre truc normal. Della a toujours aimé que ses affaires aient l'air le plus cool possible, et aubergine était l'adjectif le plus cool pour dire violet.

– Une dernière question.

Kit grogne.

– Quand sait-on, je veux dire, quand sait-on vraiment que l'on est amoureux ?

Nous nous arrêtons près du petit bassin de rétention autour duquel sont construites toutes les maisons. On peut voir la façade arrière de chacune d'elles, avec ses fenêtres étincelantes, faire face au bassin. Tandis que je jette un œil furtif vers les fenêtres des gens, Kit se penche pour ramasser un caillou et le lance pour le faire rebondir sur l'eau. Un... deux... trois... quatre. Je compte ses ricochets, impressionnée.

– Quand on a l'impression d'être dans un rêve, dit-il.

– Un rêve, je répète.

Il ne pouvait pas mieux dire.

Chapitre 16

#AWKWARD

– C'est bizarre. Toi et Kit.

– Hein ?

Della tient une robe contre elle en se regardant dans un miroir de chez Nordstrom, sauf que ses yeux ne fixent pas son propre reflet mais le mien.

Je tente de la jouer cool. J'écarte des cintres de chaque côté, examine des t-shirts moches et évite de croiser son regard. Pourquoi sommes-nous ici, déjà ? Ah oui, parce que c'est ce qu'elle voulait.

– Vous avez l'air bien proches. Sûrement plus proches que toi et moi ne l'avons été depuis un moment.

Elle regarde la robe, penche la tête et pince ses lèvres.

– On s'entend plutôt bien. Je hausse les épaules. D'où tu sors ça ?

Elle a soudain l'air coupable.

– De nulle part. C'est idiot. Je suis devenue d'une jalousie paranoïaque. Je n'ai jamais ressenti ça avec qui que ce soit avant. C'est plus intense, tu vois ?

Non, je ne sais pas. Je ne suis pas du genre à être jalouse.

Je secoue la tête en la regardant.

– Tu as toujours voulu que je sois amie avec tes petits copains. Tu les poussais carrément vers moi, avant. Et maintenant tu as un problème avec ça ?

Elle se mordille les lèvres. Ses grosses lèvres assorties à ses grands yeux.

– Je viens de te le dire. C'est différent avec Kit. Et... il t'aime bien. Il passe son temps à me parler de toi.

J'essaie de rester calme, mais je renverse un présentoir de bracelets.

– Oups. Merde.

Della se penche pour m'aider à les ramasser en me jetant un regard nerveux toutes les trois secondes.

– Ne te fâche pas, d'accord ? Je suis juste débile.

Je suis fâchée. Mais uniquement contre moi-même. La situation est-elle critique au point que Della remarque quelque chose d'anormal ? Je dois me retirer, laisser Kit tranquille.

– Tu n'es pas débile, je lui réponds. Tu es amoureuse. Et puis que peut-il bien dire sur moi ? Je suis chiante comme la pluie.

– N'importe quoi. Moi je t'adore, pas vrai ?

Je ne réponds rien. Della adore les gens qui répondent à ses moindres désirs. Et je suis experte dans ce domaine. Ce n'est pas que je me sente utilisée, juste indispensable.

– C'est juste qu'il veut toujours que tu sois là. Il partage ses histoires avec toi et pas avec moi. Et tous les deux, vous avez l'air d'avoir vos délires à vous, tu vois ?

– Vous n'avez pas de délires ensemble ?

Elle fronce les sourcils.

– Pas vraiment. Je ne pense pas qu'il me trouve très drôle.

– Il pense que tu es douce, je continue.

Et puis je lui répète toutes les choses positives que Kit m'a dites à son sujet.

– Et franchement, Della, je pense qu'il rigole de moi et non pas avec moi. Je ne suis drôle que parce que je suis bizarre.

– C'est vrai. Elle hoche la tête. Tu es très bizarre.

Je prends un chemisier sur l'étagère et le tiens devant moi. Elle lève les yeux au ciel.

– Il est beige. C'est tellement ton genre de porter du beige.

Je le repose. Qui pourrait bien avoir envie d'être le genre de fille à porter du beige ? J'observe ma meilleure amie s'admirer devant le miroir. C'est une chose très étrange à observer. La vanité en pleine lutte contre l'insécurité. Je ne pensais pas qu'une femme puisse posséder les deux, jusqu'à Della. Une belle femme, rongée par la jalousie. Jalouse de quoi ? je me demande intérieurement. Combien de filles rêveraient d'être elle ? Pas moi. Ça doit être éreintant de ne penser qu'à soi tout le temps. Ennuyeux, même. Je me sens coupable d'avoir de telles pensées sur Della. Si j'étais vraiment honnête avec moi-même, je reconnaîtrais qu'elles ont commencé à peu près au moment de l'arrivée de Kit. Une personne peut-elle vous faire changer d'avis sur une autre ? Ça ne devrait pas en être ainsi. Je ne suis pas quelqu'un de loyal.

Une semaine plus tard, je me retrouve à un barbecue chez Kit et Della. Il y a environ une vingtaine de personnes dans leur petit jardin. Certains sont assis dehors sur des chaises en train de boire de la bière pendant que d'autres, rassemblés autour du guacamole, sont retranchés à l'intérieur pour profiter de la clim. Je fais partie du groupe de dehors. Nous nous surnommons rapidement Les Exclus – pour plus d'une raison. Kit n'est pas parmi nous, mais il fait des allers et retours pour s'occuper des grillades. June est assise près de moi. Elle est pensive et tire nerveusement sur les pompons de sa jupe.

– Qu'est-ce qui t'arrive ? je lui demande. Tu te comportes comme une fille.

Elle jette un coup d'œil furtif vers la cuisine. C'est là que je comprends. Della a dû lui raconter des trucs sur moi. June déteste se retrouver coincée au milieu. Je pose une main sur son bras et plisse les yeux. Avant que je puisse dire quoi que ce soit, la porte de derrière s'ouvre et Della apparaît avec un plateau rempli de viande. June se retourne pour ne pas la regarder. Elle porte un short rose sexy et un débardeur blanc. Sans soutien-gorge. Tout le monde sait que tu as des tétons, Della. Merci de le faire remarquer. Je me dévisse le cou pour la regarder tendre le plateau à Kit et enrouler ses bras autour de sa poitrine en pressant son visage contre son dos. Comme il n'esquisse qu'un sourire, elle tente quelque chose de plus radical. Elle réclame de l'attention. Il y a trop de filles, ici, et Della a besoin de s'assurer que c'est elle la meilleure. Mon Dieu, ça craint de connaître aussi bien une personne. Ça me dérangeait moins avant.

Quelqu'un est en train de faire tourner un joint. Je le prends et tire dessus un peu trop ardemment. Ma quinte de toux perturbe le groupe. Du coin de l'œil, je vois Kit s'écarter de Della pour venir me rejoindre. *Non ! Non ! Non !* J'agite mes mains pour l'éloigner, lui et les autres. Je ne veux pas m'attirer encore plus d'ennuis. Je n'aime pas la manière dont elle me regarde, ces derniers temps, comme si j'étais une sorte de danger à surveiller de près. Kit me prend le joint des mains.

– Ça va passer, dit-il.

Je ne peux rien répliquer, je suis trop occupée à tousser, mais j'arrive à lui assener un regard noir. Della observe la scène depuis le barbecue, une main posée à la taille, l'autre tirant sur une mèche de sa chevelure soyeuse. June observe Della. *Putain, June !* Et Kit continue de m'observer alors que j'observe tout le monde.

– Ça va, je lui dis les dents serrées. J'ai déjà fumé avant, tu sais.

– On ne dirait pas.

Ça m'énerve qu'il me prenne à partie. Je ne suis qu'une de ses invitées parmi tant d'autres, et j'ai juste envie qu'on me laisse tranquille, pas qu'on me réprimande.

Je ne vais pas me laisser entraîner dans une dispute avec quelqu'un qui ferait mieux de s'occuper de ses affaires. Je lui reprends le joint, tire une deuxième fois, puis le passe à la personne à côté de moi.

Un de mes congénères du groupe des Exclus m'encourage.

– C'est ça, Helena.

Kit m'observe quelques secondes encore d'un air furieux avant de retourner à son poste près du grill. Du coin de l'œil je jette un regard à Della ; elle semble contrariée. Abattue. June gémit comme un petit chiot près de moi.

– Tais-toi, June, je lui dis. Les situations sociales gênantes sont le ciment de la vie.

– Il faut qu'on parle, dit-elle. Mais pas ici. Elle est en train de me surveiller.

Et c'est le cas. Elle nous surveille toutes les deux. Je regarde Della droit dans les yeux, parce que je n'ai pas peur d'elle. J'ai peur de ce que nous sommes en train de devenir. Notre relation est en train de s'effriter, de vriller. Notre amitié est en train de se dissoudre lentement, tandis que quelque chose d'autre se dessine à la place. On avait l'habitude de se regarder et de trouver du réconfort dans la connaissance que nous avions l'une de l'autre. Maintenant, nos regards se toisent. Se défient. C'est ce qu'il y a de pire quand on est jeune. On ne se doute pas une seconde de tous les changements à venir. Et quand ils arrivent, les gens ont eu beau nous avoir prévenus, on est quand même profondément surpris.

Chapitre 17

#BYETHEN

Je retrouve June un samedi pour un déjeuner tardif. J'ai envie de bruncher, parce que c'est ce que je préfère, mais June est vegan.

– S'il te plaît, Helena. Il n'y aura que des œufs, du bacon et des saucisses. Le brunch est le repas anti-vegan par excellence.

– J'aimerais juste avoir des amis normaux, je bougonne. Des amis qui mangent ne serait-ce que des dérivés d'animaux.

– Dans ce cas, trouve-toi des amis végétariens. Moi, je suis vegan.

Elle fait tournoyer sa robe fleurie pendant que nous attendons d'être installées et me lance un regard noir.

La jeune hôtesse nous conduit à notre table sur la terrasse et déploie deux menus devant nous. Nous avons toutes les deux envie de prendre la parole, mais attendons que notre serveur finisse de prendre notre commande.

– Elle pense que tu es intéressée par Kit, finit par me dire June.

Et bien que nous soyons dans un café bondé à une trentaine de kilomètres de Della, June regarde autour d'elle avec prudence comme si elle pouvait apparaître à tout moment. Je tambourine des doigts sur la table, agacée.

– Pourquoi je serais intéressée par Kit ? Pourquoi ce n'est pas Kit qui serait intéressé par moi ?

Je ne sais pas pourquoi, mais ça me dérange bien plus que de savoir que ma meilleure amie parle derrière mon dos. Qu'elle m'en veuille à moi et pas à lui. Je l'ai cherché... plusieurs fois. Mais c'est lui qui veut toujours que l'on aille faire un tour. Et tout le monde sait ce que ça veut dire de proposer à une fille d'aller faire un tour.

June lève les yeux au ciel.

– Parce que c'est une fille amoureuse, et que ce n'est jamais la faute des mecs. Seulement celle des rivales.

– Ah, parce que je suis une rivale, maintenant ?

Je croise mes bras sur ma poitrine et fais la moue. June remonte ses lunettes sur son nez.

– Kit te porte un peu trop d'attention. C'est ça le problème.

Je relève brusquement la tête vers elle.

– Non, c'est faux.

Elle rigole.

– La raison pour laquelle Della te voit comme une rivale, c'est que tu en es une. Kit craque pour toi. Il faudrait être aveugle pour ne pas le voir.

Mon cœur se serre atrocement. J'aimerais qu'il arrête de s'emballer. Ce n'est pas bien. Mais je sais aussi que ce n'est pas vrai. Kit est gentil et attentionné. Les gens interprètent souvent à tort ce genre de qualités.

– Della et moi n'avons rien en commun, je dis. C'est pour Della que Kit craque.

– C'est peut-être ça son problème.

June se penche en arrière pour permettre au serveur de déposer son assiette devant elle.

– Ils ne sont pas vraiment faits pour être ensemble, pas vrai ?

– Les opposés s'attirent.

– Tu es belle, Helena. C'est juste que tu ne le voies pas. Ce qui te rend d'ailleurs encore plus belle.

Je repose ma fourchette. Je suis tellement mal à l'aise.

– Beurk. Stop. Pourquoi tu me dis tous ces trucs ?

– Écoute, tu connais Della depuis bien plus longtemps que moi. Je suis devenue son amie grâce à toi. Et vice versa. Quelqu'un comme Della n'aurait jamais choisi d'être amie avec quelqu'un comme moi en temps normal.

– Qu'est-ce que tu racontes, June ? C'est n'importe quoi.

June agite ses mains en l'air et éclate de rire.

– Ça ne me touche pas. Je t'assure. Je sais juste comment fonctionnent les choses. Laisse-moi te parler dans ton langage pour que tu comprennes où je veux en venir. Della est Cho [19], et moi je suis Luna Lovegood [20].

Je frappe un grand coup sur la table.

– Tu es Luna ! Oh mon Dieu ! Pourquoi ça ne m'a jamais fait tilt ?

– Exactement, dit-elle.

– J'adore quand tu communiques avec moi en langage *Harry Potter*. Et moi, je suis qui ?

– Tu es une moldue qui a envie de posséder des pouvoirs magiques.

---

19. Jeune fille très jolie dans *Harry Potter*.
20. Jeune fille un peu bizarre dans *Harry Potter*.

Je me renfrogne.

– C'est vraiment méchant.

June hausse des épaules.

– Alors cherche des pouvoirs magiques. Ça ne tient qu'à toi.

Peut-être qu'elle a raison. J'ai commencé à y travailler, non ? Lorsque je me suis inscrite à ces cours. Je suis tellement vexée de n'être qu'une moldue. Une pauvre moldue du genre à aimer le beige. C'est une bien triste journée dans le Monde merveilleux d'Helena.

Au moment de nous quitter, je la serre fort dans mes bras.

– J'aurai une discussion avec Della, je lui dis. Pour essayer d'arranger les choses.

Elle ne me regarde pas. Quand June fait ça, ça veut dire qu'elle a encore quelque chose à ajouter.

– Parfois, ça ne sert à rien. Accepte-le, tout simplement, d'accord ?

– D'accord, June. D'accord.

Mais Della et moi avons surmonté la puberté ensemble. Lorsqu'elle est devenue pom-pom girl en première année et qu'elle s'est fait de nouvelles amies, nous avons surmonté ça. Et quand j'ai commencé à sortir avec Louis du groupe de discussion, et que je ne la voyais plus autant, nous avons surmonté ça. Et lorsque nous avons eu notre première vraie dispute sur la façon dont elle avait changé, nous avons surmonté ça. Et quand nous n'avions plus rien en commun, nous l'avons surmonté aussi. Nous avons toujours fait en sorte d'arranger les choses. Nous sommes comme ça.

Pendant tout le trajet du retour, je n'arrête pas de repenser à ce que June m'a dit. À quel point c'est ma faute. À ce que j'aurais pu faire différemment. Je ne suis pas douée pour flirter. Je n'essaie même pas de flirter. Aurais-je flirté avec Kit devant Della sans même m'en rendre compte ? Si j'ai fait quelque chose de mal, je veux en prendre la responsabilité. J'ai juste essayé d'être sympa avec lui, en gardant mes distances. Mais, ce rêve... ce rêve m'a rendue différente. Et si je voulais vraiment, vraiment regarder les choses en face, je dirais que le rêve a altéré ma capacité de pardonner à Neil. Tout à coup, j'ai commencé à croire que les choses allaient mieux. Que mon sentiment de solitude s'était envolé.

J'appelle Della dès que j'arrive chez moi. J'ai tout prévu – tout ce que je vais lui dire. Elle répond à la troisième sonnerie. J'entends beaucoup de vacarme et de remue-ménage en bruit de fond.

– Allô ? Dells ?

Je maintiens mon portable loin de mon oreille et suis sur le point de raccrocher quand je l'entends. Un long gémissement, une respiration saccadée.

– Della ?

Della répond, mais c'est le prénom de Kit qu'elle prononce, suivi d'une série de petits cris. Je raccroche précipitamment et sens la chaleur envahir mon visage. Elle a dû décrocher accidentellement pendant qu'ils étaient en train de faire l'amour. Oh mon Dieu ! Je recouvre mon visage de mes mains. Je suis pétrifiée.

Je ressens aussi autre chose. Qu'est-ce que ça peut bien être ? Je chasse ce truc de ma tête et ouvre une bouteille de vin. Je ne prends même pas la peine de sortir un verre, je bois directement au goulot. Le vin atteint le fond de ma gorge, et je le bois comme si c'était de l'eau. Tellement classe ! J'aurais aimé avoir un alcool plus fort – comme ce whisky que Neil avait l'habitude de ramener pour les occasions spéciales. Cinq gorgées suffisent à te faire sentir invincible et blindée de courage. J'ai besoin de courage. Je suis complètement flippée.

Elle me rappelle plus tard dans la soirée alors que je suis sur le point de me mettre au lit.

– Hé, désolée, j'ai manqué ton appel.

Le ton de sa voix est neutre. Sec. Je suis encore sonnée par la bouteille de vin que j'ai descendue.

– Oh. Pas de soucis.

S'ensuit une longue pause pendant laquelle j'en viens à me demander si elle attend que j'intervienne sur ce qui s'est passé. Est-ce qu'elle sait, au moins ? Puis je me sens comme la dernière des connes. Bien sûr qu'elle sait. Parce qu'elle n'a pas ignoré l'appel. Elle l'a fait exprès.

Ma voix est plus froide qu'elle ne l'aurait été sans cette prise de conscience.

– J'appelais juste pour prendre des nouvelles. On ne s'est pas parlé depuis le barbecue. Tu étais bizarre.

– Tout va bien, dit-elle. Comme d'hab.

J'acquiesce. Très bien, dans ce cas.

– Ok.

– Ok, répond-elle. Au revoir, alors.

Elle raccroche la première.

Donc, voilà où nous en sommes ? Elle n'a rien à me dire, et je n'ai rien à lui dire. Ça fait mal.

– Les copines avant les mecs ! je hurle au téléphone.

Mais c'est trop tard. Un mec arrive, et les deux copines sont dans la tourmente.

– Va te faire foutre, Kit Isley, je lâche dans un souffle.

Mais je ne le pense pas, et puis Della s'en est déjà chargée. Le plus triste dans tout ça c'est que je n'ai personne à qui en parler. Normalement, je me confierais à Della. Kit. Kit est la seule personne à qui j'ai vraiment envie de parler. Ah ! Elle a raison, pas vrai ?

Je sors mon portable, le mets au-dessus de ma tête et prends une photo. Je la nomme, La Moldue Perd une Amie.

Chapitre 18

#GRAVITY

Pendant un mois, je ne parle plus ni à Kit, ni à Della. Trente jours d'isolement loin d'une personne qui a toujours fait partie de ma vie, et d'une autre dont je n'ai pas envie de me passer. Mon moral est au plus bas, mais je m'occupe l'esprit avec le travail et les nouveaux cours d'arts plastiques auxquels je me suis inscrite. Cherche des pouvoirs magiques, m'a dit June. Alors, j'essaie. J'aimerais juste obtenir une baguette magique. Les Martin et Marshall du bureau me proposent d'aller faire un tour à la foire de Broward County. Pour équilibrer le ratio filles-garçons, j'invite June à se joindre à nous. Martin est corpulent et a les cheveux roux. Il se targue d'être un fin connaisseur en vins et aime faire en sorte que les autres se sentent inférieurs à lui. Je vous jure, même sa voix change quand il nous donne un cours sur la peau délicate des raisins de Pinot. Je m'enfonce un peu plus profondément dans mon siège car je ne sais pas de quels raisins il parle. Les rouges ? Le film préféré de Martin est *Sideways* avec Paul Giamatti. Je comprends bien pourquoi. Marshall, quant à lui, est portoricain et a du mal à saisir pourquoi ses parents l'ont appelé Marshall alors que ses autres frères se nomment Roberto, Diego et Juan Carlos. Il souffre d'une crise identitaire auto-proclamée. Je les apprécie beaucoup tous les deux, bien que June les trouve bizarres. Ce qui en dit long. Nous passons la soirée à vaquer de manège en manège tandis que Martin nous enseigne la différence entre un pinot gris et un pinot grigio. (Réponse : Ils proviennent de la même grappe, mais le pinot gris est produit en France, tandis que le pinot grigio vient d'Italie.) Ça ne m'intéresse qu'à moitié mais je continue néanmoins de lui poser des questions. Les garçons s'arrêtent pour faire une pause pipi-grignotage, et June agrippe mon bras tout en enfonçant ses ongles dans ma peau.

– Il n'arrête pas de me demander si ça m'intéresse d'aller vivre en Chine, siffle-t-elle.

Elle lance un coup d'œil à Marshall en train de faire la queue pour s'acheter un beignet.

– Je crois qu'il essaie de me prendre comme épouse.

– Tu ne sors avec personne, je lui suggère gentiment. Et tu adores la nourriture chinoise.

– Beurk !

Elle s'éloigne vers les toilettes pendant que je rejoins la queue pour faire le Gravitron.

– Bien joué, Helena, je me dis à voix haute. Énerve la seule amie qui te reste.

– Moi je veux bien être ton ami.

Je me retourne et tombe sur Kit debout derrière moi, un putain de sourire en coin sur le visage. J'essaie de me remettre de mes émotions le plus rapidement possible, et je redresse les épaules.

– J'en doute, je lui assène. Ta petite amie n'apprécierait pas.

Waouh ! Encore plus d'agressivité ?

Je le regarde d'un air désolé et baisse la tête.

– Désolée, je lui dis.

– Pas de soucis, répond-il. La vérité est souvent cruelle à entendre.

– Comment vas-tu ?

J'essaie le plus discrètement possible de chercher Della dans la foule, mais sans succès. Mes yeux s'agitent dans tous les sens comme ceux d'une camée.

– Elle est aux toilettes, dit-il. Elle va sûrement tomber sur June et discuter avec elle encore quelques minutes. Tu es venue avec elle, non ?

Je me demande s'il nous a vues, ou s'il a regardé mes photos sur Instagram.

Marshall choisit ce moment précis pour agiter un beignet sous mon nez. Je lui fais un sourire crispé.

– Marshall, voici mon ami, Kit.

– Hé, mec.

Marshall jongle avec sa boisson et son plat pour pouvoir serrer la main de Kit, puis agite de nouveau le beignet devant moi.

– Nan. Non. Je n'ai pas changé d'avis depuis vingt secondes.

Kit enfonce ses deux mains dans ses poches et son regard glisse de moi à Marshall. Il prend un air amusé.

– Donc... dit-il.

– Ah, et voilà les filles avec Martin, je l'interromps.

Notre groupe s'agrandit quand Della, June et Martin nous rejoignent. Della porte un ensemble ridicule composé d'un short et d'un top en cuir. Je ne suis pas sûre de savoir si elle entre dans la catégorie pole danseuse de charme ou fille qui veut désespérément attirer tous les regards. J'aurais aimé ne pas porter de beige. Elles reviennent vers nous bras dessus bras dessous avec June. Je regarde Kit pour voir s'il apprécie ce genre de tenue, mais je le surprends en train de me regarder, moi.

– Salut, dit Della. C'est drôle de te voir ici. Elle se présente à Martin, me donne une brève accolade et s'agglutine à Kit.

Je détourne les yeux.

– Alors, tu vas monter dans ce truc ? demande Della, en regardant le groupe. Parce que moi, c'est sûr que non.

– Je n'en ai pas très envie non plus, dit June. Allons faire la Grande Roue.

Della lui lance un sourire éclatant et hoche la tête, puis fait mine de bouder en regardant Kit.

– Viens avec nous, dit-elle.

– Je préfère monter là-dedans, dit-il. Allez-y sans moi.

– J'ai envie que tu viennes avec nous, insiste-t-elle.

Je peux la ressentir, la tension.

Tout à coup, j'ai une envie folle de croquer dans le beignet de Marshall. Je lui arrache l'assiette des mains et commence à fourrer des morceaux dans ma bouche.

– Je croyais que tu n'en voulais pas, se plaint-il.

Je lui rends l'assiette et prends son Coca.

Kit et Della sont en train de se disputer. Elle insiste pour qu'il vienne, et lui refuse d'y aller.

– J'ai très envie d'un kebab, là tout de suite, je dis. Quelqu'un aurait-il envie d'aller en chercher un avec moi ?

Je regarde Martin, qui regarde Marshall, qui regarde June.

– Tu es la prochaine dans la file d'attente, me dit June. Tu ne peux pas partir maintenant.

Je la vois lancer des coups d'œil nerveux en direction de Kit et Della.

– Allons-y, June, dit Della, en s'éloignant de Kit et en avançant vers la Grande Roue.

AIDE-MOI, mime June avec sa bouche avant de s'empresser derrière elle.

– Je vais avec elles, dit Marshall.

– Mec !

Martin semble embêté. Il observe son ami courir après les filles, puis se retourne vers nous.

– Il faut monter à deux, dit-il en regardant Kit.

C'est faux. Le Gravitron peut se faire tout seul, mais Kit rentre dans son jeu.

– Ouais, dit Kit. Donc, tu vas monter tout seul ?

J'étouffe un petit rire, mais Martin ne se laisse pas démonter. Il gonfle son torse déjà imposant et regarde fixement mon ami, Kit.

– Helena est venue pour passer du temps avec moi, ce soir.

Je sursaute de surprise et prends un air renfrogné. Kit s'en aperçoit et rigole.

Je m'apprête à dire à Martin que si je suis venue c'est parce qu'ils m'ont presque suppliée, et que le fait d'être là ne veut pas dire que je doive restée collée à lui, quand soudain c'est notre tour. Kit s'empare de ma main et me fait monter les trois marches qui accèdent à l'entrée du manège. Nous sommes agglutinés dans le Gravitron qui sent le pop-corn et la transpiration, ainsi qu'un mélange de métal et de graisse. C'est écœurant et excitant à la fois.

Je jette un œil derrière moi et aperçois Martin en train de faire la tête. Je ne savais pas que je lui plaisais jusqu'à cet instant. C'est drôle tout ce que les gens ne voient pas. Je suis toujours plongée dans mes pensées quand, tout à coup, je ne vois plus rien du tout.

Nous avançons en piétinant avec précaution à la recherche des murs les plus proches. Kit nous trouve des places dans le fond et nous longeons le Gravitron, le dos collé contre les parois latérales sans jamais nous lâcher la main. Ce manège a toujours été mon attraction préférée – une salle circulaire entièrement fermée dont les murs intérieurs sont couverts de parois capitonnées. Les voyageurs s'appuient contre ces cloisons, lesquelles sont inclinées en arrière. Lorsque le manège effectue sa rotation, la force centrifuge plaque les voyageurs contre les parois derrière eux (Neil m'a raconté ça). C'est la combinaison de la rotation et de l'incapacité de bouger mes bras et mes jambes, ainsi que le noir total, qui me donne des frissons d'adrénaline. Je ferme les yeux quand la musique démarre. Kit lâche ma main, et je me force à tourner ma tête sur la gauche pour comprendre pourquoi. Il est en train de se couvrir le visage de ses deux mains. Je rigole, mais mon rire est emporté. J'attrape son poignet pour dégager sa main ; nous nous livrons alors à un combat qui se déroule au ralenti. Mon corps tout entier est projeté de son côté, et maintenant je suis face à Kit. Je ne peux plus m'arrêter de rire. Kit jette un coup d'œil entre ses doigts. Même dans le noir, je peux voir son visage, éclairé par un jeu de lumières, devenir vert.

– Tu pourrais être dans la Grande Roue, je crie.

Kit rigole, puis se tourne sur le côté pour me faire face.

Soudain, nous ne sommes plus séparés que par trois malheureux centimètres. Je ne peux aller nulle part car le Gravitron est à mi-chemin de sa rotation la plus violente. Il devient difficile de bouger, et tout à coup, de respirer aussi. Je suis contente qu'il fasse noir et que Kit ne puisse pas avoir accès aux expressions de mon visage. Mais il a une toute autre forme d'accès, et je me prends à rêver d'un baiser. C'est n'importe quoi, et je n'ai jamais fait ça auparavant. Mais je n'ai jamais été non plus aussi proche physiquement de Kit Isley. Je ferme les yeux pour chasser ces pensées de mon esprit. Et là. Et là je sens sa main sur mon visage. Le désir peut s'emparer d'une personne aux moments les plus inattendus. Genre quand tu te trouves dans un manège et que la gravité te plaque au sol, et que le mari de ton rêve pose sa main chaude sur ta joue, alors même que la situation actuelle rend la chose compliquée. Je n'ouvre pas les yeux. Je ne veux pas voir ce qui est en train de se passer dans les siens. J'en mourrais, putain, s'il me regardait comme je le regarde moi. Je garde les yeux fermés et sens une larme s'échapper du coin de mon œil. Elle s'écoule le long de ma joue, roule sur la main de Kit. Et le manège s'arrête. La rotation commence à ralentir et nous retrouvons peu à peu l'usage de nos bras, de nos jambes, de notre tête, et de nos mains. Ce qui me surprend, c'est que Kit ne retire pas immédiatement sa main de mon visage. Nous sommes remis sur pieds tandis que la musique s'arrête, nos corps toujours plus proches qu'ils ne devraient l'être. Les portes ne sont pas encore ouvertes, alors nous restons ainsi pendant une minute – mon front posé contre son torse, ses mains enlaçant le haut de mes bras. C'est un moment suspendu dans le temps, inapproprié et innocent à la fois. Je m'accroche à lui, le respire, souhaite qu'il m'appartienne. Puis les portes s'ouvrent, et je me sauve en courant.

Chapitre 19

#FINDMAGIC

Je prends un selfie, titre la photo La Moldue à la Recherche de Pouvoirs Magiques, puis prépare un petit sac de voyage et conduis cinq heures durant jusqu'à la maison de mes parents. Ma mère ne me parle plus. Elle voulait que je pardonne à Neil, ce qui ne me posait pas de problème particulier. Il y avait assez de place dans mon cœur pour le pardon ; mais pas assez de place dans ma vie pour quelqu'un qui en aurait eu constamment besoin. Elle se voyait déjà organiser mon mariage, et je contrecarrais tous ses plans de tulle, de perles, et de dégustation de gâteaux. Mon père est en train de faire du jardinage quand je gare la voiture. Il redresse sa casquette des Yankees et vient me dire bonjour.

– Je ne savais pas que tu venais, petit diable. Ta mère va être tellement contente de te voir.

– Je ne le savais pas non plus. Et inutile de me mentir, Papa. Elle est toujours fâchée.

Il sourit comme s'il venait de se faire coincer.

– Elle est au marché, donc cache la voiture derrière la maison et fais-lui la pire frayeur de sa vie.

J'acquiesce. Quoi de plus jouissif que de faire peur à une mère autoritaire et directive. Mon père a toujours aimé la torturer aussi ; il me donnait des idées quand j'étais petite. *Déplace tous les cadres dans les différentes pièces de la maison. Frotte du beurre sur ses lunettes de vue. Enroule du papier cellophane autour de la cuvette des toilettes.*

Ma pauvre mère ! (qui le méritait vraiment). Au moins, elle n'a eu à subir les farces que d'une seule enfant. Mon père rentre dans la maison pour me préparer un sandwich avec les restes de côte de bœuf de leur dîner de la veille.

– Tu es venue jusqu'ici pour nous annoncer une nouvelle, petit diable ?

– Yep.

Je prends une gorgée de limonade alcoolisée dans le bocal en verre qu'il me tend. Que Dieu le bénisse.

– Bonne ou mauvaise ? me demande-t-il.

Mon père ne peut pas rester en place. Il n'a jamais réussi. Je l'observe se déplacer de l'évier au frigo, puis jusqu'à la porte de derrière.

– Pourquoi tu ne me poses pas la question directement ? je lui demande. *Tu es venue ici pour nous annoncer quoi ?* J'imite sa voix grave.

Il secoue la tête.

– Ma voix ne ressemble pas à ça. Mais, très bien, dit-il. Tu es venue ici pour nous annoncer quoi ?

– Je déménage.

– Pour aller où ?

– Ça ne te regarde vraiment pas, Papa.

Il vient s'asseoir en face de moi.

– C'est en lien avec Neil ?

Avant qu'il n'ait le temps de terminer sa phrase, je secoue la tête pour lui signifier que non.

– Non, c'est en lien avec moi. J'ai toujours été la fille sur qui tout le monde pouvait compter – constante, prévisible, aux cheveux châtain fadasse. C'était d'ailleurs pour ça que Neil m'aimait bien – bon, il voulait quand même que je me teigne les cheveux en blond, mais pour tout le reste. Et tu sais quoi ? Je ne pense pas avoir été moi-même. Je pense que j'étais ce que tout le monde attendait de moi, donc je ne me posais pas trop de questions.

– En fait, tu es en train de me dire qu'au plus profond de toi, tu es une blonde sauvage et imprévisible ?

– Peut-être. J'aimerais au moins avoir la possibilité de le découvrir.

– Et pourquoi ne peux-tu pas le découvrir ici ?

Je pose ma main pâle sur la sienne, tannée et calleuse.

– Parce que je ne suis pas assez courageuse pour changer, sachant que tout le monde m'observe. Je veux le faire seule. J'ai envie que ce soit authentique.

Il se rassied sur sa chaise et plisse les yeux. Je pense qu'il a appris à faire ce regard à force de regarder trop de films avec Robert De Niro. Mon père est un gars super. Ses cheveux sont tout blancs, mais il les coiffe en pics. Il a un flamand rose tatoué sur l'avant-bras. Un pari lors de ses années à l'université. J'ai toujours voulu être comme lui, mais ma personnalité s'orientait davantage vers celle de ma mère.

– Ta mère est autoritaire et directive, dit-il. Mais ne te méprends pas, c'est la raison pour laquelle je suis tombé amoureux d'elle. Du haut de son petit mètre cinquante, jamais effrayée par quoi que ce soit, et toujours à me dire quoi faire. C'est plutôt sexy.

– Pouah, Papa.

– Désolé. Bah, c'est la nature. En général, les mères autoritaires transmettent l'une des deux choses suivantes à leurs enfants : la rébellion ou la passivité. Dans ton cas, c'est la seconde.

Il enfonce un doigt dans le pot de miel posé au milieu de la table et l'applique sur mon front.

– Va mon enfant, dit-il. Sois en paix. Ne laisse personne décider pour toi.

– Normalement c'est avec de l'huile, je lui dis. Tu es censé me baptiser avec de l'huile.

Je peux sentir le miel dégouliner sur mon front, le long de mon nez, puis finir par pendre au bout comme de la morve. Je le lèche.

– Ta mère vient juste de se garer dans l'allée, dit-il. Cours te cacher dans le cellier et fais-lui peur.

J'entends le crissement des pneus sur le gravier et me lève.

Deux jours plus tard, je quitte la maison de mes parents, regonflée à bloc. Je marche même d'un petit pas rythmé, chose qui n'arrive jamais du fait de ma très mauvaise posture habituelle. Ma mère était hésitante au début, mais après avoir boudé puis siroté du zinfandel [21] avec morosité tout un après-midi, elle a finalement décrété que les hommes de Floride ne convenaient pas à ma personnalité réservée et éloquente. Les hommes de Floride. Voilà pourquoi j'avais sa bénédiction pour pouvoir partir. La famille est une chose merveilleuse, tant qu'elle ne projette pas tous ses délires merdiques sur vous. En moins de cinq heures, elle a appelé une amie, qui a appelé une amie, qui m'a décroché un boulot.

---

21. Vin au cépage exotique d'origine croate et principalement cultivé depuis les années 2000 en Californie.

– Dis-moi, je l'ai entendue dire au téléphone, est-ce qu'il y a de beaux jeunes hommes célibataires qui travaillent dans cette boîte ?

J'avais déjà un rencard prévu avec Dean la semaine suivant mon arrivée.

– Dean, a dit ma mère, en tapant dans ses mains. Un prénom charmant pour un homme charmant.

Mon père a secoué la tête derrière son dos, les yeux grands ouverts.

Avant que je parte, mon père et moi avons vidé sa bouteille de zin dans l'évier, puis l'avons remplie d'une sauce piquante que nous avions passé la journée à concocter.

– N'oublie pas de filmer sa réaction, je chuchote dans l'oreille de mon père en l'embrassant pour lui dire au revoir.

– Elle va finir par demander le divorce à tous les deux si nous n'arrêtons pas.

Mon père pouffe de rire.

– Elle devra apprendre à faire elle-même ses pleins d'essence, crie-t-il.

– Aucune chance pour que ça arrive !

J'agite la main pour lui dire au revoir.

Deux de faits – les deux plus importants. Maintenant il ne me reste plus qu'à prévenir Della et June. Merci mon Dieu. Je donne mon préavis de huit semaines au travail. Je ne suis pas restée là-bas assez longtemps pour que quelqu'un se trouve affecté par mon départ. Ils organisent quand même une petite fête et orthographient mal mon prénom sur le gâteau. J'attends le tout dernier moment pour l'annoncer à Della.

– Bordel, comment ça tu déménages dans l'État de Washington ? Comment as-tu pu prendre une telle décision sans même m'en parler ?

Je reste assise en silence un moment, à réfléchir à ce que je vais bien pouvoir lui répondre tout en pianotant du bout des doigts sur les rainures qui marquent le bord de la table. Nous sommes à un âge qui oscille entre le désir d'indépendance et le besoin de s'entretenir avec ses amis pour prendre la moindre des petites décisions. Je n'ai jamais aimé cet aspect de l'adolescence, mais j'ai tout fait pour m'y conformer. *Est-ce que je devrais me faire une frange, Della ? Est-ce que j'ai envie d'une voiture argentée ou dorée ? Le jean délavé foncé, ou le clair ?*

– Eh bien, parce que je suis une adulte, et que je n'ai pas besoin de consulter mes amis sur chacune de mes décisions.

Nous sommes à la terrasse d'un café, dans le centre de Fort Lauderdale. Le serveur nous apporte nos sangrias, et, sentant la tension, disparaît presque aussitôt. Elle sort son portable pour envoyer un message à Kit – les pouces rapides comme l'éclair et une moue d'enfant sur le visage.

– Hé, je dis en posant ma main sur la sienne. On pourra se rendre visite. Ça sera très amusant.

Elle a les larmes aux yeux quand elle repose son portable sur la table.

– Je ne veux pas rester ici sans toi.

Une seconde plus tard, je vois un texto de Kit apparaître. « Quoi ?! »

– Nan, ça va aller, Dells. Tu as Kit, et ta nouvelle maison. Vous avez envie de vous marier...

Ma voix se fait plus faible sur cette dernière partie. Je prends une gorgée de sangria. Le verre dégouline.

Della renifle.

– Kit est en route, dit-elle.

– Oh, non. Dells, pourquoi ? Nous étions censées rester entre filles !

Je commence à paniquer. M'enfile quelques gorgées de plus. Fais signe au serveur de m'en apporter un autre.

– Eh bien, tout a changé à partir du moment où tu m'as annoncé que tu allais partir.

Nous bavardons un peu. Je me moque de moi-même parce que ça la fait toujours sourire. Mais aujourd'hui Della reste focalisée, et rien ne peut venir la distraire.

– Qui va me sauver de ma famille, à présent ? demande-t-elle. Et qui viendra chez moi pour me préparer mes snacks ?

– Kit, je réponds. C'est son boulot, maintenant.

Kit arrive, et l'atmosphère de notre déjeuner change du tout au tout. Il n'alimente pas la déprime de Della ; au lieu de ça, il illumine le restaurant tout entier avec sa finesse d'esprit, et ses bretelles, qu'il porte car il doit filer au travail aussitôt après. Nous sommes en train de payer l'addition et de refermer nos portefeuilles quand il se tourne vers moi.

– Pourquoi ?

– Tu ne vas pas t'y mettre toi aussi ; laissez-moi tranquille, je dis.

Della renifle et part aux toilettes pour pleurer.

– Pourquoi ? réitère-t-il une fois qu'elle est partie.

Je le regarde longuement et sans faillir. Il ne détourne pas les yeux.

– Pourquoi pas ? Je suis jeune, je m'ennuie, je suis blessée. Ça me semble être la bonne chose à faire.

– Tu fuis, dit-il.

Je me demande pourquoi il me regarde si intensément, et pourquoi il serre les poings, et pourquoi il est aussi beau avec ses bretelles.

– Tu es bien placé pour le savoir, je lui assène en retour.

Ses lèvres se crispent, mais je l'ai eu sur ce point.

– Où est-ce que tu vas ?

C'est la partie que je redoutais. Je n'ai dit à personne où j'allais, sauf à mes parents. J'ai envie que ça reste ainsi jusqu'à ce mon départ.

Je secoue la tête.

– Tu vas à Washington, dit-il.

Ma bouche tressaille. Je suis tellement mauvaise pour cacher mes émotions. Merde, comment il sait ça ?

– Non.

– Si, si, c'est là-bas que tu vas, siffle-t-il.

Je regarde par-dessus son épaule pour voir où en est Della. Elle est toujours en train de sécher ses larmes.

– Non, je déménage à Dallas.

– Tu mens. Il fait chaud là-bas, et tu détestes les jeans déchirés et les bottes.

Comment sait-il tout ça ?

– Est-ce que tu pars à cause de moi ?

Ooof, ouch, l'intensité de son regard est brûlante.

J'essaie de faire la fille offusquée. J'essaie même de lever les yeux au ciel. Je ne suis pas bonne pour lever les yeux au ciel, Neil me disait tout le temps que ça me faisait paraître bouffie.

– Je t'ai dit pourquoi je partais, je lui lâche en me levant.

Il saisit ma main, et c'est comme dans le rêve. À tel point que je m'écarte brusquement de lui et recule de quelques pas. Où est le crayon ? Je le vois, posé sur le sol, sous la table. Mon Dieu. *Est-ce qu'il est bleu ? Tu es vraiment débile,* je me dis intérieurement. *Nous sommes dans un restaurant, il y a toujours des crayons bleus sur le sol.*

– Tu n'es pas folle, dit-il. Je...

– Kit, je l'interromps, Della arrive.

Della m'appelle plus tard dans la soirée.

– Écoute, je sais que nous avons eu des différends

récemment, mais tu restes ma meilleure amie et je t'aime.

Je m'imprègne de ses mots, avec un élan de culpabilité. On peut tout arranger.

– Bien sûr, Dells. Évidemment qu'on peut tout arranger.

– J'ai besoin d'une personne à qui raconter ma vie, dit-elle.

– Oui, je sais. J'ai toujours été cette personne, pas vrai ?

Je souris au téléphone.

Chapitre 20

#FUCKFEAR

Quand on décide de s'engager dans quelque chose, il devient très difficile d'être habité par autre chose que cet engagement. Alors, quand je monte à bord de l'avion pour Seattle, avec le sweatshirt des Sounders [22] que June m'a offert en cadeau d'adieu, je ne pleure pas, je ne m'inquiète pas et je ne remets pas ma décision en doute. C'est ce que j'ai décidé de faire, voilà tout. Je sors le bouchon de mon sac et le serre fermement dans mon poing tandis que je m'installe à mon siège et regarde par le hublot. En Floride, la pluie est forte et tombe inclinée. Je me demande s'il pleuvra aussi quand j'arriverai à Seattle. À ce qu'il paraît, elle ressemble davantage à de fines gouttelettes. Je ne pense pas à Kit, qui est à un rendez-vous de docteur avec Della. Je ne pense pas à Della, qui est à un rendez-vous de docteur avec Kit.

---

22. Club de football de Seattle.

Je ne pense qu'à ma nouvelle aventure. En fait, c'est la seule que je n'ai jamais entreprise, ce qui la rend encore plus excitante. C'est une première. Je veux posséder des pouvoirs magiques, et ne plus être une moldue. Je sors mon vieil exemplaire aux pages cornées de *La Coupe de feu*. Ce livre a conservé sa place sur ma table de chevet depuis que je l'ai lu pour la toute première fois six ans plus tôt. Mon préféré des sept volumes. Je l'ai emporté avec moi dans l'avion pour le relire et me donner du courage. Pour me rappeler pourquoi je suis en train de faire ça. C'est mon Felix Felicis [23].

– *Harry Potter*, s'élève une voix sur ma gauche. Avez-vous essayé de lire la Bible ?

Une femme, dans la quarantaine, à l'esprit moralisateur incrusté dans chaque trait tiré de son visage poudré. Pourquoi les fanatiques de la Bible ont-ils tous ce même air constipé sur leur visage ? *Stop avec les stéréotypes, Helena !* Je prends sur moi pour lui adresser un sourire poli.

– C'est bien dans ce livre qu'une femme se retrouve changée en statue après avoir observé une ville en feu alors que Dieu lui avait interdit de le faire ? je lui demande. Et où trois hommes rebelles sont jetés dans la fournaise et ne brûlent pas ? Oh, et il n'y aurait pas un mec qui a nourri et plongé dans le sommeil un général de l'armée ennemie, puis utilisé un maillet pour enfoncer un piquet de tente dans son crâne ?

Elle me regarde, le visage livide.

– Mais tout cela est vrai. Alors que ça, dit-elle en pointant *Harry* du doigt, c'est de la fiction. Sans parler du culte du diable.

---

23. Le Felix Felicis est de la chance liquide dans *Harry Potter*. Il suffit d'en boire pour avoir une chance extraordinaire.

– Ouh hou, Ouh hou. Un culte du diable ? Comme celui des Hébreux qui ont érigé en Dieu un Veau d'or et l'ont idolâtré ?

Elle est furieuse.

– Vous adoreriez ce livre, je lui dis en agitant *La Coupe de feu* devant son nez. C'est vraiment soft, comparé à la Bible.

– Vous, jeune fille, appartenez à une génération de dépravés et d'égarés.

Elle se lève, et je la regarde se diriger vers l'avant de l'appareil où se trouve un membre de l'équipage. Je pointe alors ma paille vers son dos et chuchote, « Avada Kedavra ».

Elle ne revient pas, et j'ai de la chance, car le siège du milieu reste inoccupé.

– Merci, Jésus ; merci, Harry.

Il y a des montagnes. De grandes et majestueuses montagnes qui transpercent les nuages, et dont les sommets sont recouverts d'une neige qui ressemble à de la crème Chantilly. Waouh, magnifique. Il ne pleut pas quand mon avion atterrit à Sea-Tac. Le ciel est si dégagé que je presse mon nez contre le hublot et observe autour de moi, incrédule. *Menteurs ! Où est la pluie ?* Il n'y a personne pour m'accueillir au moment de récupérer mes bagages ; c'est ce qui rend toute cette situation douloureuse. Pas de maman pour me prendre dans ses bras, et pas de papa pour charger ma valise dans le coffre tout en plaisantant sur le poids qu'elle fait. Je suis seule de A à Z, seule et effrayée, et excitée. Je récupère mes bagages et un taxi me conduit sur une petite vingtaine de kilomètres jusque dans le centre de Seattle. De l'autoroute, j'observe la ville s'éveiller, offrant un spectacle de lumières. Certaines villes vous coupent le souffle par leur immensité, d'autres par leur effervescence culturelle, mais c'est comme si Seattle vous redonnait une bouffée d'air frais. Remplissait vos poumons. Je l'accueille avec la sensation de respirer pour la première fois de ma vie. Mon Dieu, c'est comme si j'avais cherché cet endroit depuis toujours. Mon hôtel est chouette ; je m'en suis assurée. On ne sait jamais sur quel genre de serial killer on peut tomber dans un hôtel miteux. Les choses seront sans doute plus compliquées dans les mois à venir, mais en ce qui concerne les quatre prochains jours, jusqu'à ce que mon appartement soit prêt, je me considère comme une touriste. Kit m'a envoyé une liste des lieux à visiter par texto. C'est mignon, sauf que ces notifications, et son prénom qui clignote constamment sous mes yeux, me le rendent présent à l'esprit toute la journée. Je commence par explorer la ville, le marché de poissons, l'aiguille de l'espace, et le Nordstrom, là où tout a commencé. J'ai des crampes à force de gravir l'une des nombreuses collines escarpées, et un sans-abri portant un bonnet rose crasseux m'offre une cigarette. Je l'accepte, même si je n'ai jamais fumé. Je ne veux pas paraître impolie envers mes compatriotes washingtoniens.

– Putain, j'adore tes chaussettes, dit-il en montrant mes pieds de son doigt sale.

Je ne porte pas de chaussettes, donc c'est super cool qu'il arrive à en voir quand même.

– Merci, je dis. Je les ai tricotées moi-même.

Il hoche la tête en fixant mes pieds d'un air pensif.

– Hé, t'aurais pas quelques dollars à me filer ? C'est mon anniversaire.

Je plonge ma main dans mon sac et en ressors cinq billets de un dollar.

– Hé, joyeux anniversaire, je lui dis.

Il semble troublé.

– C'est pas mon anniversaire.

– Bien sûr que non, ce n'est pas ton anniversaire.

Il redescend la colline en traînant des pieds. Je coince ma cigarette derrière mon oreille en souriant devant cette démence. *De la magie, je vous dis.*

Kit m'envoie un message : *Tu fais quoi ?*

Je fête un anniversaire enfumé avec un ami, je lui réponds.

K *: Garçon ou fille ?*

Je fais une grimace, puis tape : *Garçon.*

Comme il ne répond plus pendant un moment, je range mon portable dans mon sac et tue le temps en flânant dans un kiosque à journaux jusqu'à ce que je réalise à quel point ça craint, et je ressors. Dix minutes plus tard, j'entends le cling qui signifie que j'ai reçu un message.

Je suis jaloux... de te savoir là-bas alors que moi je n'y suis pas, m'envoie-t-il.

Je commence à taper une réponse, puis l'efface. Trop tendancieux.

K : *Qu'est-ce que tu étais en train d'écrire ?*

Je rigole tout haut.

Rien. Laisse-moi tranquille.

Il m'envoie un smiley triste.

Et ensuite...

K : *Tu as prévu d'aller à Port Townsend ?*

Moi : *Est-ce que je devrais ?*

Je m'installe à la table d'un café pour déjeuner. En fait, je m'installe à la table d'un café pour pouvoir envoyer des messages à Kit. Je n'ai pas si faim que ça.

K : *OUI ! Tu dois prendre un ferry.*

Ça me fait peur, je lui renvoie.

K : *C'est précisément la raison pour laquelle tu dois le faire.*

Il a raison, non ? C'est pour ça que je suis venue ici – pour me débarrasser de toutes les choses qui m'emprisonnent.

Moi : *J'y penserai.*

Kit m'envoie un pouce.

K : *Et aussi parce que tu es chez moi #Vatefaire-foutre.*

Je mordille ma lèvre pendant quelques secondes avant de répondre : *Dans une Range Rover sur le ferry.*

Il lui faut une minute pour comprendre. Il répond en m'envoyant un smiley choqué.

K : *Les Range Rover ne sont pas très spacieuses. Quelqu'un risquerait de se blesser.*

C'est trop pour moi. Je rougis tellement que j'éteins mon portable et l'enfouis dans mon sac. Je n'arrive pas à croire que j'en suis l'instigatrice. Et pourquoi une Range Rover ? Mon Dieu, c'est tellement pathétique.

Pourtant, je décide quand même de me rendre à Port Townsend. Je me renseigne pour louer une voiture, et je chope un taxi. Ils ont une Range Rover. C'est beaucoup trop cher, mais je la prends quand même. Et pourquoi ? Tout ça à cause d'une conversation avec Kit qui continue de m'embarrasser. Peut-être que c'est parce qu'il m'a mise au défi de ne pas avoir peur. Je règle ma note à l'hôtel et charge mes valises dans le coffre. Je suis la dernière voiture à monter sur le ferry, et j'ai peur de me retrouver aussi proche de l'eau. *Ça me terrifie.* Je descends de la Rover et la contourne jusqu'à ce que mon dos soit appuyé contre le coffre. Le vent semble avoir des doigts glacés ; il m'entraîne vers l'eau. Je tremble.

J'entends la voix haut perchée d'une femme qui crie, « Départ du feeeerry ! » juste au moment où nous nous éloignons du quai. Je suis terrorisée. Une voiture sur un bateau. Moi, dans une voiture, sur un bateau. La Rover pourrait rouler en arrière et couler dans le Sound, en m'emportant avec elle. J'envisage toutes les possibilités de mourir sur ce ferry mais reste là où je me trouve, parce que j'ai peur, et que je n'ai pas envie d'avoir peur. Quand ça prend trop d'ampleur, je ferme les yeux et laisse le vent me caresser la peau. Il n'est pas aussi agressif que je le pensais. Peut-être qu'il n'essaie pas de me pousser dans l'eau, après tout ; peut-être qu'il essaie juste de me la faire contempler. J'avance de quelques pas et regarde en bas. Le ferry rejette d'énormes giclées blanches. Il produit de l'écume et forme des rouleaux. C'est beau. Je me retourne pour regarder la ville d'Edmonds, la colline avec ses maisons – quelqu'un l'a appelée le bol. Ça ressemble en effet à un bol de cuisine. Ça me plaît. J'imagine une cuillère géante racler toutes les maisons hors de la colline pour les jeter dans le Sound. C'est bizarre ? Qu'est-ce que ça peut bien faire ? Je vais bien ; tout va bien. Pour moi, ce ferry est une grande nouveauté, mais pour les gens qui vivent ici, il fait juste partie du décor, de leur train de vie. J'ai envie de les rejoindre. Des gens sont en train de sortir de leur voiture et de monter les grands escaliers. Je décide de les suivre. Mais, avant d'y aller, je prends en photo la Rover à proximité de l'eau et la poste sur Instagram : #Helenacombatsespeurs.

Le ferry possède quatre ponts ; deux d'entre eux sont réservés aux voitures, le troisième est une zone fermée. Il y a une petite cafétéria avec des bancs, et plus loin se trouvent plusieurs espaces pour s'asseoir et contempler l'eau. Le pont le plus élevé est accessible, et les gens les plus courageux y sont montés pour s'y promener et prendre des photos. Des enfants se penchent par-dessus la rampe et j'en suis malade, rien qu'à les regarder. Je prends un cornet de frites à la cafétéria et trouve un siège près d'une fenêtre. Les frites sont incroyablement délicieuses. Je les trempe dans le ketchup quand je reçois un message de Kit.

K : #Jemmerdelapeur

On parle en hashtags maintenant ? J'aime bien. Je ne lui réponds pas. J'emmerde la peur, j'emmerde Kit, et j'emmerde l'amour. Je n'ai pas besoin de ces conneries de moldu.

Chapitre 21

#VICTORIANSEAPORT#HISTORICAL #ECLECTIC#OLD

Dans mon rêve, Port Townsend était d'un vert émeraude – un endroit où la nature régnait en maître, libre et éblouissante. C'est aussi le cas dans la vraie vie, mais je ne m'attendais pas à toute cette eau. L'eau des Cascades avec leurs ombres mouvantes comme gravées en arrière-plan. Une eau si fraîche et si bleue. Si on la regarde assez longtemps, on peut voir un phoque surgir à la surface avant d'y replonger de toute sa masse noire et luisante. J'arrive dans l'Avenue Principale, un jour où quelqu'un est en train d'y faire des bulles géantes. *Ce n'est pas réel. Est-ce que c'est réel ?* Je parle toute seule. On a le droit de se parler à soi-même, ici ; j'ai vu d'autres personnes le faire.

Les vitrines des magasins sont décorées pour Halloween. Elles sont parfaitement agencées – des citrouilles dodues sont empilées à côté d'épouvantails aux joues roses. Il y a comme une odeur de noix de muscade et de feuilles broyées qui flotte déjà dans l'air. La propriétaire d'un magasin est en train de nouer des écharpes sur un présentoir disposé sur le trottoir. Elle me sourit, ses longs cheveux gris soulevés par la brise.

– Tu as l'air nouvelle, dit-elle.

– Je visite seulement, je lui dis. J'adore cet endroit.

– Et cet endroit t'adore, me dit-elle. L'amour réciproque est une chose magique.

Je lui achète une écharpe parce que c'est une excellente vendeuse, et l'espace de cinq minutes je ne pense plus à ce *putain d'amour*. Je découvre qu'elle s'appelle Phyllis, et qu'elle est lesbienne. Je le sais parce qu'au moment de glisser mon écharpe dans un sac, elle me dit :

– Ma partenaire aime beaucoup cette écharpe. Elle trouve qu'elle ressemble à un trottoir humide.

– Votre partenaire associée ?

Je la cherche du regard autour de moi.

– Ma partenaire de vie.

Elle m'indique une photo derrière la caisse montrant une femme rousse avec des boucles anglaises.

– Ginger, dit-elle.

Elle me tend mon sac, et j'ai l'impression de m'être fait une amie. Deux amies : Phyllis et Ginger. Mais, c'est comme ça à Port Townsend. Je sors du magasin et trouve un banc pour m'asseoir, d'où je peux observer. Les gens ici semblent tout droit sortis d'œuvres d'art. Des tatoués, des hippies avec de longs cheveux, des punks sans cheveux ; des personnes âgées, et des jeunes, des enfants qui te saluent en passant. Personne n'a l'air méfiant, blasé, ou fatigué. Tout cela n'est que sorcellerie. Je l'ai trouvé, l'endroit des non-moldus. L'ouverture d'esprit de Kit ne semble plus aussi étrange quand on rencontre des gens comme Phyllis. Je me sens légère en me promenant dans la rue, émerveillée. J'espère qu'on ne m'a pas enlevé ma voiture. Je l'ai garée près d'une vieille conserverie érigée sur un plan d'eau. Comment a-t-il pu quitter cet endroit pour la chaleur moite et la fadeur de la Floride ? Greer a vraiment dû le marquer. Ça me fait peur. J'ai l'impression de ne plus bien comprendre Kit après être venue ici. Peut-être que j'ai sous-estimé Greer. À présent, je ne pense plus qu'à une seule chose, la retrouver. Dans mon esprit, je l'imagine brune, les cheveux raides tirés en queue-de-cheval basse. Elle porte sûrement des t-shirts de camps de vacances du temps où elle était animatrice et doit avoir des yeux bleus et vifs. C'est ce que Kit aimait le plus chez elle – ses yeux. Pleins de sincérité. J'imagine que c'est pour cette raison qu'il a été attiré par Della, parce qu'elle est aux antipodes de Greer. C'est une hippie de la ville, elle porte sûrement des espadrilles et un sac à dos tissé à la main. Quand elle sera plus vieille, elle ressemblera à Phyllis et aura des tresses de fleurs dans ses poils pubiens. Je me demande si elle est passée à autre chose depuis Kit. Si elle a acheté une maison avec quelqu'un... eu un bébé. *Il faut que je sache, il faut que je sache, il faut que je sache.*

Je déjeune dans un petit restaurant qui ne sert que de la soupe. J'écoute le cliquetis des cuillères sur la vaisselle en porcelaine et cela m'apparaît plus mélodieux que dans n'importe quel autre son. Je règle mon addition, et on me regarde droit dans les yeux au moment de me souhaiter une belle journée. Je *passe* une belle journée, merci infiniment. Je fais une longue balade le long de l'eau, prends quelques photos d'un très beau bateau ancien qui s'appelle *La Belle*, et je les poste sur Instagram. Kit les like instantanément.

Il m'envoie un message qui dit : *Je connais la femme qui possède ce bateau !*

Il n'y a que deux hôtels en ville, et on dit qu'ils sont hantés. Je prends une chambre au Palace Hôtel et me sens soudain terriblement seule. C'était amusant jusqu'à ce que je réalise ne plus avoir de maison, et que Phyllis n'est probablement pas une vraie amie. C'est sûrement la chose la plus stupide que j'aie jamais faite. Je me laisse tomber de tout mon long sur le lit et fais semblant de pleurer, le visage enfoui dans la couette. Ce ne sont pas de vraies larmes ; je suis en mode survie. La couette sent étrangement le beurre de cacahuète et je commence à flipper. Qu'est-ce que je fais vraiment ici ? Est-ce que je suis ici pour Kit ? En quelque sorte. Je suis sûrement ici pour Greer. J'ai vu une des filles avec qui Kit a choisi d'être ; je la connais si bien que je peux lire dans son esprit. Il n'y a rien de bien passionnant au sujet de sa matière grise. Alors maintenant, j'ai besoin de voir l'autre fille. Celle avec qui tout a commencé. J'ai besoin de faire la comparaison et de comprendre pourquoi il a choisi Della. Et tout cela dans quel dessein ? Pour comprendre pourquoi l'homme de mon rêve est si différent de l'homme de la vraie vie ? Pourquoi le Kit de mon rêve me choisirait moi, plutôt que Della ou que cette Greer ?

Attendez une minute. Aurais-je une personnalité obsessionnelle ? Je reste à méditer là-dessus pendant un petit moment avant d'enfiler des vêtements plus chauds, pour descendre dîner. Je prends des photos parce que je veux me souvenir de cet endroit et de toutes les émotions qu'il me fait ressentir. Je ressens quoi, d'ailleurs ? Je me le demande. C'est comme si mes poumons s'emplissaient enfin d'air frais après avoir respiré trop longtemps de l'air chaud. Peut-être que c'est ce que l'on ressent une fois que l'on a trouvé sa place dans ce monde.

Chapitre 22

#WHYYOUSOOBSESSEDWITHME

Je commence par me rendre à la bibliothèque. Et alors que je monte les marches, je tente de me convaincre que je suis ici à cause de mon amour profond et inébranlable pour les livres. J'ai besoin de les sentir, de les caresser, et de me tenir proche d'eux. Mes livres, mes merveilleux livres ! En réalité, je suis ici pour trouver Greer. Si je suis obsédée par le fait de voir à quoi ressemble la fille que Kit a aimée ? Absolument pas. Je suis simplement curieuse. Légèrement. J'ai toujours été comme ça, et en maternelle, ma maîtresse, madame Habershield, me disait que la curiosité était une qualité formidable. Je demande au bibliothécaire où je peux trouver les albums de promo des lycées du département, puis je me dirige vers un coin reculé et poussiéreux de la bibliothèque. Kit a trois ans de plus que Della. Je trouve le volume qui correspond et feuillette les pages jusqu'à l'index.

Il y est indiqué que Kit Isley apparaît sur les pages 20, 117, 340, 345, 410. Populaire. Je n'apparaissais que sur une seule page de mon album de promo. S'ils sortaient ensemble au lycée, Greer apparaîtra forcément avec lui sur des photos. Mon intuition était bonne. Greer Warren se tient près de Kit Isley au bal de promo, elle porte une robe couleur améthyste. Elle fait un grand sourire et, malgré un imposant appareil dentaire, reste plutôt jolie. Elle a une mèche pourpre dans ses cheveux bruns, et Kit lui a offert un corsage de la même teinte qui ressort merveilleusement sur son bras. Je suppose que le violet est sa couleur préférée. Puis je trouve d'autres photos d'elle pages 45, 173 et 211 et découvre qu'elle faisait partie de l'équipe de rédaction de l'album du lycée, faisait du volleyball et a lancé, lors de sa première année, un programme pour faire don d'une semaine par mois à une grande association pour les enfants défavorisés de Seattle. Elle a été élue l'élève la plus gentille, la plus apte à créer une association caritative, et elle a remporté le prix du Plus Beau Couple aux côtés de Kit. Je tire la langue. Pour résumer, Greer Warren était une lycéenne gentille, athlétique, investie dans l'humanitaire et sortait avec un mec super sexy. Je m'attarde un peu plus longuement sur Kit. Il était plus souriant à cette époque. Il portait des vêtements qui le faisaient ressembler à un skater et avait les cheveux courts sur la plupart des photos. Je préfère ses chemises en flanelle et ses jeans déchirés, les cheveux plus longs et le visage mal rasé. Je referme l'album et le repose sur l'étagère. J'ai envie de le garder, mais je n'ai pas de carte d'abonnée, et ce n'est pas bien de voler.

Allez, c'est bon. J'ai trouvé ce pour quoi j'étais venue ici. J'essuie nerveusement mes mains sur mon pantalon et tente de décider quoi faire ensuite. Je dois retourner à Seattle, acheter une voiture, payer l'acompte de mon appartement en centre-ville et signer le bail. Débordée, débordée. Ma petite excursion à Port Townsend s'achève d'une manière plutôt intéressante. Demain, je dirai adieu à la petite ville de Port Townsend et retournerai à l'endroit où vivent les moldus.

Le jour se lève, et plutôt que de régler ma location et de me rendre jusqu'au ferry, je me balade une dernière fois dans l'Avenue Principale. Je tourne à droite en direction de la mer et marche vers un vieil immeuble en brique aux portes bleu turquoise. C'est la conserverie de palourdes dont on m'a parlé. Quelqu'un l'a rachetée quelques années plus tôt et y vit désormais à l'étage supérieur. Le dock qui encadre la conserverie est ouvert au grand public. Des couples se prennent en selfie en s'embrassant, avec la mer en arrière-plan. J'attends qu'ils soient partis pour m'aventurer plus près de l'eau, et je cherche du regard les corps luisants des phoques. Cet endroit est à couper le souffle. Je veux absolument rester ici. *Alors pourquoi t'en empêcher ?* me souffle une petite voix dans ma tête. Ce n'est pas ma voix. C'est cette même voix irresponsable de mon rêve qui m'a conseillé de prendre des cours d'arts plastiques, de poterie, et de déménager à Washington. Je lui ordonne de la fermer – je l'ai beaucoup trop écoutée ces derniers temps –, puis je rebrousse chemin vers mon hôtel. Je partirai demain matin. À la première heure. Je traverse la rue et me retourne une dernière fois pour regarder la conserverie. C'est à ce moment-là que la porte s'ouvre.

Elle ne ressemble en rien aux photos de l'album du lycée. Je la reconnais uniquement à la structure singulière de son visage. Ses pommettes hautes et ses lèvres pulpeuses. Elle porte une robe lavande, toute simple. Sur n'importe qui d'autre ça ressemblerait à un sac. Pour porter quelque chose d'aussi simple, il faut être magnifique. *Mon Dieu, Kit.* À ta place, je serais dépité, sérieux. Elle a une traînée de fleurs de lavande tatouée sur l'extérieur de sa cuisse. La Greer de mon esprit avec ses t-shirts de camps de vacances se désintègre en mille morceaux pour laisser place à cette beauté toute fine à la poitrine rebondie, à la chevelure argentée et aux lèvres glossy rouge fraise. Son bras droit est entièrement recouvert de tatouages du poignet jusqu'à l'épaule. On dirait des feuilles de vigne et du lilas. Elle est comme une toile d'une œuvre d'art inestimable. La Greer de Kit pourrait rendre des filles hétérosexuelles lesbiennes. Je le sais parce que je l'ai moi-même envisagé. Je l'observe tandis qu'elle ouvre le couvercle de la benne à ordures géante derrière l'immeuble et jette son sac poubelle à l'intérieur. Elle s'arrête sur le chemin du retour vers la conserverie pour s'accroupir et parler à un petit garçon en short rouge qui se promène avec sa mère, puis elle tient la porte à une femme âgée et son déambulateur afin qu'elle puisse passer l'entrée étroite de la boutique de souvenirs. Et comme si sa joie de vivre et sa grande gentillesse ne suffisaient pas, elle tape dans la main d'un clochard qui a l'air vraiment heureux de la voir. Quand elle disparaît de nouveau dans la conserverie, j'ai envie de me jeter sur un KFC. Je flâne dans une galerie d'art. Je n'ai jamais appréhendé l'art comme une sortie à faire le week-end. Plutôt comme une activité extra-scolaire. L'odeur de la peinture m'amène à pousser la porte. C'est l'odeur de mes soirées volées en cours d'arts plastiques. Ce sont des toiles peintes à l'acrylique. C'est Neptune qui me l'a enseigné. L'artiste est le même pour la plupart des œuvres de la galerie – local je devine. Les toiles représentent de l'eau. Mais pas l'eau de la manière dont elle est habituellement représentée, avec de la végétation tout autour. Simplement l'eau, comme vue par-dessus. Il y a parfois des vagues provoquées par la simple présence d'une feuille ou d'une plume. Mais la plupart du temps, juste de l'eau. Je ne peux pas vraiment dire que ces peintures me fassent ressentir quoi que ce soit de positif. Mais peut-être que l'art n'est pas censé apporter du bien-être, mais juste faire éprouver des émotions. Peut-on soigner l'insensibilité ? Je ne sais pas. Une femme m'accueille ; elle est grande et svelte, ses cheveux sont attachés en chignon haut. Je lui dis que je viens juste d'emménager ici et que je me balade. Elle est réservée mais sympathique. Elle me demande ce que je faisais avant de venir ici, et si j'ai besoin d'un travail. Je pense au boulot de comptable que ma mère a dégoté pour moi à Seattle, et je dis oui sans réfléchir. Je ne veux pas retourner à Seattle. Je veux rester ici. La femme s'appelle Eldine, c'est la propriétaire de cette galerie où elle expose le travail d'artistes locaux.

– Des gens viennent de toute part en Amérique pour acheter son travail, me dit-elle en me montrant de la tête les toiles représentant de l'eau.

– Comment s'appelle-t-elle ?

Soudain, je deviens médium. Je sais ce qu'elle va dire avant même qu'elle ne le dise.

– Greer Warren. Elle vit dans la vieille conserverie au bord de l'eau.

J'ai la tête qui tourne. De mieux en mieux. Je ne peux pas appeler ça un coup du destin parce que je suis venue ici pour la chercher, mais c'est quand même étrange la manière dont les choses se manifestent.

Je regarde de nouveau les peintures de Greer et me demande si elles sont en lien avec Kit. Les vagues qu'elle a causées dans leurs vies. Les conséquences de ses choix. Kit, l'écrivain, était fiancé à Greer, l'artiste peintre. Quelle perfection. Quelle merveille. Je peux l'imaginer vivre sa vie dans la conserverie, baignée d'art et de bonheur, et d'autres conneries. Ils auraient un bocal à friandises rempli de Kit Kat, et il tracerait la ligne du lilas sur sa cuisse avec sa langue imprégnée de Kit Kat. C'est exactement la raison pour laquelle Kit a l'air bizarre en Floride. Il vient d'un endroit où des bulles géantes s'envolent sur l'Avenue Principale, et où les artistes vivent dans de vieilles conserveries de palourdes. La magie de cette ville lui colle à la peau.

– Les quelques chefs d'entreprise que nous sommes dans cette ville apprécieraient volontiers un peu d'aide pour s'occuper de leur paperasse, me dit-elle. Que diriez-vous d'un travail de comptable à temps partiel ?

– Bien sûr, je réponds.

Qu'est-ce que je suis en train de faire ? Mais qu'est-ce que je suis en train de faire ?

– Si vous voulez, vous pourriez travailler quelques heures ici à la galerie. Un coup de main ne serait pas de refus.

Et voilà comment, en flânant dans une galerie, égarée, j'en ressors avec un boulot. J'ai obtenu un job dans cette petite ville de magie. Je vais pouvoir rester. Je m'arrête devant la conserverie et observe ses fenêtres hautes. Quelque part derrière ces volets en forme de bouteilles de Coca se trouve un elfe aux cheveux cendrés que Kit a aimée. J'ai envie de faire sa connaissance. Est-ce que c'est mal ? Il y a tant de choses qui ne tournent pas rond chez moi. Si seulement Della pouvait voir celle qui l'a précédée. Elle flipperait complètement et demanderait à Kit des centaines de fois s'il la trouve plus jolie que Greer. Kit serait obligé de mentir. Della a toujours eu une beauté inégalée, mais Greer n'est même pas humaine ; elle est surnaturelle. Je tourne le dos à la conserverie et redescends le long de la grande avenue. L'air s'engouffre sous ma jupe et la fait flotter autour de mes jambes. Je suis tellement dépassée par les événements. Je ne suis pas certaine que le Choixpeau magique m'envoie chez les Serdaigle, désormais. Je suis une Serpentard. Je prends un selfie, Port Townsend exposé en arrière-plan. Je le nomme Foldingue.

Chapitre 23

#CRAIGANDHISLIST

La plupart du temps, lorsqu'ils recherchent un logement, les gens utilisent Craiglist. Moi, je trouve Craiglist un peu flippant. Qui c'est ce Craig, d'abord ? Et pourquoi a-t-il créé une liste ? Je préfère les journaux, ou les petites annonces entre particuliers. Je trouve le supermarché le plus proche et consulte les petites annonces sur le tableau d'affichage. Deux adolescentes très enthousiastes ont imprimé des flyers pour faire du baby-sitting. *Dignes de confiance ! Drôles ! Fiables !* Chaque mot est écrit avec des pompons, et chaque lettre dans une couleur de feutre différente. Respect pour leur travail artisanal. On ne devrait pas faire confiance à des baby-sitters qui sont incapables de faire quoi que ce soit sans leur ordinateur. Tous les enfants dont je me suis occupée pourront vous le confirmer. Je soulève un coin de leur flyer pour voir ce qui se cache en dessous. Un mec recherche une fille comme co-locataire. *Homme soigné recherche co-locataire féminine qui aime faire la vaisselle. Animaux de compagnie non acceptés.* Pour moi, ça veut dire : *Mâle incompétent, incapable de se débrouiller seul et avec le besoin maladif de tout contrôler, cherche femme à marier.* « Beurk, mec », je dis à voix haute. Je zappe et trouve une autre annonce dans le coin, en haut, à gauche. Elle est enfouie sous un flyer de vente d'un garage communautaire et imprimée sur du papier lilas. Je retire la punaise qui la maintient accrochée au tableau pour pouvoir la lire.

Aime faire de longues balades sur la plage mais pas avec toi !

Cherche UNE co-locataire indépendante pour partager mon espace.

Ne cherche pas une sœur. Ne cherche pas une amie. Juste une co-locataire.

Je rigole en lisant ces mots. La seule chose qu'elle laisse est une adresse mail. Normalement je devrais la remettre à sa place, mais au lieu de ça, je plie le papier en quatre et le glisse dans ma poche arrière, en jetant des coups d'œil autour de moi pour m'assurer que personne ne m'a vue. Rien à foutre, j'ai besoin d'un endroit où dormir. J'envoie un sale regard à l'ensemble des personnes de la supérette, puis tourne les talons pour me diriger vers la sortie... et me prends un mur en pleine face. Comme c'est agréable de se faire humilier.

Son adresse mail est Gswizzle@gmail.com. Elle me propose de nous retrouver dans un salon de thé sur l'Avenue Principale. *Comment saurai-je que c'est toi ?* je lui renvoie. C'est super angoissant ; il se pourrait qu'« elle » soit en fait « il ». Peut-être aurais-je dû faire confiance à Craig et à sa liste, finalement.

Tu sauras, me renvoie-t-elle. Je ne fais pas confiance aux meufs si facilement en général, mais ai-je vraiment le choix ? J'arrive sur place une heure en avance pour repérer les lieux. J'ai bien conscience d'être en train de virer parano, mais cet endroit est peut-être un peu trop parfait à mon goût. Je commande un scone et ils m'en tendent un avec plein de crème et de confiture. Trop parfait. Je m'en empare et trouve une place pour attendre mon thé. On me l'apporte dans un mug en verre délicat – beaucoup trop parfait. Suspicieuse, je sirote mon thé du bout des lèvres, je lèche la crème sur le pourtour de ma bouche. Je suis en train de m'en prendre à Port Townsend. J'en deviens méfiante et aigrie. Et puis elle arrive. Elle. La fée violette, avec sa crinière d'argent coiffée en queue-de-cheval. *Mon Dieu, non !*

Greer ressemble tellement à son flyer. Je le sors de ma poche et le défroisse sur la table tandis qu'elle balaie le salon de thé du regard, adresse des sourires à ceux qu'elle connaît, et me cherche... moi. Je tiens le flyer comme une idiote. Son regard s'illumine quand elle me voit et elle agite ses deux mains. J'ai envie qu'elle trébuche sur une chaise ou quelque chose d'autre, mais elle est pleine de grâce et se glisse avec souplesse entre les tables comme une petite chipie agile.

– Helena ? me demande-t-elle.

Je me lève, et elle m'enlace – elle jette ses bras autour de mon cou comme si nous étions amies depuis toujours. Je me raidis un peu et tente de me dégager, mais je suis faible, et j'ai vraiment besoin d'un câlin. Et puis, elle sent les épices : la noix de muscade, la cannelle et le clou de girofle.

– Quel courage, me dit-elle, toujours agrippée à moi. Faire tout ce chemin toute seule.

Je ne me sens pas courageuse. Au moment de me rasseoir, je manque presque ma chaise, mais Greer ne semble pas le remarquer.

– J'ai toujours vécu ici, dit-elle, je suis bien trop trouillarde pour partir.

Ohmondieuohmondieuohmondieu. Je l'aime bien. Je lui adresse un petit sourire et bois mon thé, qui est devenu froid. Elle a peint des fleurs sur toute sa peau, coloré ses cheveux en gris et elle me dit que c'est une trouillarde, et que moi je suis courageuse.

Hé, c'est moi la fille qui porte du beige, j'ai envie de lui signaler.

– Parle-moi de toi, finit-elle par me dire en se penchant plus en avant.

Ses yeux sont gris. Ils s'accordent parfaitement avec ses cheveux et rajoutent à cet aspect surnaturel. C'est très intimidant de se retrouver assise en face d'une vraie fée en sachant que tu n'as rien d'intéressant à lui raconter sur ta vie. Eh bien... j'ai peut-être quelque chose d'un peu intéressant, du genre, *ma meilleure amie sort avec ton ex-fiancé.*

– Je... J'essaie juste de... me trouver.

C'est tellement niais de dire ça, mais Greer hoche la tête, comme si se trouver était quelque chose à prendre très au sérieux, et non pas comme le discours d'une pauvre fille perdue dans sa vie.

– Tu es au bon endroit, me dit-elle. Je ne parle pas juste de Port Townsend, mais de Washington. C'est un État béni des dieux. Quelque chose ici guérit les gens.

Ses mots me redonnent espoir. Il ne m'est jamais rien arrivé de dramatique, on ne m'a jamais dévalorisée. Je ne suis pas l'héroïne malheureuse d'un roman d'amour. Mes parents ne sont pas divorcés, et mon cœur n'a jamais vraiment été brisé. Je suis une fille tout ce qu'il y a de plus normale. Une fille qui, un jour, s'est retrouvée avec une idée fixe en tête. Je ne dis pas à Greer que cela vient d'un rêve avec son ex-fiancé sublime et musclé, ni que, dans ma tête, la frontière entre *Harry Potter* et la vraie vie est floue, si ce n'est inexistante.

J'attrape l'ourlet de mon haut beige entre mes doigts et écoute la voix enchanteresse de Greer me parler des trésors cachés de Port Townsend : le cinéma, construit en 1907, qui possédait une vieille machine à faire le pop-corn et ne proposait que trois films en même temps. Elle me parle de ce vieux monsieur Rugamiester, qui chaque samedi venait voir un film et s'asseyait toujours sur le même siège, dans la même salle, et portait le même manteau de sport bleu marine en velours côtelé.

– Il se fiche de savoir quel film est projeté dans la salle numéro 3, ou combien de fois il l'a vu. Il est là pour la séance de quinze heures, avec son cornet de pop-corn.

– Mais il doit bien y avoir une explication.

Je me penche en avant malgré moi, intriguée par ce vieux monsieur Rugamiester et son cornet de pop-corn. Greer ne me quitte pas des yeux un seul instant ; mes réactions la font rire. Ses jambes sont repliées sous ses fesses et elle tient une tasse de thé dans la main. J'ai l'impression que nous sommes de vieilles amies en train de déjeuner.

– Il n'y a pas toujours d'explication, m'assure-t-elle. Pas toujours.

Elle tend sa main blanche et fine et la pose sur la mienne, juste un instant. Puis elle la retire. Je réfléchis à ce qu'elle vient de me dire, me demandant si elle a raison. Je crois aux maths et je crois aux réponses, et je crois que si tu cherches bien, tu finis toujours par en trouver une. Peut-être que ce n'était qu'un rêve. Et *ce n'était* qu'un rêve. Mais là c'est la réalité, et je suis bien dans le présent. Je suis la seule à avoir conscience de la situation. Je suis sûrement une fille chelou parce que moi je sais qui est cette fille, alors qu'elle ne sait pas qui je suis.

– Greer, je lui dis, une fois que la conversation sur monsieur Rugamiester est terminée. Je pense que je connais quelqu'un que tu connais sûrement. Je ne suis pas certaine que tu sois la même personne, mais il m'a dit qu'il n'y avait qu'une seule Greer à Port Townsend.

Greer repose sa tasse de thé sur la table et déplie ses jambes pour pouvoir se pencher vers moi, ses coudes posés sur les genoux.

Je n'arrive pas à la regarder dans les yeux en lui disant ça. J'ai peur qu'elle ne pense que j'ai tout orchestré.

– Kit Isley. Tu le connais ?

Son visage n'exprime rien d'autre que du bonheur. Elle hoche la tête, sourit et me demande comment je connais Kit.

– Il sort avec une amie à moi. Je ne le connais pas très bien ; ils n'étaient pas ensemble depuis longtemps quand je suis partie.

– Comment va Kit ? me demande-t-elle. Il a fichu le camp et nous a abandonnés pour le soleil de la Floride.

– Il a l'air d'aller bien. Il porte beaucoup de flanelle.

Je rougis. Greer rigole.

– Eh bien, Helena. Si tu as toujours envie de la chambre, j'adorerais t'avoir avec moi.

Je suis un peu interloquée. Nous passons rapidement sur le fait que je connais son ex-fiancé comme si ce n'était pas bien important. Elle ne me pose pas plus de questions sur le sujet. Nous échangeons nos numéros de portable et Greer me tend un classeur qui contient toutes les informations sur la conserverie, les règles, et un contrat de location que je dois lui retourner signé. Elle me dit que puisque nous nous connaissons un peu, elle ne me demandera pas d'acompte. Au moment de se quitter, elle m'enlace, et mon visage se retrouve enfoui dans ses cheveux cendrés.

– À demain, dit-elle, et elle ajoute, chère co-loc.

Je n'ai même pas encore visité les lieux, mais je suis si heureuse. Je n'ai pas fait les choses comme prévu – comme Helena les auraient faites. J'ai viré de bord et emprunté mon propre chemin. Ce n'est pas rien. Je suis en train d'apprendre à faire de la magie.

Chapitre 24

#ARTISWAR

L'immeuble historique de la conserverie de palourdes, dans la rue Quincy Street, face à la mer, est un bâtiment de six cents mètres carrés en brique sur deux étages qui date de 1873. Greer m'attend dehors quand je gare ma voiture de location.

– Waouh ! Belle voiture, dit-elle.

Je rougis.

– C'est juste une voiture de location. Elle n'est pas très spacieuse. En fait, il faut absolument que je la ramène à Seattle et en achète une nouvelle.

– Tu n'as pas besoin de voiture ici. Et tu peux toujours emprunter la mienne.

– Merci.

La gentillesse me met mal à l'aise. Je suis plutôt du genre à critiquer tout le monde, d'habitude. Je l'accompagne à l'intérieur, et mes yeux ont besoin d'une minute pour s'habituer.

– Waouh, je dis.

Greer baisse la tête, comme si elle était gênée. C'est immense, avec beaucoup de lumière, et le sol est en béton. Est-ce que c'est moi ou ça sent l'eau de mer ici ?

– Je ne fais rien de cet espace-là. Pendant un moment, je pensais le rendre accessible à la communauté. Laisser les gens l'utiliser pour faire des réunions ou autres.

Je la suis dans les escaliers jusque dans la pièce à vivre. À mon grand soulagement, je vois que c'est beaucoup plus cosy ici. Une petite cuisine avec trois tabourets verts baigne dans une lumière douce. Elle est accro aux bougies, à la couleur violette, et d'ailleurs les bougies sont violettes. Non pas que je sois surprise. J'observe ses tatouages et détourne rapidement les yeux quand elle se tourne vers moi.

– La cuisine et le salon, dit-elle. Je sais, je sais. J'aime trop cette couleur.

La cuisine-salle à manger mène vers un couloir d'où on accède à deux chambres. Greer ouvre la porte de gauche et je retiens un sourire en découvrant les immenses fenêtres et toute cette lumière.

– Waouh, je dis en pénétrant dans la pièce. C'est un rêve.

– C'est à toi.

Greer me sourit.

Il y a un lit *queen size* avec deux tables de chevet. Je vais remplir ces deux petits meubles bien comme il faut : papiers, chewing-gum, pinces à cheveux...

En me retournant, j'aperçois une immense commode en chêne et une porte qui ouvre sur ma propre salle de bains.

– Les toilettes sont dans la salle de bains. Et moi je dors juste à côté. Et s'il te plaît, il ne faut pas me parler le matin.

Je n'arrive pas à l'imaginer autrement que pleine d'entrain et adorable, mais *mmmouais.*

Elle ne me montre pas sa chambre. Est-ce qu'elle est violette ? Ou transgresse-t-elle toutes les règles et est-elle décorée en bleu ? Est-ce qu'il y a d'immenses posters de Kit ou un ours en peluche géant ? Elle me conduit dans la salle de lecture, laquelle est bizarrement remplie de matériel de peinture.

– Pourquoi cette pièce ne s'appelle pas l'atelier de peinture ? je lui demande.

Greer semble confuse.

– Je ne sais pas.

Il n'y a plus grand-chose à ajouter après cela parce que ses peintures sont tout simplement magnifiques. Franchement, ce n'est pas juste d'être aussi belle que Greer et de posséder en plus un tel talent. Je me perds dans toutes ces eaux, toutes ces vagues. Il y a tellement de formes et de variations différentes. Certaines des toiles représentent une eau plus transparente que sur d'autres. On peut même apercevoir en profondeur sous la surface des cailloux blancs tout lisses, ou un petit poisson.

– Waouh, Greer. Il y a tellement de sens cachés dans ces œuvres. Elles sont sublimes.

Elle baisse la tête, embarrassée. C'est ce que j'aime chez elle. Les artistes pleins d'humilité m'ont toujours beaucoup impressionnée. Elle a l'air vraiment mal à l'aise, donc je lui demande de voir le reste de la maison. Une fois la visite des lieux terminée, elle m'aide à porter mes valises à l'intérieur, et je lui fais un chèque.

– Pourquoi est-ce que tu peins des vagues ?

Elle est en train de se diriger vers le frigo. Son pas devient hésitant. C'est léger, mais perceptible. Elle me répond en me tournant le dos, et je ne la connais pas assez bien pour discerner un quelconque changement dans le ton de sa voix.

– Cause et effet, dit-elle.

Quand elle se retourne, elle tient une bouteille d'eau dans la main. Elle dévisse le bouchon et boit une gorgée avant de continuer :

– On pense toujours pouvoir contrôler nos vies, mais ce sont nos vies qui nous contrôlent. Et chaque chose qui interfère dans nos vies nous contrôle. Les gens ont moins de pouvoirs qu'ils ne le pensent. Nous pouvons seulement contrôler nos réactions.

Elle le dit avec une telle conviction. Je la crois à moitié.

– Donc cela voudrait dire que nous sommes tous assis là à attendre que les choses provoquent des vagues ? je lui demande.

Qu'est-ce qui a causé mon rêve ? Ce n'était certainement pas moi. Pourtant ce rêve a fait des vagues dans ma vie. Et m'a amenée à tout changer.

– Oui, je pense, dit-elle.

– Mais nous avons le pouvoir de choisir quelle réaction adopter. C'est quand même quelque chose.

Je suis contrariée sans vraiment savoir pourquoi. Greer hausse des épaules.

– Vraiment ? Ou bien ce sont nos expériences passées qui contrôlent nos choix ? C'est une pensée angoissante, je sais.

– J'aime les maths, je lâche.

Greer rigole.

– Je n'aime pas penser que je n'ai pas le choix, je réplique. C'est sûrement vrai, mais ça me fait peur.

– C'est la raison pour laquelle l'art existe, Helena. L'art est une guerre contre ce que nous ne choisissons pas de ressentir. C'est une bataille de couleurs, de mots, de sons et de formes, et l'art sévit pour ou contre l'amour.

Bon sang, Kit, t'es vraiment trop con. Della ?

J'ai envie que Greer me raconte toutes ces choses. J'ai besoin de savoir qui je suis, et pourquoi je ne suis pas douée en peinture. Et j'aimerais connaître le sens de la vie, parce que je pense qu'elle a la réponse.

Elle me demande si j'ai faim ; je mens en répondant oui alors que je viens juste de déjeuner. Je l'observe faire des Panini dans un appareil extravagant. Elle presse des oranges à la main et me tend un verre de jus. C'est sucré et riche en pulpe. Personne n'a jamais pressé des oranges pour moi avant, sauf peut-être le mec du Jamba Juice.

J'apprends plus de choses de Greer en deux minutes que je n'en ai appris de qui que ce soit depuis la nuit des temps.

– J'aimerais que tu m'enseignes tout ce que tu sais sur la vie en général. Tu serais d'accord pour le faire ?

Greer se retourne et me lance une orange. Elle atterrit en plein sur mon front.

– Je ne sais rien sur la vie, dit-elle en rigolant.

– Ok, mais j'essaie de me trouver.

Greer a un petit sourire malicieux.

– Ça, ma chère, c'est la chose la plus effrayante que tu feras de toute ta vie.

– Pourquoi ?

– Parce qu'il se pourrait bien que tu n'aimes pas du tout ce que tu trouveras.

Chapitre 25

#MARROWSTONE

J'emménage avec ma petite panoplie d'effets personnels : principalement des vêtements, des chaussures et des photos. Ma chambre donne sur la mer et, les six premières semaines, je me réveille tous les matins avec la peur au ventre que cette nouvelle vie me soit enlevée, comme m'a été enlevée celle de mon rêve, dont je suis tombée amoureuse. Je fais des cauchemars dans lesquels je suis obligée de quitter Port Towsend et la conserverie. Chaque rêve se termine avec la Range Rover en train de sombrer dans l'eau, à l'arrière du ferry. Pendant la journée, je travaille dans la galerie, aide Eldine pour les comptes, les ventes, et m'occupe d'expédier les œuvres à des clients résidant dans d'autres États, d'autres pays. Ça me plaît ; c'est un travail tranquille et la plupart du temps Eldine s'occupe dans son coin. Certains jours, Greer me rejoint pour déjeuner, et d'autres jours, j'apporte mon sandwich au port et me promène en lisant les noms des bateaux jusqu'à ce qu'il soit l'heure de retourner au travail. Le soir, en général, j'essaie de développer ma créativité – ce qui ne donne rien la plupart du temps. *Tu ne peux pas forcer les choses*, me dit Greer quand j'envoie le pinceau valdinguer à travers la pièce. Je ne suis vraiment pas douée, pour quoi que ce soit, mais j'ai envie de l'être. C'est déjà bien de continuer à occuper mes mains et mon esprit entre les peintures, la poterie, et l'écriture. Ce que je refuse, c'est de faire tout ce que je faisais avant. Ça demande de la discipline d'y arriver, sachant que les humains ont beaucoup de mal à se défaire de leurs habitudes. Je ne mange plus mes céréales habituelles ; je ne bois plus de lait de soja avec du Splenda. Je ne regarde plus la télé-réalité, ne lis plus de romans d'amour pour remplir ma vie de toutes ces choses qui me manquent. Je n'écris pas à Kit. Sauf cette fois-là. Mais la plupart du temps, je n'envoie pas de texto à Kit.

Et puis un jour, après la plus longue période que nous avons eue sans nous parler, il m'envoie un texto. Je suis en train de me promener le long des docks et de prendre des photos de bateaux, quand son nom apparaît sur mon écran. Je suis nerveuse à l'idée d'ouvrir son message. C'est idiot. Ou peut-être pas tant que ça, étant donné que je ne veux pas qu'il sache que je vis dans la conserverie avec Greer.

K : *Tu n'as pas le droit d'emménager chez moi et de ne plus me parler.*

Moi : *Pourquoi pas ?*

K : *Donc, tu as vraiment décidé de ne plus me parler ?*

Moi : *Non ! Je n'ai pas dit ça.*

K : *Tu vis où ?*

Aïe. Merde. Ça ne le regarde pas de toute manière. Je ne suis pas obligée de répondre. Voilà, je ne vais pas lui répondre.

Moi : *Je suis en co-loc. Avec Greer. Je lui loue une chambre.*

Je me ronge les ongles en attendant de voir sa bulle de texte apparaître, mais elle n'arrive jamais. Mon Dieu, c'est comme si je perdais tout contrôle sur moi. Que je n'avais plus aucune volonté. Je pense à lui envoyer FOUINEUR ! Mais ça ne me ressemble pas non plus de faire ce genre de choses. Oh mon Dieu, je suis censée agir différemment.

J'écris : *Fouineur !*

Puis : *Je plaisante. Pour fouineur. Pas pour Greer. Je vis vraiment avec elle.*

Puis : *Elle est tellement cool. Je me fiche complètement de ce que tu penses.*

Puis : *Tu m'en veux ?*

Le temps que sa bulle apparaisse, je n'ai presque plus d'ongles, mais c'est plutôt chouette parce que tout le monde a des ongles, et j'aime être différente.

K : *Espèce de folle.*

Je vous jure, je suis tellement triste pour mes ongles.

J'essayais de les faire pousser. J'examine mes mains avant de taper : *Non. Pas du tout.*

Il m'envoie une photo. Je reconnais une partie du bar de la Taverne on Hyde. La photo montre un verre de vin posé sur une serviette en papier. Je souris.

K : *J'ai la sensation que tu en as besoin.*

Moi : *Ouais. J'aimerais bien.*

K : *La bonne nouvelle c'est que tu peux trouver du vin partout ! Un de mes amis possède un domaine viticole à Marrowstone. Tu devrais aller y faire un tour.*

Il m'envoie l'adresse et me dit que ça s'appelle Marrowstone Vineyards.

Je mentionne le domaine à Greer ce soir-là, en espérant qu'elle veuille bien s'y rendre avec moi. Je m'assieds sur le seul tabouret disponible dans la salle de lecture et l'observe peindre.

– Qui t'a parlé de cet endroit ?

Elle repose son pinceau. Son ton est sur la défensive.

– Hum, j'ai juste entendu dire qu'il y avait du vin. Et j'aime le vin. Il y a un problème ?

Elle se racle la gorge.

– Non non, ça va. C'est juste... que cet endroit me rappelle plein de souvenirs. Quand nous étions plus jeunes, mes amis et moi avions l'habitude de nous introduire dans ce domaine, de nous défoncer, et de boire.

En fait, je n'ai jamais rencontré aucun de ses amis. Ne vous méprenez pas – Greer est une fille populaire. Quand on a des cheveux argentés, et qu'on ne porte qu'une seule couleur, les gens finissent par vous remarquer. Elle connaît tout le monde, et pourtant n'invite jamais personne chez elle. Je ne l'ai jamais vue être vraiment intime avec qui que ce soit.

– Donc...

– Oui, ok, dit-elle. Ça sera marrant. Tu veux y aller ce soir ?

Je ne m'attendais pas à y aller le soir même, mais je hausse les épaules, et Greer disparaît dans sa chambre pour se préparer.

Dix minutes plus tard, elle ressort vêtue de noir de la tête aux pieds. Genre, je n'ai jamais vu Greer porter d'autres couleurs que des nuances de violet. Ça me fait un peu peur.

– Je n'avais plus rien de propre, dit-elle en voyant l'expression de mon visage. Allons-y.

Je la suis dehors, en regrettant de ne pas avoir changé mes habits de boulot. Je suis tellement nulle, c'est déprimant. *Le genre de meuf à porter du beige.*

Nous écoutons de vieux classiques en roulant sur les routes sinueuses vers Marrowstone. L'air est anormalement sec, dehors, mais les nuages sont noirs et lourds – un sinistre présage pour les jours à venir. C'est comme si Greer lisait dans mes pensées.

– Aujourd'hui, c'est le dernier jour avant que la pluie n'arrive. Profites-en.

J'aime la pluie, mais ne le lui dis pas. C'est considéré comme un blasphème dans la région de Washington de ne pas apprécier un été sans pluie lorsque cela arrive.

Le domaine viticole s'érige au milieu d'étendues d'eau, d'où on peut apercevoir les bateaux de croisière longer la côte, puis s'éloigner vers l'océan. Nous nous garons devant un bâtiment et sautons de la voiture dans la poussière. Un vignoble s'étend derrière ; la saison des vendanges est déjà passée, il ne reste plus qu'une ombre poussiéreuse de vignes et de feuilles. À ma gauche se dresse une grande maison dont les nombreuses fenêtres étroites et rectangulaires donnent à la fois sur la mer et sur le vignoble. Des résidus de fruits en décomposition jonchent le sol tout autour des arbres : des pommes, des cerises, des poires, et des prunes – ratatinées, leur jus imprègnent la terre. Greer regarde la maison et semble figée sur place.

– Qu'y a-t-il ? je lui demande. On dirait que tu as vu un...

– Je-je vais bien. Allons boire du vin. D'accord ? Tu en as envie ? Allons-y.

Elle se dirige vers l'entrée du domaine. Aurions-nous échangé nos personnalités en cours de route ? Je suis perdue. Elle en ressort avec une bouteille qu'elle porte jusqu'à la terrasse pour s'y installer.

– Ok, sérieusement, Greer. Qu'est-ce qui ne va pas ?

Je lui prends la bouteille des mains et me sers du tire-bouchon pour l'ouvrir. Elle me montre la maison.

– J'ai trompé mon copain, dit-elle. Juste là, près de cette maison.

Je ne regarde pas ; je préfère analyser son visage là maintenant. Était-ce le lieu du déclin ? La fin de Kit et Greer ?

– On n'était pas obligées de venir.

Je me demande pourquoi Kit m'a suggéré cet endroit. Putain de merde. C'est comme s'il essayait de... *se venger*. Putain de merde !

– Greer. Allons-y.

– Non, me dit-elle fermement. Ce n'est qu'une maison.

– Dis-m'en plus, alors, j'ajoute. C'était Kit ?

Elle tourne sa tête vers moi si violemment que j'ai peur que son petit cou ne se brise.

– Comment tu... ?

– J'ai deviné, je dis.

Greer fixe son verre de vin, le regard vitreux. Puis tout à coup, elle sourit et reprend :

– C'était il y a longtemps.

– Je suis désolée.

– Ça va. Je comprends, maintenant : ce sont les vagues.

Je ne saurais dire si elle cache ses vrais sentiments, mais elle vient à l'instant de m'inclure dans son art – et ça me plaît.

– J'étais jeune, dit-elle. Je laissais tomber avant qu'on puisse m'abandonner. Parfois c'était une bonne chose, mais avec Kit, non. Je lui ai vraiment fait du mal. Je ne suis plus aussi désinvolte. Mais ça fait longtemps que je ne suis sortie avec personne. Je fais grève.

– Mon copain m'a trompée, je lui raconte. Avant que je vienne ici. Il a mis enceinte une fille de son bureau.

– On l'emmerde, dit Greer. C'est horrible.

– Ouais. On l'emmerde, et l'amour aussi.

Nous trinquons, et elle semble vraiment heureuse. Peut-être que venir ici n'était pas une si mauvaise idée, après tout. Thérapeutique. Je jette un œil au toit incliné de la maison et me demande qui vit ici. Combien de choses secrètes cette maison a-t-elle vues ? Je veux vivre dans une maison qui a une histoire. Je veux vivre.

Chapitre 26

#DONTFEARTHEANIMALS

Il n'existe pas de meilleur endroit au monde pour déprimer que l'État de Washington. Il y a des milliers de lieux où l'on peut se rendre pour admirer la beauté des paysages en s'apitoyant sur son sort malgré tout. La plupart du temps, le ciel là-bas pleure même avec toi. Et je remercie le bon Dieu pour ça – pour cette absence de lumière. Le cadre idéal pour un parfait mélodrame. Greer propose de m'emmener dans les meilleurs endroits pour déprimer.

– Tu as déjà été dépressive ? je lui demande.

– Eh bien, ça m'est arrivé une fois... dit-elle avec un clin d'œil.

Pour une artiste, je trouve que sa personnalité manque de hauts et de bas, d'humeur changeante.

Elle dresse une liste au marqueur indélébile violet, et nous cochons les endroits un à un. Ce n'est qu'un jeu ; je le sais bien. Elle essaie juste de me réveiller, et ça marche. L'air, le vent, l'eau, les montagnes – tout cela contribue à réveiller mes sens. Mon cœur est endormi. Un après-midi, alors que nous sommes à Hurricane Ridge, je reçois un message de Della me disant qu'elle pense que Kit va la demander en mariage. J'éteins mon portable, m'allonge sur le mur étroit sur lequel nous sommes assises et fixe le ciel gris.

– Qu'est-ce qu'il y a, Helena ? me demande Greer en s'agenouillant près de moi. Tu as cet air mélodramatique uniquement lorsque quelque chose ne va vraiment pas. C'est à cause de Kit ?

Je ne peux pas lui mentir après tout ce qu'elle a fait pour moi. J'essaie de détourner la tête, mais, de ses longs doigts fins, elle saisit mon menton et examine mon visage en fronçant les sourcils.

– Della pense qu'il va lui faire sa demande. Puis j'ajoute : C'est pas bien grave.

– Merde, dit-elle. Merde. Tu comptes faire quoi ?

– Oh, tu sais... rien.

Greer éclate de rire.

– Tu devrais au moins lui dire.

– Jamais de la vie. Lui dire quoi ?

Elle ne répond rien ; elle réfléchit. J'arrache des touffes d'herbe en attendant de connaître son point de vue.

– Laisse cette herbe tranquille, Helena. Nous avons besoin que tous les éléments soient de notre côté à partir de maintenant, surtout la terre. Parle-moi de ce rêve que tu as fait. Celui qui a engendré tous tes problèmes.

J'essuie mes mains sur mon pantalon.

– Non. Tu vas me prendre pour une folle.

Greer soupire. Je suis en train de jouer avec les nerfs de la fée malicieuse.

– Tu es son ex, je crache. Et moi je suis la folle qui est amoureuse de lui. Excuse-moi de ne pas vouloir parler de mes sentiments complètement déplacés avec la fille qui l'a poussé à quitter la ville.

Elle écarte les bras de chaque côté, et le vent fait tournoyer les franges de sa veste violette.

– Ah, Helena ! Les plus belles histoires d'amour sont celles qui ne sont pas censées arriver.

Je ronge mes ongles et les recrache du coin de ma bouche.

Greer me donne une tape sur les mains, puis m'encourage d'un geste à tout raconter.

Et alors que nous sommes assises sur un mur, sur les hauteurs de Hurricane Ridge, je lui raconte la totalité de mon rêve. Je suis horriblement gênée. Quand j'ai fini mon histoire, elle reste silencieuse.

– Quand Kit était petit, il faisait tout le temps le même rêve.

Elle secoue ses cheveux argentés en regardant les montagnes, sourit d'un air nostalgique et continue :

– C'était un rêve avec des lions. Toute une horde. Ils venaient pour lui, seulement pour lui. Ils arpentaient les rues vides de Port Townsend à sa recherche. Il se cachait, mais quelle que soit la cachette, ils arrivaient toujours à le trouver. Il était terrorisé. Il disait qu'il pouvait respirer leur haleine fétide et sentir leurs dents déchiqueter son corps, puis il se réveillait en hurlant.

Je grimace.

– Nous sommes donc allés voir cette « sorcière ». (Elle mime des guillemets avec ses doigts en prononçant le mot « sorcière » et me sourit.) Elle possédait une boutique avant-gardiste qui vendait des attrape-rêves et d'autres trucs dans le genre. Elle ne tient plus ce magasin aujourd'hui, mais elle vit toujours près du domaine viticole de Marrowstone. Les gens continuent d'aller la voir. Bref, elle nous a dit que Kit avait besoin d'un talisman pour chasser ses rêves. Elle a commencé par nous donner un attrape-rêves. Bien entendu, ça n'a pas marché. Nous sommes donc retournés la voir la semaine suivante. Cette fois-ci, elle nous a donné trois pierres – Kit devait les placer sous son oreiller et celles-ci devaient aspirer le rêve.

Greer attrape une bouteille d'eau dans la glacière et me la tend. Elle ouvre la sienne, boit quelques gorgées, et je remarque que ses lèvres laissent une trace rose fraise sur le goulot.

– Comme les pierres n'ont pas fonctionné non plus, nous sommes retournés la voir, et quand la potion n'a pas marché, nous y sommes retournés, et ainsi de suite. Finalement, quand nous nous sommes rendus là-bas pour la cinquième fois, elle nous a demandé à tous les deux de nous asseoir. Elle nous a dit que quelque chose dans la vie de Kit provoquait le rêve, et que nous pouvions l'arrêter ensemble.

Je me sens très mal à l'aise, maintenant. Je connais si peu de choses de la vie de Kit, et elle en sait tellement. J'ai l'impression de n'avoir aucune légitimité à avoir des sentiments pour lui.

– Qu'as-tu fait ? je lui demande.

– Kit disait qu'il était parfois conscient d'être en train de rêver. Que c'était quand même effrayant, mais moins, parce qu'il savait qu'il se réveillerait. Alors nous avons réfléchi ensemble à une manière de réagir lors de ces rêves conscients. À comment attaquer les lions avant qu'ils ne l'attaquent lui. Il était sceptique mais m'avait promis d'essayer. Une semaine plus tard, il a couru vers moi à l'école et m'a dit qu'il avait appliqué ce que je lui avais conseillé de faire. Il avait écartelé la gueule des lions à mains nues. Il les avait combattus.

– A-t-il de nouveau fait le rêve ?

– Oui, répond Greer. Mais de moins en moins souvent. Il lui arrivait parfois encore de le faire avant de quitter PT. Mais il avait vaincu cette sorte de peur inconsciente, et il n'était plus du tout effrayé.

– Ah.

Maintenant que l'histoire est terminée, je ne suis pas sûre de savoir pourquoi elle me l'a racontée. Et tout à coup, ça fait tilt dans ma tête. Le fameux soir où Kit et moi avions fait une balade dans la résidence de mon appartement. Mes questions sur la signification de son tatouage inspiré par Greer. « Ne crains pas les animaux ». C'était donc ça. J'en crève de jalousie. C'est tellement plus profond qu'une fleur, une croix ou même un prénom. C'est leur histoire. Leur lien. Et de quel droit serais-je jalouse ? Kit ne m'appartient pas. Je ne fais même pas partie du cercle de ses petites amies, Della, si.

– Il sera à Santa Fe la semaine prochaine.

– Quoi ? Comment tu le sais ?

– C'est le mariage de sa cousine. Je suis invitée, et j'aimerais beaucoup que tu viennes avec moi, que tu sois mon rencard.

Je secoue la tête.

– Non. Je ne peux pas. Della sera...

– Della ne sera pas là, me dit Greer. C'est l'anniversaire de sa mère, ou un truc comme ça.

Je me sens coupable d'avoir oublié le prochain anniversaire de sa mère. J'étais vraiment très proche de sa famille, avant.

– Dans tous les cas, ce n'est pas bien. Je ne peux pas faire ça. Ils forment une famille, elle et Kit.

– Pas tant qu'ils ne sont pas mariés, rétorque Greer. Et nous avons largement le temps d'empêcher ça.

– C'est mal.

Greer hausse les épaules.

– Comme tu le sens.

Elle se lève et s'étire, son t-shirt violet ressort sur l'arrière-plan verdoyant.

– Allons faire notre randonnée, dit-elle. Arrêtons de parler de Kit et Della, d'accord ?

Je me lève à mon tour et la suis. Nous avons à peine parcouru la moitié du chemin jusqu'au sommet de la colline que nous nous arrêtons. Et finalement, nous décidons que nous ferions mieux de boire un chocolat chaud. Du chocolat. Pas de randonnée.

Le lendemain, je reçois un message dans ma boîte mail. Il vient de Greer. Je l'ouvre et découvre un billet d'avion pour Santa Fe. Je l'appelle pour lui demander :

– C'est quoi ça ?

– T'es mon rencard, tu te souviens ?

– Je ne pense pas avoir accepté. En fait, je suis certaine de ne pas l'avoir fait.

– Ne sois pas si lâche, Helena. Tu dois te battre pour obtenir ce que tu veux. Personne ne t'a jamais dit ça ?

Non, personne ne m'a jamais dit ça, et je n'ai jamais aimé me battre pour quelque chose que quelqu'un d'autre a déjà revendiqué. Toute la semaine, je réfléchis à toutes les excuses possibles pour me défiler, mais pour finir, je me retrouve à préparer un petit sac cabine et prétends que c'est pour Greer que je le fais. Je ne prends qu'une robe beige ; en fait, la plupart de mes vêtements sont beiges, crème, ou blancs. La chaleur de Floride s'accorde mieux avec les couleurs crémeuses. Mais maintenant, je vis à Washington, et je ne suis qu'une meuf du genre à porter du beige et des tas de shorts en jean déchiré.

Nous atterrissons à Santa Fe en milieu d'après-midi. Notre taxi nous conduit à travers les ruelles de la vieille ville, et j'en prends plein la vue. Cet endroit ne ressemble à aucun autre. La grande majorité des villes en Amérique ressemble à l'Amérique, mais Santa Fe ressemble à Santa Fe. J'adore, mais en même temps ça me fait un peu peur. Je questionne Greer sur la cousine de Kit qui va se marier. J'apprends que son prénom est Rhea et qu'elle épouse un type qui s'appelle Dirt [24].

– C'est un artiste. Il fait de la poterie avec de la boue sacrée.

– C'est pour ça qu'il se fait appeler Dirt ?

– Il s'appelait déjà Dirt ; il s'est longtemps cherché, puis a transcendé son prénom dans l'art.

J'ai envie de rire, avant de comprendre que c'est mon côté comptable qui a envie de se moquer de la quête identitaire de Dirt. N'ayant pas la moindre fibre artistique et me donnant beaucoup de mal, je décide de respecter la vision créative de Dirt. Peut-être que j'en retirerai même quelque chose.

Nous arrivons à notre hôtel, assez cool, avec son plancher irrégulier et ses meubles délabrés. Greer me dit que ça coûte très cher de prendre une nuit ici parce qu'il s'agit d'une expérience authentique.

– Cet hôtel a été une mission espagnole dans les années 1800. Tu vas dormir dans la même chambre que celle des conquistadors de l'époque ! dit-elle d'un ton enjoué.

J'observe les murs irréguliers autour de moi et mon orteil en sang pour s'être pris dans les fissures du parquet, je suis reconnaissante de vivre au XXIe siècle.

– Va te rafraîchir, dit Greer. Ce soir on fait la fête.

Je ne ressens pas le besoin de me laver. Je décide de me changer, enroule un nouveau pansement autour de mon orteil avant d'appliquer du rouge à lèvres.

---

24. « Dirt » signifie « boue », « saleté » en anglais.

– Voyons, voyons, dit Greer quand je sors de ma chambre. On ne va pas à une réunion Mère-Fille.

Elle fouille dans sa valise et en ressort une robe noire sans manches avec des franges sous les bras qui descendent jusqu'à l'ourlet.

– Ce n'est pas du tout ton style, je rigole. Je ne peux pas croire que tu aies acheté ça.

– Tu as entièrement raison. Je l'ai achetée pour toi. C'est ton style.

Elle me la lance.

– Greer, je n'ai jamais porté un truc comme ça de ma vie. Ce n'est pas mon style.

– Ce n'est pas parce que tu n'as jamais porté un truc comme ça que ce n'est pas ton style. Certaines personnes sont trop timides et coincées dans leurs petites habitudes pour savoir ce qui leur va vraiment.

Ok. Je n'ai rien à perdre, alors j'enfile la robe. Et tout à coup, je me retrouve avec des seins et un cul.

– Beurk, dit-elle. Tu es affreuse. Peut-être que tu devrais l'enlever.

Je lui fais une horrible grimace. Je ne suis pas bête. J'apprends vite.

Nous allons dans un bar stylé. Nous buvons du vin stylé. Nous dansons sur de la musique des années quatre-vingt. Mes cheveux partent dans tous les sens, retombent devant mes yeux et restent collés à mon visage. Et quand je me déhanche, mes franges en font de même. Alors je me déhanche encore plus. Mon Dieu que c'est bon. Della ne voulait jamais danser parce que ça la faisait transpirer. Greer danse tellement à fond que je peux voir des gouttes de sueur dégouliner le long de son cou.

Et Kit entre dans le bar. Et je n'arrête pas de bouger. Je lui envoie un baiser, danse avec Greer et le regarde m'observer. Mon cœur va exploser simplement pour l'avoir dans mon champ de vision. Je n'ai jamais autant désiré quelque chose de ma vie. Il a l'air différent, mais je sais que ce n'est sûrement pas le cas. C'est mon regard qui est différent. À mes yeux, Kit devient plus beau chaque fois que je le vois.

– Il ne savait pas que j'allais venir ? je demande à Greer.

– Au contraire, répond-elle. C'est lui qui m'a demandé de t'amener ici.

Chapitre 27

#MYBESTFRIENDSWEDDING

– Hé, petit cœur solitaire. On va faire un tour ?

C'est la première chose qu'il me dit après tout ce temps. Après des mois et des mois. *On va faire un tour ?* Kit et ses tours.

J'ai vraiment, vraiment envie d'y aller, parce qu'il fait chaud dans ce bar, qu'il y a trop de monde et que j'ai besoin de respirer l'air frais. Mais toutes ces choses sont secondaires comparées à mon désir de me sentir près de lui.

Je passe devant lui pour sortir du bar, mes épaules continuent de remuer au rythme de la musique. J'entends le rire de Kit s'élever derrière moi. Je sens ce rire se lover autour de mon cœur et l'amener à lui faire battre la chamade – un cœur de sportif de haut niveau. Il me trouve drôle. Je suppose que c'est ce qu'il a toujours pensé. Je ne suis pas vraiment drôle, juste très bizarre. Alors que nous nous dirigeons vers l'extérieur, je me rends compte qu'il abandonne tous ses amis derrière lui – des gens qu'il n'a pas vus depuis des lustres – pour aller faire un tour avec moi, le week-end du mariage de sa cousine.

L'air du Nouveau-Mexique n'est pas le même que celui de Floride. Je ne réagis pas lorsqu'il me fouette le visage. Il est sec et terreux. Je pense à Dirt et laisse échapper un petit rire. Quand Kit et moi sommes suffisamment éloignés de la musique, je le regarde du coin de l'œil et souris d'un air malicieux. Il n'a pas trop changé. Un peu plus bronzé, peut-être. Je parie que Della l'a traîné à la plage. Je fais un petit pas de danse près de la fontaine pendant que Kit m'observe en silence. Si je ne le connaissais pas, je jurerais qu'il a un million de choses à dire. Et c'est sûrement le cas ; c'est juste qu'il ne dit jamais rien.

Je m'approche en chancelant maladroitement, m'installe à côté de lui et balance mes jambes d'avant en arrière.

– Hé, je dis.

– Hé.

– C'est quoi cette expression sur ton visage ?

– Quelle expression ? me demande-t-il. C'est mon air normal.

– Tu fais une tête bizarre. Comme si tu étais nerveux ou un truc dans le genre.

– Je le suis.

Je tressaille.

– Là tout de suite, je suis surexcitée. Garde en tête ce que tu veux me dire pendant que je cours autour de la fontaine.

Kit rit tellement qu'il en tombe presque à la renverse, et il se tord le cou dans tous les sens pour me regarder faire.

– J'avais oublié à quel point tu étais bizarre, dit-il quand je retourne m'asseoir. Tu es comme une langue morte, tu sais ça ? Personne ne te ressemble, et tu ne ressembles à personne.

C'est un beau compliment. Sûrement trop beau pour que mon cerveau puisse l'assimiler maintenant.

– Alors, pourquoi es-tu si nerveux ?

Je me penche vers la fontaine, recueille de l'eau dans le creux de ma main et rafraîchis ma nuque.

– J'attends l'inévitable question.

Suis-je si prévisible que cela ?

– Très bien, je dis. Es-tu amoureux ?

Je tords mes mains dans tous les sens, et il saisit mes poignets, avant de les relâcher aussitôt.

– Oui.

Aucune hésitation cette fois. Pas de regard fuyant. Pas de tentative pour esquiver la question. Mon estomac se retourne, je sens mon cœur se ratatiner et devenir flasque. Il me serait impossible de courir autour de la fontaine même si je le voulais. Qu'est-ce qui a bien pu me rendre assez heureuse pour réussir à le faire tout à l'heure ?

– Entendu, je dis, génial.

Les cils de Kit sont noirs et épais. Ça le rendrait presque un peu trop mignon, mais la forme anguleuse de sa mâchoire préserve sa virilité – donne à ses traits fins une structure solide et carrée. Et lorsqu'il te fixe à travers ses cils, c'est comme s'il transmettait quelque chose d'intense d'un simple regard. Il ne se rend pas compte de l'effet qu'il produit sur les femmes. J'ai déjà remarqué le silence s'installer sur son passage, j'ai observé les femmes en perdre leurs mots, et leurs visages s'empourprer.

– Je peux emprunter ton portable, s'il te plaît ? je lui demande.

Kit me tend son téléphone sans hésiter une seconde. Je vais dans appareil photo, active le mode selfie, et me prends en photo.

– Qu'est-ce que tu fais ? me demande Kit.

– À ton avis ? Je me prends en photo.

– Ça je sais, mais pourquoi ?

Il m'observe tandis que je m'envoie la photo par texto. J'ai laissé mon portable dans la chambre d'hôtel, mais maintenant je regrette de ne pas l'avoir pris avec moi. J'aurais pu envoyer un SOS à Greer.

– Je me prends en photo dès que je ressens des phases importantes de ma vie. Je leur donne un titre et les range dans un album.

Il fait une grimace et secoue la tête. Ses yeux sont fuyants, mais... pensifs, pensifs, pensifs.

– Et comment comptes-tu nommer ce moment que tu viens de vivre ?

J'observe la photo que je viens de prendre : des mèches ondulées se dressent de chaque côté de ma tête, mon chignon est complètement de travers, et mon mascara dégoulinant dessine un halo bleu autour de mes yeux. J'ai l'air à moitié désespérée et à moitié en colère.

– J'emmerde l'amour, je lui réponds.

Je le toise avec défiance. Il a un mouvement de recul comme si je l'avais frappé et son sourire se transforme en grimace.

– J'emmerde l'amour, je répète.

Kit ne comprend pas. Il secoue la tête comme si l'amour ne méritait pas d'être associé à des mots aussi cruels. J'ai envie de retrouver Greer, de partir de cet endroit. De m'enfuir loin de Kit, à qui il aura fallu un an pour tomber amoureux, et un an pour me briser le cœur.

– Helena, dit-il. Ce n'est pas ce que tu crois.

– Tu as croisé Greer ? Ton grand amour perdu Greer ? Tu ne ressens plus rien pour elle ? Il ne t'a fallu qu'un an pour tomber amoureux de Della, et...

– Arrête ça, dit-il.

Je sens mes larmes couler. Des larmes stupides et répugnantes.

– Je suis amoureuse de toi ! je hurle, avant de le regretter aussitôt.

Pourquoi une personne ressentirait-elle le besoin de hurler un tel truc à pleins poumons ?

S'ensuit un long silence insoutenable. Un silence qui accentue la douleur. Il s'éternise, encore, et encore – comme une lame à double tranchant. Une déclaration aussi crue. Le choc sur son visage. Je ne peux le supporter davantage. C'est trop humiliant. Je me retourne pour m'éloigner. Un pas, puis deux, et je me mets à courir. Mes cheveux se détachent et retombent en cascade derrière moi. Cela rend ma fuite encore plus pénible qu'elle ne l'est déjà. Il ne crie pas mon prénom comme le font les hommes dans les films. Le bruit de mes pas est le seul que j'entends. Il n'y a pas de poursuite, pas de scène romantique. Et à cet instant, je pense à un truc tellement stupide, à une réplique du film *Le Mariage de mon meilleur ami* : « Tu cours après lui, mais qui te court après ? »

Je ne retourne pas dans le bar. Je vais directement à l'hôtel et remballe mes affaires. Un t-shirt par-ci, un t-shirt par-là – je les jette dans mon sac. Je fais tout dans la précipitation, histoire de ne pas penser à ce qui vient tout juste de se passer. À la manière dont je viens de foutre en l'air ma relation avec Kit, et Della, dans un moment d'inconscience totale. Je m'asperge le visage d'eau et me rue dehors pour choper un taxi. Et, alors que je suis en route vers l'aéroport, je réalise que je suis en train de prendre la fuite. La vie se complique et moi je prends mes affaires, et je me barre. C'est nouveau pour moi, mais devenir adulte l'est aussi. J'apprends à me connaître. Mais, hé ! J'ai fait ce que j'avais à faire. Donc je prends peut-être la fuite, mais avec le sentiment du devoir accompli. Greer n'arrête pas de bombarder mon portable de messages depuis les trois dernières heures. Je me demande si elle m'a vue quitter le bar avec Kit. Si elle est allée le voir quand elle ne me trouvait pas. Ses anciens sentiments ont-ils resurgi lorsqu'il l'a vue, ou son cœur ne jure-t-il plus que par Della, désormais ? Je lui envoie un texto et lui dis que je rentre à la maison.

Greer me répond : *Il est en route.*

Je regarde autour de moi, paniquée. J'ai déjà passé la sécurité. Il ne peut pas me rattraper. Et pourquoi le voudrait-il ? Je me sens déjà tellement honteuse. J'ai balancé l'indicible au mec de ma meilleure amie. Je garde mon sac fermement serré contre ma poitrine et compte lentement jusqu'à mille. Je suis complètement effondrée. Complètement blessée. J'ai l'impression d'être une ratée, une moins que rien. Et puis nous embarquons. Je commande un verre d'alcool pur. Et je sais que je porte une robe aguicheuse, que mes cheveux sont en piteux état, et que les gens me regardent. Mais ils ne peuvent pas voir l'état de mon cœur. S'ils pouvaient voir l'état de mon cœur, ils comprendraient pourquoi mon mascara macule mes joues.

Chapitre 28

#SQUASH

C'est l'automne, je me balade dans les rues de cette ville que j'adore. Un mois s'est écoulé depuis le mariage. Ma gêne a disparu. Il faut dire que je fais tout pour ne plus penser à ce que j'ai dit à Kit. Ce mois-ci, je suis écrivaine. Je passe mes journées à rédiger des articles que je ne poste finalement jamais. Le blog s'appelle J'emmerde l'Amour. Je ne sais pas trop encore ce que j'ai l'intention d'en faire, mais pour le moment il m'aide à extérioriser mes sentiments et à me faire du bien. Avec l'écriture, je n'ai pas peur d'échouer en public comme c'était le cas lorsqu'il s'agissait de peindre une aquarelle, de façonner des oiseaux avec de l'argile, ou de dessiner un arbre. Échouer dans mon coin est bien plus confortable. Je suis en train de rédiger mentalement mon prochain article, dont le titre sera : Je N'ai Pas Pu Baiser Avec Mon Amour – lorsque j'entends quelqu'un m'appeler par mon prénom. Je me retourne pour regarder sur le trottoir. Et le voilà – l'amour que je n'ai pas pu baiser –, le vent frais s'engouffre dans ses cheveux et son sourire me transporte. Mon cœur bat furieusement, il est en colère. Il n'est pas du tout d'accord avec le reste de mon corps, lequel se trouve inexorablement attiré vers lui. *Non, non, non,* dit-il en cognant.

– Mon Dieu ! Kit ! Qu'est-ce que tu fais ici ?

– Hé, petit cœur solitaire.

Une douleur transperce ma poitrine tandis que mon cœur, lui, succombe.

Je tombe dans ses bras, enfouis mon visage contre sa veste en cuir. Il sent l'essence.

– J'ai tellement le mal du pays, je lui dis. Je suis si contente de te voir.

– Moi aussi j'avais le mal du pays.

Il pose ses deux mains gantées sur mon visage et me regarde droit dans les yeux avant d'ajouter :

– Entre autres.

Et soudain, je le sens ; notre dernier échange si embarrassant revient me frapper de plein fouet. Je détourne les yeux, et il me laisse me dégager.

Nous sommes exposés aux yeux de tous, à présent, et ça fait bizarre. Je vois d'autres personnes circuler autour de nous. L'espace d'un instant, il n'y avait que Kit et moi.

– Donc, je dis.

– Donc, me renvoie-t-il.

Mon cœur bat la chamade. Je me demande où est Greer. Est-ce qu'elle sait qu'il est ici ? Est-ce qu'il est là pour elle ?

– Est-ce que Della... ?

– Non, dit-il. Je suis venu tout seul. On va faire un tour ?

Je rigole et acquiesce d'un signe de tête.

– Mon Dieu. Ouais… allez.

Nous remontons l'Avenue Principale et croisons des gens en train de faire leurs achats et des mamans en train de promener leurs bébés en poussette. J'essaie de capter le regard de quelqu'un. J'ai envie de transmettre par télépathie que je me trouve avec l'homme que j'aime, mais que je ne peux pas avoir. Une voiture roule en plein dans une flaque d'eau et je suis obligée de sauter pour éviter d'être éclaboussée. Je fais un bond sur le côté et renverse par terre une petite dame âgée. Kit et moi nous précipitons vers elle pour l'aider à se relever, et je me mets à pleurer car j'ai peur de lui avoir cassé la hanche.

– Oh, ma chérie. Je suis déjà passée par là. J'en ai une en métal, maintenant.

Elle donne des petits coups sur sa hanche, son genou, et sur son crâne aussi, ce qui n'a pas pour effet de me rassurer. Elle nous laisse nous tracasser pour elle pendant quelques minutes, semblant apprécier toute cette attention, puis nous dit que nous formons un très joli couple, et que nous ferions mieux de passer le reste de l'après-midi à nous embrasser. Je rougis à cette pensée, mais Kit éclate de rire et joue le jeu. Notre nouvelle amie – qui se prénomme Gloria – continue de nous observer tandis que Kit saisit ma main pour me conduire un peu à l'écart.

– Je ne voulais pas la décevoir, me dit-il. C'est pour Gloria que je l'ai fait.

– Gloria ne peut plus nous voir, maintenant. Alors pourquoi tu tiens toujours ma main ?

Il me fait un sourire narquois mais ne me lâche pas pour autant. Nous passons devant un marchand de glaces, et il me lance un regard.

– Il fait beaucoup trop froid pour manger une glace, je lui dis.

Mais j'en ai vraiment très envie, et il le sait.

– Qui a décrété ça ?

Aucune idée. Ma mère ? La société ? Rien à foutre.

– Prends-m'en une à la liqueur d'abricot, je lui précise.

Je n'entre pas dans le magasin et sa chaleur suffocante ; je reste sur le trottoir et l'attends.

– Tu es ici... pour Greer ? je lui demande quand il me tend mon cornet.

Il a l'air confus. De la glace dégouline sur sa main.

– Pourquoi est-ce que je serais là pour Greer ?

J'essuie la glace sur sa main avec ma serviette.

– Parce qu'elle était la seule et l'unique. Ton grand amour, ton vrai amour, ton amour de jeunesse, ton premier amour.

– Merci, Helena. J'ai compris. Et non, je ne suis pas ici pour Greer.

– Oh.

Nous marchons un peu en silence. La glace est devenue ma pire ennemie. Il tenait ma main cinq minutes plus tôt et là, c'est elle qu'il tient dans sa main.

– Qu'est-ce que tu fais ici, dans ce cas ? je laisse échapper.

– Je te l'ai dit. J'avais le mal du pays. J'avais besoin de revenir et de faire un retour aux sources.

– Oh. Mais...

– Helena !

– Plus de questions, je dis.

Je mime une fermeture éclair sur mes lèvres, et Kit pose son regard sur ma bouche. Je deviens toute rouge.

– Nous faisons une pause, dit-il. Les choses sont devenues...

– Quoi ?

Je ne veux pas me montrer trop enthousiaste, mais je le suis. Et puis je sais ce qui advient de ces moments.

Comment les couples se quittent, se remettent ensemble, puis se séparent de nouveau, mais finissent toujours par se retrouver en fin de compte. Quand Neil m'a trompé, j'essayais de trouver toutes les raisons possibles et imaginables pour retourner avec lui. Si j'arrivais à sauver notre relation, ça voulait dire que je n'avais pas perdu des années de ma vie avec la mauvaise personne, au moins. Sauver les miettes pour couvrir cet échec.

– Je ne sais pas, finit-il par répondre. Les choses allaient mal. Même si tu entretiens un lien fort avec une personne, la jalousie peut finir par le détruire.

Je refoule toutes mes pensées, toutes mes questions. Je ne connais que trop la jalousie de Della. Je connais encore plus son sentiment d'insécurité qui craque comme une allumette contre tout ce qui risque de la menacer.

– Tu loges où ? je lui demande.

– J'ai un appartement ici, dit-il.

Je le regarde du coin de l'œil. Je ne le savais pas.

– Genre, tu gardes un pied à terre. Au cas où...

– Il appartenait à mon oncle. Il me l'a légué quand il est mort.

– Oh. Et combien de temps vas-tu rester ?

Je me racle la gorge. Il y a tant de choses que je ne sais pas, et ça me rend triste.

Puis il me regarde, et soudain je comprends que ces gens sont vraiment ceux dont il faut le plus se méfier. Ces gens qui communiquent avec les yeux. Ces gens qui peuvent te faire tellement de mal que tu aurais souhaité n'être jamais venue au monde.

– Tout dépend.

Une crevasse dans le trottoir me fait trébucher et Kit me rattrape pour me stabiliser.

– De quoi ?

En attendant sa réponse, j'observe la longueur et la courbure de ses cils, l'inclinaison arrondie de ses lèvres pleines. Je détourne mon regard ailleurs, tente de focaliser mon attention sur autre chose : un vieux hot-dog ramolli à moitié mangé sur le trottoir, les chaussettes dépareillées d'une femme qui dépassent de ses baskets. Des choses qui ne me font pas perdre la raison.

– De la façon dont ma vérité sera reçue.

Je suis sur le point de lui demander de développer davantage, quand il me dit qu'il doit partir.

– Je dois rejoindre ma mère pour le déjeuner. Elle essaie de me convaincre de revenir ici.

– Oh. Les mères sont les mieux placées pour savoir ce qui est bon pour leurs enfants.

J'aime sa mère avant même de l'avoir rencontrée.

– Ah oui ?

– Non, je réplique. Si elle ressemble ne serait-ce qu'un tout petit peu à ma mère, tu ne devrais probablement pas l'écouter.

Il rigole.

– À plus tard, Helena.

Peu de temps après, je reçois un message de Della. Della, dont je n'ai aucune nouvelle depuis des mois. Elle m'envoie un texto pour me dire qu'ils ont rompu après s'être disputés. Comme je ne réponds pas immédiatement, elle m'appelle.

– Il est là-bas, Helena ? Est-ce que tu es au courant de quoi que ce soit ?

J'aperçois le reflet de mon visage dans un miroir quand je lui réponds ; c'est le visage d'un être humain dégoûté. Je n'ai pas envie de me retrouver au milieu de leurs histoires. Je ne veux pas être amenée à trahir l'un ou l'autre.

– Tu devrais l'appeler, je réponds. Souviens-toi, ce n'est pas la première fois qu'il disparaît.

– Je l'ai appelé. Oh mon Dieu, Helena, je l'appelle toutes les cinq minutes. Il m'a dit qu'il avait besoin de temps pour lui. Genre, je ne sais rien faire toute seule. Je ne sais même pas comment payer mon prêt.

J'entends les larmes, imagine la morve, Della en peignoir en train de manger des chocolats et de se morfondre. Je me sens coupable de ne pas être là pour elle, mais non, je ne suis pas la béquille de tout le monde. J'essaie d'apprendre à me débrouiller seule ; ils ont besoin d'apprendre eux aussi.

– Tu peux réfléchir à la manière d'arranger les choses jusqu'à ce qu'il revienne, je dis. Ta mère t'aidera.

S'ensuit un long silence avant qu'elle ne me demande :

– Tu l'as vu ?

– Oui. Il n'y a pas si longtemps. En train de marcher dans la rue. Il allait voir sa mère.

– Est-ce qu'il a dit quoi que ce soit ? Sur moi ?

– Pas vraiment. Juste que vous faisiez une pause.

Della commence à pleurer. Je tiens le téléphone loin de mon oreille et mords férocement ma lèvre. Je ressens deux choses : de la pitié, ce qui est franchement l'un des sentiments les plus affreux et condescendants à ressentir pour qui que ce soit, et de l'opportunisme. Je ne veux pas qu'elle le récupère. Je ne veux pas qu'elle arrive à le convaincre qu'elle peut changer. Je sais qu'elle ne peut pas changer.

– Ça va aller, je lui dis. S'il a besoin de temps pour réfléchir à certaines choses, tu dois le laisser faire. Ne l'appelle pas toutes les cinq minutes. Essaie de passer plus de temps à… réfléchir.

Nous raccrochons et elle m'envoie un message pour me remercier, et aussi me supplier de l'appeler si jamais j'entends quoi que ce soit. J'ai envie de lui répondre que je ne suis pas son espionne personnelle. Je me sens mal. Mal pour Della, mal pour moi. Et un peu mal aussi pour Kit, mais pas beaucoup. Il mérite de souffrir.

June m'envoie un message pour me dire qu'elle vient d'apercevoir le bébé de Neil au supermarché, et que sa tête ressemble à une courge.

C'est un garçon ou une fille ? je lui demande.

J : *C'est une courge !*

Savoir que le bébé de Neil ressemble à un produit alimentaire que l'on pourrait trouver au rayon d'un supermarché devrait me remplir de joie. Mais je ne ressens rien. Je me fiche de me réjouir de la laideur d'un bébé. Je me fiche complètement de Neil. Qu'est-ce que ça veut dire ? Est-ce que ça signifie que j'aurais tourné la page ? Et au fait, la courge, c'est un fruit ou un légume ?

Chapitre 29

#MENTELLLIES

Je viens tout juste de sortir du travail quand je reçois un message de Kit. C'est une photo d'un escalier couvert de feuilles écarlates. Ça me rappelle quelque chose. J'ai dû passer devant à un moment ou à un autre. Je marche sans plus trop y penser, mais lorsque j'arrive là-bas, mon pas se fait plus hésitant. Assis sur la dernière marche, je trouve Kit Isley, la tête inclinée vers le sol. Il porte un caban et a mis du gel dans ses cheveux. Les feuilles tachetées de rouge virevoltent autour de lui dans un doux frémissement. On dirait une petite tornade à ses pieds. Je soupire. Il n'y a pas de mal à savoir apprécier la beauté de quelque chose, tant que l'on sait rester à sa place. J'aurais aimé pouvoir le prendre en photo, assis parmi les feuilles cramoisies. Et pourquoi ne le pourrais-je pas ? Je sors mon portable et appuie sur le bouton. Je sais déjà que la photo sera floue.

– Hé, dit-il.

– Hé, toi.

Il se lève, les mains dans les poches.

– Tu as faim ?

– Une fois, quelqu'un m'a dit que j'avais tout le temps faim.

Je souris. Kit me renvoie mon sourire, mais ses yeux ne suivent pas.

Je me demande s'il a parlé à Della. Rien de tel qu'une bonne dose de Della pour vous enlever toute joie de vivre. *C'est vraiment pas sympa,* je me dis, *mais quand même, c'est vrai.*

Je lui emboîte le pas. Il a l'air de savoir où il va, donc je le laisse nous guider. J'en suis venue à me dire que ces rues étaient les miennes, mais ce sont celles de Kit. Je n'ai fait que suivre son ombre jusqu'ici.

– Tu sais, dit-il. J'ai toujours pensé que tu étais belle, mais ce temps te va vraiment à merveille. Tes cheveux au vent et ce manteau d'hiver.

– C'est un compliment digne d'un écrivain.

Je n'arrive même pas à le regarder dans les yeux. J'ai juste envie de me jeter contre la façade d'un immeuble, ou sous les roues d'une voiture. Je deviens tout à coup très agitée, j'ajuste mon sac, passe ma main dans mes cheveux, sur mon visage.

– Helena... ?

– Ouais... ? Quoi ?

Il a un petit sourire satisfait. Il le fait exprès. Il me donne l'impression de pouvoir lire en moi comme dans un livre ouvert. Je me sens si vulnérable sous son regard, nue, émotionnellement parlant.

– Tais-toi, je lui assène. Tu ne me connais pas.

– Sans doute. Mais je ne pense pas que qui que ce soit te connaisse.

– Ça veut dire quoi ?

Je suis prête à sortir les griffes. Tellement prête. Prête comme jamais. Prête comme...

– Tu n'es pas facile à cerner. Ce n'est pas une critique, donc arrête de me regarder comme ça.

– C'est ma tête normale, je réponds. J'ai toujours cette tête-là.

Juste avant, je venais d'apercevoir mon reflet dans un miroir. Lorsque je suis contrariée, tous les traits de mon visage s'affaissent et mes yeux paraissent inquiets.

Il rigole à gorge déployée. J'aime le faire rire.

– Ok, clairement, les compliments me mettent extrêmement mal à l'aise. Je ne suis pas difficile à cerner. C'est même facile. À dire vrai, je ne sais même pas moi-même qui je suis.

– Helena ! Je serais plutôt inquiet si tu me disais que tu te connaissais. Est-ce que tu savais qu'Albert Einstein ne portait jamais de chaussettes ?

– Hein ?

– Il avait un esprit complexe. Il ne s'arrêtait jamais de réfléchir, et les chaussettes lui compliquaient la vie. Alors il n'en portait pas, tout simplement.

Je repense au sans-abri à Seattle, celui qui aimait les chaussettes que je ne portais pas. Je ne sais pas trop pourquoi je pense à ça. Ni pourquoi Kit me parle de chaussettes. Oh mon Dieu, concentre-toi Helena ! Je secoue la tête en espérant ranimer mon cerveau pour qu'il réponde à mes ordres.

– Où allons-nous ?

– Manger, dit-il.

– Oui, je sais. Mais où ?

– Fais-moi confiance.

Lanzo's de la famille Lanzo. Ces gens-là savent ce qu'est la vraie cuisine. Je ne lui faisais pas confiance. J'ai râlé pendant tout le trajet, et j'ai même regardé le menu de manière suspicieuse. C'est ce qui s'appelle avoir furieusement faim. Kit ne cesse de sourire. Même quand je mange tout le pain. Ses yeux sont rivés sur moi lorsque je prends la première bouchée. Il ne touche pas à son plat jusqu'à ce qu'il soit certain que j'apprécie le mien.

– Oh, c'est bon, Sainte Mère de...

– Chut, dit-il. Ce sont des catho.

– ... Zeus, je finis.

Il n'a toujours pas touché à son assiette. Il sirote son vin, en m'observant.

– Tu ne manges pas ? je lui demande.

– J'ai déjà dîné.

– Alors pourquoi sommes-nous ici ?

– Pour que toi tu puisses manger.

Je tire son assiette vers moi.

– Kit, je sais que tu as quelque chose à me dire. Alors vas-y, dis-le. Parce que je suis en train de faire une crise de boulimie, là, et j'aimerais vraiment que ça cesse.

Je peux sentir les spaghettis asperger mes joues, mais je n'essuie rien tant qu'il ne me dit pas pourquoi nous sommes ici. Ou pourquoi il est ici. Ou...

Il fait glisser une serviette sur la table. Au début je crois qu'il veut me faire comprendre d'essuyer mon visage, mais ensuite je commence à m'étrangler. Je n'arrive pas à discerner les lettres tant mes yeux sont embués de larmes. Notre serveur vient nous voir pour me demander si je vais bien. Kit hoche calmement la tête, les yeux toujours rivés sur moi. Il ne sourit pas. Je devrais arrêter de tousser, maintenant. Je continue encore un peu histoire de gagner du temps.

J'ai fait un rêve. Ne te marie pas avec Della.

– Où as-tu trouvé ça ? je lui demande en sachant très bien où. *Tu es vraiment débile, Helena.*

– Tu sais très bien où, dit-il.

– J'étais bourrée.

– C'est vrai. Mais je te connais. L'alcool te rend hyper honnête.

Il fait un signe au serveur.

– Un autre verre de vin pour la jeune femme, dit-il.

Je rigole.

– Tu es tellement bête.

– Au mariage... commence-t-il.

– Non, non, non, non, non, je l'interromps.

J'ai envie de me lever et de partir, mais le serveur se tient juste à côté de moi avec mon verre de vin, me bloquant le passage.

– Helena, tais-toi et écoute.

– Ok.

Je prends mon verre et l'avale d'une traite.

– Je n'aurais pas dû te laisser t'enfuir comme ça. J'étais un peu sous le choc.

– Oh mon Dieu, il fait hyper chaud ici, je lui réponds en l'ignorant.

Je regarde autour de moi, agitant les mains pour aérer mon visage.

– Je suis amoureux de toi, Helena. J'aurais dû te le dire avant, mais je te le dis maintenant. Je suis désolé.

Il est désolé ?

– Tu es désolé d'être amoureux de moi ?

– Je suis désolé de ne pas te l'avoir dit plus tôt. Suis un peu.

– Tu as rompu avec Della ?

– Della et moi avons rompu, oui.

– Parce que...

– Parce que je suis amoureux de toi.

Il y a comme une sonnerie dans mes oreilles.

– Je pense qu'il doit y avoir quelque chose avec le vin. Je suis allergique.

– Tu es allergique aux sentiments, rétorque Kit.

– Je dois y aller, je lui dis en me levant. Attends. Est-ce qu'elle le sait ? Tu lui as dit ce que tu viens de me dire ?

C'est la première fois qu'il détourne les yeux.

– Non.

– Donc tu es secrètement amoureux de moi ? Et tu es venu ici pour me le dire. Et si ce n'est pas réciproque, eh bien tu retournes avec Della ? Pas vu, pas pris.

– Non. Ce n'est pas ça. Je n'ai pas envie de lui faire du mal.

– Tu es toujours amoureux de Greer, aussi ?

– Oh mon Dieu. Non, je ne suis pas amoureux de Greer.

Il se lève d'un bond et me force à me rasseoir sur ma chaise. Je ne pense pas avoir déjà eu aussi peur de toute ma vie. Ou avoir été autant en colère.

– Helena...

– Arrête de dire mon prénom.

– Pourquoi ?

– Ça me donne des papillons dans le ventre, et je ne fais confiance ni à toi ni à tes papillons.

Il pince ses lèvres comme si toute cette situation l'amusait beaucoup.

– Tu n'es pas censée admettre que je te donne des papillons dans le ventre.

Il sort son portable et commence à écrire. Je m'apprête à lui demander à qui il envoie un message dans un moment pareil, puis je vois son nom apparaître sur mon écran.

On va essayer de cette manière, dit-il.

Ok.

K : *Tu te rappelles le jour où tu m'as appris à battre des œufs ?*

Oui...

Je le regarde. Sa tête est penchée sur l'écran, et il a son petit sourire.

K : *Je suis rentré chez moi et j'ai commencé à écrire. Une heure avec toi et j'ai senti que l'inspiration que j'avais attendue toute ma vie arrivait d'un seul coup.*

Pourquoi tu ne me l'as pas dit ?

K : *Pourquoi l'aurais-je fait ? Tu étais la meilleure amie de ma copine. Et tu étais avec Neil. Je t'ai prise pour ce que tu étais. Ma muse.*

Je grince tellement des dents que je peux les entendre se fissurer. Kit s'interrompt d'écrire pour pousser mon verre de vin vers moi.

K : *Helena, je t'aime. Je suis amoureux de toi. Dis quelque chose...*

Les hommes sont tous des menteurs.

Puis je me lève et me sauve du restaurant avant qu'il ne puisse me retenir.

Chapitre 30

#CORKED

Je ne sais pas où je vais. Enfonçant mes paumes de mains dans mes orbites, je respire l'air vif parfumé de pin. Je me sens oppressée. Je plie mes émotions comme on plierait une feuille de papier – un petit carré, dans un petit carré, dans un petit carré. Une fois qu'elles sont assez pliées, je peux les abandonner quelque part dans un coin de ma tête et les oublier. C'est comme ça que je fonctionne, pas vrai ? Et parfois, un jour comme celui-ci, j'ai l'impression que mon cerveau est encombré par des centaines de saloperies d'émotions que je n'ai pas demandées.

Debout sur le trottoir, je jette des coups d'œil furtifs à gauche, puis à droite, prête à prendre mes jambes à mon cou. J'ai oublié mon manteau à l'intérieur du restaurant, ce qui est regrettable car il fait froid. J'ai peur qu'il ne me coure après, et en même temps j'ai peur qu'il ne le fasse pas. À ce stade, je ne sais pas ce qui serait le pire. Il faut que je bouge d'ici pour reprendre mes esprits. Je baisse la tête et range mon portable dans ma poche arrière tout en me dirigeant vers les docks. Il se fait tard à Port Townsend. Le vin me fait tourner la tête ; mes membres me semblent ramollis, tout comme les spaghettis que j'étais en train de manger. La plupart des magasins de la Grande Avenue ont fermé pour la nuit. Quelques retardataires marchent encore sur les trottoirs avec leur chien, déjà bien emmitouflés en raison du temps plus frais. J'enroule mes bras autour de moi et tente d'esquisser un sourire en les croisant. Je suis pressée, et ils s'écartent pour me laisser passer.

Il faut dix minutes pour se rendre à pied jusqu'à la marina ; six en courant. Mais je ne porte pas les bonnes chaussures et mes pieds me font mal. Je m'arrête une fois que j'ai atteint *La Belle*, mon bateau préféré. Elle fait décalée parmi les autres bateaux – fabriquée artisanalement et robustement montée avec des rondins de bois rustiques. À côté d'elle, on dirait que les autres bateaux essaient d'en faire un peu trop.

Mon bouchon de vin est dans le creux de ma main. Je le fais tourner autour de mon pouce, encore et encore, tout en regardant vers le large. Je ne sais même pas comment il a fait pour se retrouver là. Il arrive toujours à faire son chemin vers mes mains lorsque je suis en difficulté. C'est tellement stupide, de s'accrocher à un tout petit bouchon comme si c'était un objet sécurisant. Je lève mon bras au-dessus de ma tête, hésite un instant, puis le jette dans l'eau. Et je me mets à pleurer, parce que je l'aimais vraiment bien ce bouchon. Et merde. Je me déchausse et arrange mon chignon. Je sais bien que ça ne sert à rien, mais c'est comme s'il le fallait. Comme un boxeur qui ferait craquer son cou avant de monter sur le ring. Je suis sur le point de plonger quand quelqu'un m'attrape par-derrière.

– Helena ! Ne fais pas n'importe quoi.

Kit m'arrache de force du rebord du quai. Je lutte pour me dégager de son étreinte.

– Je veux mon bouchon ! je crie.

Je réalise à quel point ce que je viens de dire peut paraître fou. Vraiment. Mais je ne le vois presque plus, juste une minuscule tache à la surface de toute cette encre. Kit ne me regarde pas comme si j'étais folle. Il incline sa tête vers le bas et plisse les yeux en pointant du doigt le bouchon en train de dériver au loin.

– Ce truc ?

– Oui.

Il enlève sa veste et ses chaussures, sans jamais quitter des yeux la tache dans l'eau.

– Oh mon Dieu ! Kit, non ! C'est juste un bouchon.

Mais j'attends qu'il soit déjà descendu dans l'eau pour le lui dire. Je ne veux pas qu'il change d'avis. Quand il revient vers le ponton, de l'eau ruisselle devant ses yeux, et il frissonne. S'il attrape une pneumonie et meurt, ce sera ma faute. Et je finirai par haïr mon bouchon. Mais au moins je l'aurai avec moi.

– Il faut que tu te sèches.

Je regarde vers la conserverie. Greer sera à la maison. Je suis en train de penser à Greer. Au fait qu'il la voie. Qu'elle le voie. Nous trois réunis. Tellement bizarre. Et je ne veux pas partager Kit.

– Partons d'ici, dit-il. Allez.

Il m'aide à enfiler mon manteau. J'enfonce mon bouchon dans ma poche, mais j'ai l'impression que ce n'est plus qu'un simple objet à présent. L'acte a pris le pouvoir sur la chose. Ce que Kit a fait...

Nous marchons quelques blocs vers son appartement. Je suis surprise lorsque nous nous arrêtons devant l'un de mes immeubles préférés et qu'il sort une clef. C'est l'immeuble bleu ciel orné de moulures crème. Il est si proche de la conserverie que je suis étonnée que Greer ne l'ait jamais mentionné. Nous prenons un ascenseur qui sent la peinture fraîche. Kit dégouline sur le sol, laissant des flaques derrière lui. Je lui lance un regard plein de sympathie, et il rigole.

– Je vais bien. Je serais prêt à le refaire juste pour te prouver que j'en suis capable.

Putain de bordel de merde.

Je perçois le vertige d'un regard trouble qui accompagne un très bon baiser.

Nous sortons de l'ascenseur, je le suis vers son logement et attends nerveusement qu'il ouvre la porte. Je suis tracassée. Je m'inquiète de ce que pensera Greer, et Della aussi. Et ma mère. Et la mère de Kit. Je suis à deux doigts de trouver une excuse bidon pour ne pas le suivre quand il se retourne vers moi et me sourit. J'oublie instantanément tout ce que je pensais une seconde plus tôt.

L'appartement de Kit est vide, à l'exception d'un canapé et de quelques cartons empilés dans un coin, leurs ouvertures encore scellées par l'adhésif. Tout est neuf et fraîchement repeint ; le plancher récemment poli est étincelant. D'imposantes boiseries ornent les murs – des carrés dans des carrés. Kit disparaît dans la chambre pour se changer et je déambule jusqu'à la fenêtre pour contempler Port Townsend. La pluie tombe vraiment, à présent. J'aime la manière dont elle fait tout scintiller. Une fois, je suis partie en vacances avec mes parents en Arizona – la famille typique en pèlerinage au Grand Canyon. Toutes les villes parcourues sur notre route me semblaient identiques, poussiéreuses et enchevêtrées. J'avais envie de verser un bol d'eau géant sur tout l'État pour le rincer.

– À quoi penses-tu ? demande Kit.

Je sursaute et fais volte-face. Il porte un pull gris et un jean.

– Sympa, je dis. En fait, ça fait plutôt rêver.

Je me retourne pour qu'il ne puisse pas me voir sourire.

– Moi ou l'appart ?

Je me renfrogne. Ce n'est pas juste qu'il m'attrape régulièrement la main dans le sac.

– Les deux, je soupire.

Je me retourne et le surprends en train de me fixer. Il a l'air endormi et je le trouve sexy. Il hoche la tête.

– Mon oncle l'adorait. Il a restauré cet espace dans sa totalité. Il possédait tout l'immeuble et a légué un appartement à chacun de ses neveux quand il est mort.

– De quoi est-il mort ?

– Cancer du pancréas. Il avait quarante-cinq ans.

Je m'assieds dans le canapé pendant qu'il va dans la cuisine préparer du café. En attendant qu'il coule, il allume un feu, et sans me demander de me lever, il pousse le canapé à travers la pièce jusqu'à ce qu'il soit devant la cheminée. J'aime sa manière de faire les choses. Sans me demander la permission. Il se connaît parfaitement bien. Je l'envie profondément.

– Comment savais-tu que je serais sur le ponton ? je lui demande.

– Tu postais tout le temps des photos de cet endroit. C'est ton QG.

– Suis-je donc si prévisible ? Mon Dieu, ne réponds pas à cette question.

Il s'installe près de moi.

– Certaines personnes font simplement attention à ce qui se passe autour d'eux.

Ensuite, il pose sa main paume vers le haut sur sa jambe et me regarde comme s'il attendait que je la prenne. Je le fais. Mon Dieu, il est tellement directif. Je ne sais plus où me mettre, vraiment.

– Écoute, dit-il. Tu peux faire comme si rien ne s'était passé au restaurant. Je suis désolé si le fait de te dire la vérité t'a blessée. Ce n'était pas mon intention.

– Comme pouvais-tu savoir pour mon rêve ?

Il serre ma main et fronce les sourcils.

– Tu m'as juste dit que tu en avais fait un, et j'ai imaginé à quoi le mien ressemblerait.

– C'est impossible. Les choses que tu as écrites sont des choses dont j'ai vraiment rêvé.

Kit hausse des épaules.

– On n'a pas le droit de partager le même rêve ?

Je déglutis et détourne les yeux.

– Je ne sais pas.

Il presse mon genou intentionnellement.

– Je te laisse gérer ta surcharge d'émotions pendant que je vais chercher le café.

– Deux sucres, je lui crie.

C'est drôle, et en même temps ça ne l'est pas. Comment peut-il savoir ce genre de choses ?

Et c'est comme ça que nous terminons la soirée, assis sur le canapé devant la cheminée, à boire du café et à écouter le son de nos voix. Après, Kit me raccompagne à la conserverie et me serre dans ses bras pour me dire au revoir. Della a littéralement fait exploser mon portable : j'ai douze messages et quatre appels en absence. Je sens la culpabilité me ronger de l'intérieur. *Ils ne sont plus ensemble*, je ne cesse de me répéter. Mais c'est un raisonnement foireux. C'est une pente glissante. Je la connais depuis que nous sommes gamines. Je suis censée être loyale envers Della ; les copines avant les mecs. Mais est-ce seulement réaliste ? Par-dessus tout, les humains ont besoin de créer des liens et nous sommes prêts à en détruire d'autres pour y parvenir. Je décide de ne pas répondre à Della. Pas tant que je n'ai pas encore assimilé tout ce que Kit m'a révélé. Je mets mon portable en mode avion et me glisse dans mon lit telle une femme coupable.

Chapitre 31

#DONOTTOUCH

Le lendemain soir, je suis en train de fermer la galerie en bataillant pour ne lâcher ni mon sac à main ni les poubelles que je porte à bout de bras, quand je reçois un message de Kit. Le son configuré pour me prévenir de ses textos est celui d'un sifflet de train. Chaque fois que j'entends ce sifflet, je regarde autour de moi, affolée, pour savoir d'où il vient. J'en rigole, mais bon je me sens quand même un peu bête. Kit m'a envoyé une photo. Je laisse tout retomber sur le trottoir, comme si soudain plus rien n'avait d'importance. C'est une photo de son immeuble, les moulures crème et bleu contrastent avec le ciel gris hostile. Vient-il tout juste de prendre cette photo ? On dirait le signal que l'on envoie à son plan cul, même si je ne lui ai jamais donné le mien. Pour quel genre de fille je vais passer si je m'y rends ?

Je prends mon temps pour descendre l'Avenue Principale, je m'arrête pour jeter un œil aux vitrines des magasins tout en examinant attentivement l'état de mon cœur. Mon cœur est en profond conflit avec mon esprit. Je me sens faible et stupide. Égoïste. Déloyale. J'ai l'impression d'être devenue le genre de fille dont les autres filles parlent. À l'angle de la rue, je m'immobilise. Il est temps de faire un choix. Je peux continuer mon chemin vers la conserverie, ou je peux traverser la rue et passer voir Kit Isley.

Il m'attend en bas des escaliers pour me faire entrer dans l'immeuble. Nous n'échangeons qu'un regard furtif quand je pénètre dans le hall. Je sens tout de suite son odeur – essence et pin. Il porte un t-shirt de sport bleu foncé avec une bordure jaune autour du col.

– Comment savais-tu que j'allais venir ?

– Je ne le savais pas. J'espérais.

Il *espérait.* Je passe la plupart de mes journées à combattre les sentiments que j'ai pour lui, à tenter de convaincre mon esprit de ne plus jamais le revoir. Mais le soir venu, mes résolutions s'écroulent comme un château de cartes. Ma volonté flanche, et mes principes volent en éclats.

À l'étage, un feu est allumé et je sens un délicieux parfum flotter dans les airs.

– Tu as cuisiné ! je m'exclame.

– Quelque chose que j'ai attrapé de mes propres mains.

– Mmmhmmm. J'ai déjà entendu ça avant.

Je me tiens devant l'entrée de la cuisine pour découvrir ce qu'il a préparé, mais il m'attrape par le haut des bras et me tire en arrière.

– Donne-moi une minute, dit-il. C'est presque prêt.

– Comment sais-tu si j'ai faim ou non ? je lui demande, parce que ça me semble être la question appropriée à cet instant.

– Tu as toujours faim.

Il a raison.

Quelques minutes plus tard, il apporte deux assiettes et les dispose sur deux plateaux télé qui ont encore leur étiquette avec le prix indiqué dessus. Il retourne dans la cuisine pour prendre le vin.

– Tu gères, je lui dis.

Il sourit d'un air satisfait en me versant du vin, puis me tend le verre.

– Il vient du Domaine de Marrowstone, je lui dis. Là où s'est achevée votre histoire. Merci de m'en avoir parlé, d'ailleurs. Elle était à deux doigts de faire une dépression nerveuse quand nous y sommes allées.

Kit hausse les épaules.

– Un endroit peut te rappeler de mauvais souvenirs, mais il peut aussi t'en rappeler de bons. Parfois, les deux sont liés. Ça rend la chose encore plus intéressante.

– Bien dit, je réplique en faisant tinter nos verres.

Il ne me laisse pas nettoyer la table. Il empile les assiettes dans la cuisine et me rejoint devant la fenêtre. Port Townsend est plongée dans un nuage de brume qui se déverse dans les rues, anéantissant toute visibilité. Je peux ressentir la présence de Kit près de moi. Ça peut paraître ringard de croire que l'on peut ressentir la présence d'une personne, surtout lorsqu'elle se trouve à l'autre bout du pays, comme c'était le cas auparavant. Mais je la ressentais. Et maintenant qu'il est près de moi, je suis submergée par l'émotion de cette présence.

– C'est mal, je dis à voix basse.

– Pourquoi ?

– Tu sais pourquoi.

Je me retourne pour le regarder.

– Moi je ne trouve pas que ce soit mal, dit-il. Je pense même que c'est bien.

Il m'imite et se tourne vers moi à son tour, de manière que nous nous retrouvions face à face.

– Qu'est-ce que tu ressens, alors ?

Kit Isley fait bien dix centimètres de plus que moi, et lorsque nous sommes si proches l'un de l'autre et que je le regarde, je suis obligée de pencher la tête en arrière.

– Tu te souviens de la première fois que nous nous sommes rencontrés ? me demande-t-il.

Ouais, il me semble. Non ? C'était quelques mois plus tôt, avant que leur histoire ne devienne sérieuse. Je me vois en train d'attendre devant l'appartement de Della. Ils étaient en retard. Tout le monde était supposé se rejoindre chez elle pour manger une pizza et regarder le match. Elle allait nous présenter son nouveau copain. Il est apparu en premier dans les escaliers, avec les boîtes de pizzas dans les mains, et il portait une casquette des Seahawks. Il m'a tout de suite fait de l'effet. Rien que par sa présence. Et parce qu'il était beau.

Il m'a immédiatement appelée par mon prénom, comme s'il me connaissait.

Comment tu sais ?

Tu es exactement comme Della t'a décrite.

Comment ai-je pu oublier tout cela ? Tous ces mois d'obsession, et j'ai oublié qu'il me connaissait déjà.

– Ouais, je me souviens, je dis doucement. Le soir où nous avons regardé le match des Seahawks... dans son appartement.

Le regard de Kit est doux et profond quand il se pose sur moi.

– Non, dit-il. Non, ce n'était pas là. Réfléchis encore.

Je rejette ma tête en arrière.

– Si, c'est bien ça. Je m'en souviens.

Les coins de sa bouche s'étirent doucement.

– Nous nous étions déjà rencontrés avant. C'est juste que tu ne t'en souviens pas.

– Avant cette soirée ?

Il hoche la tête. Je fouille dans les tréfonds de ma mémoire, faisant l'inventaire de tous mes souvenirs. Mes yeux sont rivés sur le creux au niveau de sa gorge, juste au-dessus de sa clavicule. Est-ce que je suis tombée sur eux quelque part avant qu'ils n'officialisent leur relation ? Lors d'un rencard, peut-être ? Rien ne me vient à l'esprit. Je lève les yeux vers son visage et secoue la tête.

– C'était dans un bar, dit-il. Tu étais bourrée.

– Quand ça ?

Traîner dans un bar quand on est étudiante c'est assez courant. Tout comme d'être saoule et de ne pas se souvenir de la moitié des événements de la soirée.

– Six mois avant que nous soyons officiellement présentés.

– Et tu te souvenais de moi ?

Il hoche la tête, j'ai envie de me mettre sur la pointe des pieds et de goûter sa bouche.

– Quel bar ?

– Le Mandarin Hide.

Mandarin Hide. Est-ce que je me souviens être allée là-bas ? Les barmans portaient des bretelles et des gilets, comme Kit portait à...

– Tes bretelles.

Il acquiesce d'un signe de tête.

– Je les avais déjà au Mandarin. Je les ai juste emportées avec moi dans le nouvel endroit.

J'avais commandé un Tito's Blind Pig [25] parce que le nom m'amusait. Della buvait un Sidecar [26] à côté de moi. Mais elle ne me *parlait* pas. Non, elle parlait à un mec qui l'avait abordée, ce qui n'avait rien d'exceptionnel. Chaque fois que nous sortions ensemble, je savais que j'allais à passer la moitié de la soirée à me divertir seule pendant que Della s'amusait avec les mecs. Ce soir-là, un homme fraîchement rasé et en costume l'avait accostée. Elle m'avait tourné le dos pour flirter avec lui, et tout à coup, je m'étais retrouvée seule au bar. Je me souviens avoir commandé une autre boisson. Le barman était sympa. Il m'a préparé un autre Pig, puis il est allé me chercher une Red Bull et l'a posée devant moi.

En quel honneur ? lui avais-je demandé.

Il avait souri et pointé du doigt le dos de Della. *La soirée risque d'être longue.* Je l'ai bue, reconnaissante, et j'ai senti une étrange connexion avec lui.

– C'était toi. Le barman qui m'a donné la Red Bull.

– Tu te souviens ?

– Je n'étais pas si saoule que ça, je lui rétorque. Et tu étais gentil. Mais tu avais une...

– Barbe, dit-il en terminant ma phrase.

– Ouais. Putain de merde.

Je détourne les yeux et regarde par la fenêtre. Je m'étais pourtant juré de ne jamais oublier cette soirée. Malgré ma vision altérée par l'alcool, j'avais vu Della avec une telle clarté, sa manière de si facilement me tourner le dos pour un parfait inconnu. Et comment un inconnu qui m'avait donné une Red Bull l'avait également perçu et m'avait montré de la compassion. Je m'étais sentie exister.

---

25. Cocktail à base de vodka, piment, citron vert, concombre et soda.
26. Cocktail à base de Cointreau, citron et cognac.

Comment tu t'appelles ? m'avait-il demandé. Puis il l'avait répété. *Helena, c'est un joli prénom.*

– Donc, c'est dans ce bar que tu as rencontré Della ?

Il regarde ailleurs.

– Ouais, dit-il. Elle est revenue plusieurs fois après ça. On a commencé à parler.

– C'est pour ça que tu te souvenais de mon prénom. Ce jour-là, devant l'appartement de Della.

– Oui.

– Waouh.

Je passe ma langue sur mes lèvres. J'ai la bouche sèche. Je rêve soudain d'un Tito's Blind Pig pour calmer mes nerfs.

– Tu aurais de l'alcool ? je demande. Quelque chose de fort. À prendre en shot.

– J'ai une bouteille de tequila, dit-il.

– Parfait. Apporte la bouteille entière.

Il part dans la cuisine, et je m'imagine m'éclipser par la porte d'entrée. Combien de temps faudrait-il à l'ascenseur pour arriver ? Me courrait-il après ? Bien sûr qu'il le ferait. Et je serais toute transpirante pour avoir essayé de m'enfuir. Je décide de rester fraîche.

Kit apporte un bol rempli de citrons verts avec la bouteille, et un petit shaker de sel. Nous nous asseyons devant la cheminée et nous enfilons trois shots chacun, la bouteille de tequila et le bol de citrons posés entre nous. À nous passer le sel d'un côté, puis de l'autre, il y a plus de contact visuel que je n'arrive à le supporter d'habitude. J'ai une envie irrépressible de regarder ailleurs, de changer de sujet, de rire de façon hystérique. Mais la tequila me donne du courage, et je ne romps pas le contact visuel avec lui. Nous nous asseyons à l'unique lueur du feu puisque la lumière de la cuisine n'arrive pas à nous éclairer, et que Kit n'a pas encore acheté de lampes. Dehors, la pluie et le vent ont repris, dans un doux murmure venant du nord-ouest du Pacifique. C'est une nuit de feu et d'eau, métaphoriquement et physiquement. Les splotch splotch des pneus qui roulent dans les flaques de la rue en bas. Le feu qui se reflète sur le front et les lèvres de Kit, réchauffant sa peau. J'ai tellement envie de le toucher que mes mains en tremblent. Je vis un véritable purgatoire émotionnel, les hauts et les bas, le bien et le mal. J'essaie, j'essaie, j'essaie de ne pas...

le

toucher.

Chapitre 32

#BADASSTOBATHTUB

Kit me touche. Il approche son doigt bronzé de mon visage et le fait glisser le long de ma joue. Je frissonne involontairement.

– Quand la lumière t'éclaire ici, tu es...

– Quoi ? je lui demande.

Je suis toute nouée de l'intérieur, dans l'attente qu'il me donne la permission de lui sauter dessus. Il soupire et détourne les yeux.

– Tu as vraiment envie que je le dise ? Quand j'essaie de te dire des choses, tu te fâches.

– Parce que je ne suis pas sûre de ce que tu es en train de faire, ni de ce que tu veux, je lui réponds.

– On passe du temps ensemble et on apprend à se connaître.

– Comme des potes ? je lui demande.

– Absolument.

– Vraiment ? Pas d'entourloupe ?

– Je ne sais pas ce qu'est une entourloupe. Mais je peux demander à ma grand-mère ; il lui arrive d'employer ce terme parfois.

Je rigole. Kit secoue la tête.

– Être juste près de toi pour le moment, ça me va.

Comment de tels mots peuvent-ils laisser le cœur insensible ? J'inspire un grand coup. C'est tellement mal de ressentir toutes ces choses, mais je ne sais pas comment les arrêter. Peut-être que je ne devrais pas être beige.

– Parce que tu es une personne si disciplinée ? je m'empresse de lui demander. Et que tu peux garder nos rapports strictement amis-amis ?

Kit penche la tête et me fixe de son regard perçant.

– Oui, oui je peux.

– Tu es prêt à mettre cette affirmation à l'épreuve ?

Ma gorge est sèche, mais je le dis quand même.

Les yeux clairs de Kit m'observent attentivement. Leur beauté me donne du courage – le désir de posséder ces yeux-là.

– Qu'est-ce que tu as en tête ? demande-t-il.

– Va t'asseoir sur le canapé et ferme les yeux.

– Tu es sérieuse ?

– Kit, je dis en montrant mon visage du doigt. Ça, c'est mon visage très sérieux. Maintenant, tu le fais ou pas ?

Il fait ce que je lui demande, se dirige vers le canapé, puis ferme les yeux. Maintenant qu'il ne me regarde plus, je commence à flipper un peu. J'inspire en gonflant mes joues d'air, écarquille les yeux et mime le mot *putain* avec la bouche, avant d'avancer d'un pas.

Hé, hé, Helena, tu dois terminer ce que tu as commencé.

Je grimpe sur ses genoux jusqu'à me retrouver à califourchon sur lui. Il garde les yeux fermés, mais je vois ses paupières s'étirer de surprise.

– Ne les ouvre pas, je dis. Sinon tu as perdu.

Ses mains remontent immédiatement pour se poser sur ma taille.

– Je ne crois pas qu'on puisse être perdant quand une femme vous chevauche.

– Chhut, je proteste.

Mes joues sont si brûlantes qu'on pourrait sûrement y faire cuire un œuf.

Je regarde ses cheveux, ses yeux, puis ses lèvres. Ses mains me tiennent toujours par la taille ; c'est probablement le contact le plus physique que j'aie jamais eu avec lui. S'il devait ouvrir les yeux et voir mon visage, tout s'écroulerait. Rectification : je m'écroulerais. J'arrive à peine à rester concentrée. Mon Dieu, c'est quoi cet homme ? Un four humain ? Je m'éclaircis la gorge et me penche vers son oreille :

– Quoi que tu fasses, Kit Isley, je chuchote doucement, ne m'embrasse pas.

La manière dont sa pomme d'Adam remonte brutalement dans sa gorge me donne envie de rire. C'est complètement fou.

Tu es une putain de dure à cuire, Helena, je me dis intérieurement. *Tu pourrais héberger des putains de petits rongeurs dans ton chignon.* Hors sujet.

Je me concentre et me penche vers son visage. L'avantage, c'est que je n'ai pas besoin de fermer les yeux et que je peux le regarder autant que je le souhaite. Je peux le toucher si je veux ; c'est moi qui fixe les règles. Je remonte ma main et trace une ligne de son oreille vers la légère fossette de son menton. Ça lui donne la chair de poule ; ses poils se hérissent le long de ses avant-bras bronzés. Encouragée, je me penche plus en avant et embrasse le coin de sa bouche. Tout doucement. Vraiment tout doucement. Je le respire tout en le faisant, et son corps se raidit.

– Sois discipliné, Kit, je chuchote. Tu *ne peux pas* m'embrasser.

Je cligne des paupières quand je me dégage pour me rendre de l'autre côté de sa bouche. C'est plus dur que je ne le pensais. Ça me donne le vertige. Je l'embrasse de nouveau, et je peux l'entendre déglutir. Puis je glisse vers sa lèvre inférieure, la coince entre les miennes et tire un peu dessus. Je m'écarte et l'observe. Il a une profonde ligne entre les sourcils. Une ride de concentration. Il lutte de toutes ses forces. J'entoure sa tête avec mes mains et la fais basculer en arrière tout en me redressant sur les genoux. Ses mains sont posées sur l'arrière de mes cuisses – *c'est chaud, chaud, chaud.* Je descends ma bouche vers la sienne, l'entrouvre légèrement puis l'effleure, me retire, l'effleure de nouveau, le mordille, me retire encore. Je me sers de ma langue pour le provoquer, lèche légèrement l'intérieur de ses lèvres.

C'est la toute première fois que je vis une expérience chargée d'une telle tension sexuelle, j'arrive à peine à respirer. Mon Dieu, c'est aussi bon de le goûter que de le regarder. Je l'embrasse à pleine bouche, écrase mes lèvres contre les siennes. Un profond soupir s'en échappe.

Soudain, je sens sa main se poser dans ma nuque. *Ses mains sont bouillantes, putain !*

Et c'est la dernière chose à laquelle je pense. Il m'emprisonne avec sa bouche, me presse complètement sur ses genoux et m'embrasse si profondément que je gémis dans la sienne. Pantelante, grisée, prise de vertige, le regard vitreux : mon corps est tellement prêt à succomber à tout ce qu'il aurait envie de faire que je me sens honteuse. Je m'écarte de sa bouche et de ses mains, et je bondis de ses genoux. Je m'éloigne de lui aussi loin que la pièce me le permet et cogne contre le mur. J'ai envie de me fondre dedans ou qu'il m'aspire complètement.

– Et merde, je lance dans sa direction. Tu n'as aucune discipline.

Mon t-shirt a glissé sur mon épaule, et mon chignon penche sur la gauche. Il s'incline vers l'avant, toujours assis dans le canapé, et enfouit son visage entre ses mains.

– C'est faux. J'aimerais une deuxième chance.

Je glousse et me couvre la bouche avec ma main, étouffant ainsi le reste de mon rire. En entendant mon rire, Kit bascule en arrière et sourit.

– Viens par ici, Helena.

Il me tend la main. Je m'avance vers lui. Je cours presque. Bon, quand même pas, parce que ça ne fait pas très cool.

Je bondis sur ses genoux au moment où il se lève, et il m'attrape au vol, les mains posées sur mes fesses. Puis il m'allonge délicatement sur le canapé, avant de s'étendre à son tour sur moi. Nous nous embrassons dans cette position pendant un long moment. De lents baisers avec mes mains dans ses cheveux noirs et soyeux. J'ai l'impression d'être dans mon rêve – tellement familier – mais aucun de nous ne cherche à aller plus loin. C'est déjà assez de sentir son poids, de goûter à sa bouche, et de savoir qu'il est prêt, coincé entre mes cuisses. Je n'aurais jamais cru que j'étais capable d'embrasser quelqu'un aussi longtemps. Je ne savais même pas que j'aimais embrasser. Peut-être que je n'aimais pas vraiment ces choses-là parce que je les faisais avec la mauvaise personne. La seule raison pour laquelle nous arrêtons de nous embrasser, c'est parce que quelqu'un frappe à la porte. Il roule sur le côté, puis m'aide à me relever. Nous restons tous les deux debout au milieu du salon, complètement déboussolés.

– Tu devrais aller ouvrir, je lui dis.

– Ok, donc tu as entendu toi aussi ? Je ne savais pas si ça venait de mon cœur.

Tellement kitsch, mais j'adore quand même. Je lui indique la porte.

– Je vais... hum... aller dans la salle de bains.

– Pourquoi ? me demande-t-il.

– Parce que. Je ne sais pas. J'ai la sensation que je ne devrais pas être ici.

Kit se gratte la nuque.

– Ok. Nous parlerons de ça plus tard. Tu crois qu'ils sont en train de défoncer ma porte à force de cogner si fort ?

Je rigole et je le pousse en avant.

– Vas-y !

Je me rince le visage à l'eau au-dessus de la vasque et tente de discipliner mes cheveux. Je ne pense pas vraiment à la personne devant la porte jusqu'à ce que sa voix s'élève jusqu'à moi. Greer. Je cherche immédiatement une fenêtre pour m'enfuir. Je donnerais n'importe quoi pour ne pas être ici, là, maintenant. Les fenêtres de la salle de bains de Kit sont toutes scellées. Je m'assieds dans la baignoire et essaie de me couvrir les oreilles. *Ça ne me regarde pas, ça ne me regarde pas, ça ne me regarde pas.*

Mais si, ça me regarde. Un peu du moins.

– Pourquoi tu ne m'as pas dit que tu revenais ? demande-t-elle.

Ouais, j'ai bien envie de connaître la réponse à cette question, moi aussi. J'attrape son savon vert et le sens.

– Je ne savais pas que j'étais censé le faire, j'entends Kit répondre. Écoute, on peut en discuter à un autre moment ?

La voix de Greer devient cassante. Je ne l'ai jamais entendue être aussi cassante avec qui que ce soit.

– Tu me mets à la porte, hein ?

– Greer, ce n'est pas ça. C'est juste que tu arrives ici en m'agressant et en défonçant ma porte de ton poing.

– Très bien, je l'entends dire. Je voulais simplement t'annoncer que pendant que tu étais parti, Roberta est morte. Je ne voulais pas te l'apprendre par texto.

– Tu es sérieuse ? Tu aurais pu me le dire !

Je ne peux plus m'arrêter de renifler le savon. Genre, je le tiens juste sous mon nez, et je suis assise dans une baignoire. On dirait une psychopathe.

– Eh bien, je viens de le faire.

– Comment ? demande Kit.

– On lui a roulé dessus.

Oh mon Dieu, j'espère qu'ils sont en train de parler d'un chien. Si j'avais mon bouchon, je ne serais pas en train de triturer ce savon comme je le fais maintenant. Ils parlent encore pendant une minute, et puis j'entends la porte se refermer. Kit m'appelle depuis le salon. Comme je ne sors pas tout de suite, il frappe à la porte.

– Ça va ?

– Qui est Roberta ?

Il tente d'ouvrir en tournant la poignée.

– C'était notre chienne. Tu as vraiment envie de parler de ça ?

– Quelle race de chien c'était ?

– Un caniche.

Je repose le savon.

– Tu avais un caniche qui s'appelait Roberta ?

– Je suis un mec cool.

J'enjambe la baignoire et ouvre la porte.

– C'est bizarre pour moi d'être ici. Ta petite copine se trouve être mon amie, et je vis avec ton ex. Je suis bien trop impliquée par toute cette situation pour me permettre de flirter avec toi.

– Je suis désolé si je t'ai mise dans une position difficile, dit-il. Mais je ne suis pas désolé de t'avoir embrassée. Ou que tu m'aies embrassé. Je ne suis pas désolé.

– Oui, tu viens de le dire.

Je tente de réprimer un sourire en me mordant la lèvre.

– Je ne suis pas désolé. J'ai juste besoin que tu le saches, dit-il, encore. Je ne suis pas...

Je lui saute dessus et plaque ma main sur sa bouche. Il rigole et embrasse le creux de ma paume.

– Il faut que j'y aille, je dis. C'était sympa de t'embrasser.

Avant de me laisser partir, il me serre fort dans ses bras et dépose un baiser sur ma tempe.

– Laisse-moi te retrouver. Ne t'enfuis pas.

Je rentre à la maison en prenant tout mon temps, ce soir-là.

Quatre appels manqués et huit messages de Della. Mais qu'est-ce que je suis en train de foutre ?

Chapitre 33

#PLACES

Chaque soir, au moment de fermer la galerie, mon écran de portable s'allume pour me signaler un nouveau message. *Kit,* me précise la notification. Je perds tous mes moyens quand je vois son nom apparaître. J'attends quelques instants avant de regarder mon téléphone et j'essaie de porter mon attention sur tout autre chose pour ne pas y penser – une agrafeuse vide, une toile que je vois pourtant chaque jour depuis des mois qui révèle une nouvelle trace de peinture à contempler, noter que nous avons besoin de sacs poubelles. Pendant ce temps, une douleur commence à se répandre dans ma poitrine jusqu'à se transformer en brûlures d'estomac. Sauf que ce ne sont pas des brûlures d'estomac ; ce sont des brûlures de Kit. Et lorsque je me trouve enfin à court d'occupations, je retourne chercher mon portable, en sachant d'avance ce que je vais y trouver. Chaque soir, il m'envoie une photo d'un lieu différent situé à Port Townsend : un jour c'est une statue de

Galatée, la nymphe de la mer, et le suivant, un truc qui ressemble à une vieille cage d'ascenseur rouillée de couleur rouge-gorge. Il m'en envoie une du Théâtre Rose, et un autre jour, celle d'un restaurant miteux qui sert les meilleurs pommes de terre rissolées que j'aie jamais mangées. Le bateau/vélo d'un vieux sculpteur – une sorte de « je vous emmerde » au conformisme, style hippie – qui siège dans la Grande Avenue, telle une merveilleuse horreur désordonnée. Il me l'a envoyée hier. Bien que cette sculpture soit bien visible, il voulait que je la découvre. Que je lui prête toute mon attention ce jour-là. J'adore. Chaque soir, dès que je découvre la photo, j'enfile mon manteau, ferme les portes de la galerie pour la nuit et pars à la recherche du lieu où Kit m'attend. C'est une sorte de chasse au trésor pour Kit. Ça, et plein d'autres trucs de ce genre. C'est sa nature. Je me demande si Della apprécie cette facette de sa personnalité ou si elle ne s'en aperçoit même pas.

Un jour, Kit m'envoie une photo d'une cour intérieure toute de briques marron. Elle est entièrement tapissée d'une mousse vert fluorescent, et son sol est recouvert d'un épais tapis de feuilles rouges. Il me faut trente minutes avant de la trouver, bien qu'elle ne soit qu'à deux rues d'ici.

– Espèce de salaud, je lui dis quand à l'angle de la rue je le trouve debout, adossé nonchalamment contre un mur. Elle est bien cachée. C'était dur !

– Aucune découverte qui vaille le coup n'est facile à trouver, dit-il. Je le sais par expérience.

Je fais semblant de ne pas l'avoir entendu et m'arrête pour regarder autour de moi. Je suis submergée par toute cette beauté. Celle de la cour intérieure, et la sienne. De lui dans cette cour intérieure. Il se tient debout, au milieu de toutes ces feuilles, en sweat à capuche écossais sur un jean déchiré.

Ce n'est pas une image que j'oublierai facilement.

– Pourquoi voulais-tu me montrer ça ? je lui demande, même si je connais déjà la réponse : Il me fait découvrir Port Townsend.

– C'est mon endroit préféré. Un lieu caché.

Nous ne restons pas là. Nous retournons à son appartement où il me sert une tasse de vin chaud parfumé à l'orange et au clou de girofle. Puis il m'attire contre lui, et je m'installe entre ses jambes sur le canapé, face à la fenêtre.

– Helena, dit-il dans le creux de mon oreille. Tu m'as accordé beaucoup d'attention ces derniers temps. Ça me plaît.

– Oh, parce que tu es en manque d'attention ?

Je rigole. Alors même que nous marchions vers son immeuble un peu plus tôt, des femmes se retournaient sur son passage.

– Je veux *ton* attention, dit-il.

Je ferme les yeux, contente qu'il ne puisse pas voir l'expression de mon visage. Puis j'observe quelques gamins en train de marcher en équilibre sur un mur de l'autre côté de la rue.

– Pourquoi ?

– Helena, regarde-moi.

– Hum...

Je le regarde.

– Je n'ai pas de bonne raison à te donner, hormis te dire que quelque chose en moi répond à quelque chose en toi.

Je connais bien cette sensation.

– Je ne vois pas de quoi tu parles, je dis.

– Si, dit-il en fixant mes lèvres. Tu vois très bien de quoi je parle.

Et il a raison.

Personne n'est au courant du temps que nous passons ensemble, pas même Greer. Surtout pas Greer. Un matin, alors que nous sommes dans la cuisine, elle me demande d'où vient cette lueur intense dans mes yeux.

– Port Townsend, je lui réponds.

Elle me regarde par-dessus le bord de sa tasse remplie de café.

– C'est Kit.

– Quoi ? Non. Qui ?

Je lui jette un coup d'œil tandis que je nettoie les dégâts du yaourt que je viens de renverser. Son visage est impassible, mais je peux sentir quelque chose émaner d'elle.

– Oui, je dis.

– J'ai vu ton sac chez lui. Le jour où je suis venue frapper à sa porte.

– Oh, est la seule chose que j'arrive à manifester.

Mon visage est en feu.

– Il est revenu ici pour toi ?

Je me suis posé la même question, mais ça me semblait un peu prétentieux d'imaginer cela. C'est sa maison, ici. Revenir chez lui n'a rien à voir avec moi. Même si j'aimerais croire qu'il en est autrement.

– Greer. Je ne sais pas pourquoi Kit est ici, je dis en me levant. Ils se sont séparés, et je pense qu'il avait besoin de revenir se ressourcer chez lui.

Elle hoche la tête, doucement.

– Ça paraît logique. Mais tu sais ce que je pense ? Je pense que tu vas souffrir.

Je le sais. Vraiment.

– Je ne peux pas souffrir si mon cœur n'est pas engagé.

– Tu es une très, très mauvaise menteuse, Helena.

Ça aussi je le sais.

Nous ne parlons plus de ce sujet. Greer part sans un au revoir, et je me prépare pour aller travailler. Elle a raison. Il faut que je mette un terme à tout cela sans plus attendre. Je sors mon portable et efface le numéro de Kit. Voilà. Désormais, je ne pourrai plus lui envoyer de message la première. C'est tellement débile, mais je me sens quand même à moitié triomphante. Pour le moment. En allant au travail, j'élabore un plan. J'enverrai un texto à Della, l'écouterai, la réconforterai. Je l'assurerai de notre amitié. Les copines avant les mecs. Je serai l'amie qu'elle a besoin que je sois et mettrai mes sentiments pour Kit de côté. Voilà ! J'arrive au bout de la rue et tourne à gauche au niveau de Conservatory, la boutique de déco. Et là, je l'aperçois, environ quinze mètres plus loin. Il se dirige droit vers moi, son portable coincé contre son oreille. J'ai le temps de faire demi-tour et de courir. Mais peut-être que courir n'est pas la meilleure des options. Je rentre dans la boutique. C'est mon magasin préféré, mais aujourd'hui, il me servira uniquement de cachette. Je passe près des étagères sur lesquelles sont disposés des coraux rouges et des coussins en fausse fourrure, et je me dirige directement vers le fond de la boutique. Il y a une œuvre que j'adore regarder, accrochée sur le mur du fond. Elle représente un poulpe, les tentacules repliés avec de l'encre jaillissant de sa bouche.

– Je finirai toujours par te retrouver. Même quand tu t'enfuis.

– Pas du tout flippant, je lui réponds sans me retourner.

Je suis d'un calme olympien, mais mon cœur bat violemment dans ma poitrine.

– Je faisais simplement ma petite routine habituelle du matin.

– C'est ce que je vois, dit-il. Ta routine qui consiste à me fuir.

Je lui lance un regard du coin de l'œil.

– C'est une réflexion particulièrement narcissique.

– Hé, tu veux aller faire un tour ?

– Nan. Je dois travailler.

– Je t'accompagne jusqu'au travail.

Je hausse les épaules.

Kit marche les mains enfoncées dans les poches. Il n'y a pas de vent aujourd'hui, mais je m'agrippe à mon sac comme s'il risquait de s'envoler. Quelque chose à voir avec ma nervosité. Une fois devant les portes de la galerie, nous nous arrêtons, et j'agite les clefs du bout des doigts, les faisant s'entrechoquer un peu. Juste pour lui faire savoir que ça y est. *Fous-moi la paix ! Je suis en train d'agiter les clefs sous ton nez !*

– Merci de m'avoir accompagnée, je lui dis d'une manière un peu rigide.

J'agite les clefs encore plus fort, et elles me glissent des doigts. Kit se penche pour les ramasser, et lorsque je le regarde, il est agenouillé devant moi. Il me prend la main et fait glisser l'anneau du porte-clefs à mon doigt. Ce n'est pas celui de l'alliance, ce dont je lui suis assez reconnaissante. Un problème se serait posé, celui de ne pas être capable de dissimuler mon trouble. Il me regarde droit dans les yeux, un genou à terre. Puis il se relève tout en continuant de soutenir mon regard.

– Je dois y aller, je lui dis.

Je me retourne et insère la clef dans la serrure comme un robot. Je le vois s'approcher de moi dans le reflet de la vitre. Sa voix est tout près de mon oreille. J'ai l'impression de pouvoir sentir son souffle, mais c'est sûrement un coup de vent. Je m'imagine ouvrir la porte et entrer à l'intérieur – la galerie pourrait m'aspirer et rejeter Kit. La galerie devra s'en charger, parce que moi, je n'en suis tout bonnement pas capable. *Je ne peux pas, je ne peux pas, je ne peux pas.*

– Ne me repousse pas, Helena. Je ne suis pas prêt à m'en aller.

Et que faire d'autre dans un tel moment que fermer les yeux le plus fort possible et tenter de contrôler les tremblements de ses membres. Je me retourne, comme la fille stupide que je suis, et le laisse m'embrasser. Il tient mon visage entre ses mains comme s'il voulait m'empêcher de me défiler. Il n'a aucune inquiétude à avoir. Toute mon attention est...

Son portable sonne. Et cela met fin à notre baiser. Je reste adossée contre les portes vitrées de la galerie. Je peux sentir la mise en garde de Greer dans mon dos – des vagues par-dessus des vagues, tout en nuances de bleu, de vert et de noir. Ma vue est brouillée, ma poitrine se serre de... de quoi ? De désir ? Je l'observe répondre au téléphone, nos yeux toujours connectés, puis une expression de surprise apparaît sur son visage.

– Qui est à l'appareil ?

Son ton est dur. Je n'aimerais pas me trouver à l'autre bout de la ligne. Je retrouve un peu mes esprits. Je n'ai plus besoin des portes de la galerie pour me maintenir debout. Je me redresse, arrange mes cheveux, ébouriffés par les mains de Kit.

J'ai un mauvais pressentiment. Il s'intensifie de seconde en seconde. Et puis le regard de Kit croise le mien. Il ne dit pas un mot et écoute, mais je peux le voir sur son visage. Je sais déjà, avant même qu'il ne raccroche et ne range son portable dans sa poche. Notre histoire est terminée avant même d'avoir pu commencer.

– C'était Della. Il marque une pause. Elle est enceinte.

Chapitre 34

#JUSTADREAM

Même pas cinq minutes après avoir appelé Kit, Della poste une photo de son échographie sur Instagram. Un coup parfaitement programmé par une fille en total manque de confiance en elle. Drôle de manière de fonctionner, Della. Elle l'a légendée : mon petit hêtre. Hêtre. Hêtre, comme l'arbre. SI SEULEMENT QUELQU'UN POUVAIT CORRIGER CETTE LÉGENDE. Son hashtag me réduit en miettes : #huitsemaines. Juste avant qu'il ne revienne à PT. Oh mon Dieu, je ne me sens pas bien.

Ça va aller, je me dis intérieurement. *Ce n'est vraiment pas bien grave.* J'ai traîné avec lui, genre, quoi ? Cinq fois ? Cinquante-cinq fois ? Je l'ai épousé une fois, et nous avons eu un bébé ensemble, mais ça il ne le sait pas. Et puis, je suis déjà passée par-là avant. Un mec. Une fille qui n'est pas moi. Un bébé. Mais ce qu'a fait Neil est incomparable avec ce qui est en train de se passer. Neil m'a trahi, c'est sûr. Mais Neil et moi sortions ensemble parce que nous étions jeunes, et c'était compréhensible. Avions-nous déjà partagé une quelconque connexion ? Ah ! Non. Notre connexion était due aux circonstances. Nous allions dans la même école, avions les mêmes amis. Nous regardions les mêmes programmes à la télévision parce que nos amis les regardaient aussi, et que nous avions besoin de sujets de conversation.

Kit m'est tombé dessus de nulle part. J'ai fait un rêve qui m'a amenée à porter plus d'attention à un mec que je n'aurais pas remarqué sinon. Et depuis ce rêve, j'ai découvert une connexion. Je ne pense même plus au rêve. Depuis les huit dernières semaines je le vis.

Mais je ne pense pas à ça lorsque je réponds aux appels, emballe des toiles pour les expédier et dépose des chèques. J'ai l'impression que mon corps tout entier a été vidé, puis rembourré par quelque chose qui m'a rendue austère, anesthésiée et mécanique. Je ne reçois pas le texto habituel de Kit quand vient le moment de faire la fermeture et de rentrer chez moi, alors je reste plus tard que d'habitude. Je me fais penser à ma grand-mère, qui déambule de pièce en pièce et s'arrange pour paraître débordée sans vraiment rien faire de particulier.

À l'heure qu'il est, Kit est probablement dans l'avion pour rentrer en Floride, un verre en plastique rempli de vin merdique à la main. Penser au fait qu'il puisse être si loin étire douloureusement les muscles de mon cœur. Ça ne va pas bien. Je ne vais pas bien. Il n'y a personne dans la rue quand je quitte les lieux. Le silence est étrangement sinistre ; le seul son est celui de la pluie et du bourdonnement lointain d'un générateur. Il fait froid ce soir ; le vent a effleuré les sommets des montagnes enneigées avant de souffler dans notre direction. Je m'enfonce plus profondément dans mon manteau et jette un œil à la conserverie. Je n'ai pas envie d'être là-bas. Ni ici. Ni n'importe où ailleurs. Je marche vers le port, d'un pas déterminé. Tout au fond de ma poche, mon bouchon repose dans mon poing serré. Je ne me sens plus aussi anesthésiée que je l'étais un peu plus tôt. Le choc s'est dissipé et a fait place à quelque chose de plus aigu. Je crois que ça s'appelle la prise de conscience. Ah ! *La Belle* n'est pas à son emplacement habituel. C'est la première fois que je trouve sa place vide. Je reste debout sur le dock, frissonnante, à me demander quoi faire ensuite.

– Helena.

Je finirai toujours par te retrouver.

– Ne te fatigue pas, je dis sans me retourner.

Il s'avance et reste debout à côté de moi, et nous fixons l'eau ensemble. Je peux voir mon souffle former de la buée.

– Je pensais que tu serais déjà parti.

Il regarde ses pieds, et je l'entends soupirer.

– Je prends un vol demain.

– Ah.

Silence.

– Un bébé. Tu dois être très excité.

– Arrête, Helena. C'est... Je n'avais rien prévu de tout ça. Je dois aller lui parler, prendre les choses en main.

– Tu dois aller prendre soin de ta famille, je lui dis en me tournant pour lui faire face. C'est la meilleure des choses à faire. Je veux dire, qu'est-ce qu'on était en train de foutre, Kit ?

Il grimace, commence à vouloir parler, puis regarde ailleurs en grinçant des dents.

– On faisait quelque chose de bien. Mon intention était d'apprendre à te connaître. De vraiment apprendre à te connaître.

– Nous ne faisions rien de bien. C'est juste que ça nous faisait du bien. J'ai trahi Della. J'étais quoi ? Ta petite distraction avant que tu ne retournes à ta vie stable et tranquille ?

Il se balance sur ses talons et secoue la tête comme s'il n'arrivait pas à croire ce que je suis en train de lui dire.

– Tu sais que c'est faux. Nous avons un truc, Helena. Dans une autre vie, ce truc aurait pu être quelque chose de merveilleux.

Ça fait mal. Mon Dieu, que ça fait mal. Je l'ai vue cette autre vie. Il ne sait même pas de quoi il parle. Dans son esprit, je ne suis qu'une autre option, mais dans le mien, il est la seule possible.

Je m'approche de lui, assez près pour voir les poils naissants de sa barbe sur ses joues. Je tends la main pour les toucher, et ils éraflent la partie tendre de ma main. Kit ferme les yeux.

– Il y a une maison, tout en haut de Washington ; dans cette autre vie, nous vivons tous les deux là-bas, je dis doucement. Tout est vert, vert, vert dans notre jardin. Nous avons deux enfants, un garçon et une fille. Elle te ressemble. Mais elle se comporte comme moi.

Je caresse sa joue parce que je sais que c'est la dernière fois que j'ai la possibilité de le faire. Les yeux de Kit sont grands ouverts et tourmentés. Je mordille ma lèvre inférieure avant de poursuivre :

– L'été, nous faisons l'amour dehors, sur la grande table en bois sur laquelle traîne encore la vaisselle du dîner. Et nous parlons de tous les lieux où nous aimerions le faire.

Avec ma langue, je récupère les larmes qui se rejoignent sur mes lèvres. Elles coulent en ligne droite le long de mes joues, comme un robinet qui fuit.

– Et nous sommes tellement heureux, Kit. Chaque jour ressemble à un rêve.

Je me mets sur la pointe des pieds et l'embrasse tendrement sur les lèvres, le laisse goûter à mes larmes. Il me fixe si intensément que je manque de m'effondrer.

– Mais ce n'est qu'un rêve, pas vrai ? je conclus.

Avant de partir, je caresse le sillon entre ses yeux. Il n'a pas dit un mot, mais sa bouche est tordue dans un pli de colère. Il n'a plus d'arguments à apporter maintenant. Je comprends.

– Tiens, je dis.

Je lui tends mon poing, et il approche sa main. Je lâche le bouchon dans sa paume et ajoute :

– Tu peux me rendre un service ?

Il regarde le bouchon ; je peux lire la confusion sur son visage. Des centaines de choses sont en train de se passer dans ses yeux. Je pointe la mer du doigt.

– Jette-le dedans, je dis.

– Est-ce que c'est le... Pourquoi ?

– Fais-le, je le supplie en fermant les yeux. S'il te plaît.

Il est en pleine confusion. Il veut m'en dire plus, mais il se tourne vers l'eau, élève son bras au-dessus de sa tête. Je l'aperçois encore une seconde avant qu'il ne disparaisse dans l'obscurité.

Voilà. Je lâche un soupir de soulagement.

– Adieu, Kit.

Chapitre 35

#LEFTTOBURN

Il y a des jours comme ça – et ils sont nombreux – où je suis incapable de vous dire ce qui s'est passé : qui j'ai vu, à qui j'ai parlé, ce que j'ai mangé. De ces jours-là, il m'est même impossible de me souvenir de mes pensées dans le détail, excepté de cette terreur qui résonne avec fracas dans un coin de ma tête et qui m'empêche de penser à quoi que ce soit d'autre. Ça a envahi mon lieu de travail et ma maison. Envahi aussi mes relations avec mes clients, et les appels téléphoniques avec mes parents. J'avais redouté la vie sans lui, et c'était triste, immensément triste.

La torpeur. C'est ce qui est arrivé ensuite. Après des semaines à ne ressentir qu'une douleur fulgurante, je l'ai accueillie avec soulagement. *C'est comme ça et pas autrement,* je me disais. Et je me sens tellement fière d'avoir réussi à atteindre ce point de néant.

Mais ensuite c'est revenu. Putain. Je ne m'attendais pas à ça. Un matin, je me réveille, le soleil irradie à travers la fenêtre. Le soleil, pour l'amour de Dieu. Ne sommes-nous pas dans un État où le soleil n'existe pas ? Je roule sur le ventre et écrase un oreiller sur ma tête. Et c'est à cet instant que ça se produit. Tout revient me péter au visage – de l'intensité de mes sentiments pour lui, jusqu'au rêve du ridicule canapé Pottery Barn, ainsi que la manière dont il est parti, avec son bon gros *désolé*. Quand je ferme les yeux, je revois les nerfs tendus de son cou, sa lèvre inférieure faire une moue lorsqu'il réfléchit à quelque chose. Je connais son odeur – pas celle de son parfum, celle de sa peau. Je pense au jour où, le nez dans son placard, il m'a surprise en train de renifler son t-shirt. Mon Dieu, il me semble que c'était il y a une éternité. Je suis si dévastée. Si complètement dévastée.

J'en parle à Phyllis. C'est un accident, vraiment. Je suis en train de parcourir les bonnets tricotés main qui ressemblent à des napperons quand je la vois soudain me sourire de derrière la caisse. Je fonds aussitôt en larmes. Ce ne sont même pas des larmes normales – ce sont d'horribles sanglots.

– Une souffrance de cette ampleur c'est comme la ménopause, me dit Phyllis.

Je viens juste de me moucher dans l'un des bonnets. Elle me le prend des mains et me tend un mouchoir.

– Ça arrive par bouffées de chaleur. Et juste au moment où tu penses que tu ne pourras pas les supporter davantage, ça passe un peu. Mais ça revient, Dieu que oui.

J'acquiesce, mais Phyllis a tort. Ça ne passe jamais, et ça ne s'interrompt jamais. C'est comme si un poing se resserrait autour de mon cœur et me comprimait tout au long de la journée. Le travail est la seule chose qui arrive à soulager cette pression. Il est possible de tenir son esprit occupé un moment, mais lorsque le cœur et l'esprit œuvrent ensemble, ils sont impitoyables. Phyllis me laisse repartir avec le bonnet dont je me suis servie pour me moucher – c'est un cadeau. Il me faut plusieurs jours avant de remarquer les regards.

Les gens en ville ont tous l'air d'être au courant. Je suis à Conservatory en train de choisir un cadeau à envoyer à ma mère pour son anniversaire quand la gérante me touche la main. Je lève les yeux, surprise. On ne me touche pas beaucoup ces derniers temps. J'en pleure parce que tout me fait pleurer en ce moment.

– Juste pour que tu saches, dit-elle, nous étions tous derrière toi.

J'essuie mes larmes. Je n'arrive pas à parler. Je ne sais pas si je dois la remercier ou pas, alors j'attrape mon cadeau et secoue la tête, interdite, avant de m'éloigner à grands pas du magasin. Quand, plus tard dans la soirée, j'en parle à Greer, elle me regarde en fronçant les sourcils.

– Tu pensais vraiment que personne ne serait au courant ? C'est une petite ville, Helena. Quand un mec aussi populaire que Kit court après une fille dans toute la ville, une bouteille de vin à la main, les gens s'enflamment.

– Il n'était pas... il n'a pas...

Greer lève les yeux au ciel.

– Il est clairement amoureux de toi. Dommage qu'il ait foutu cette fille enceinte.

Ses paroles me coupent le souffle. Kit... amoureux de moi ? Non. C'est carrément ridicule. J'en rigole même un peu. Je n'ai eu aucune nouvelle de Kit ou de Della depuis des semaines. De ce que j'en sais, ils sont en train de peindre la chambre du bébé dans une teinte neutre dégueulasse. Et moi je reste ici, dans cette ville magique, à panser mes plaies. À boire mon vin. À mourir lentement de l'intérieur. À me montrer mélodramatique. À m'accrocher à un rêve que j'ai fait autrefois et qui a changé tout ce que je pensais vouloir dans la vie. Il me manque tellement. J'ai trop peur de regarder les photos. Trop peur de me souvenir de la manière qu'il avait de sucer mes lèvres comme s'il s'agissait de bonbons. Je suis sur une pente glissante. Moi, assise dans le noir, avec du vin dégoulinant sur mon menton. À haïr Della de pouvoir le toucher. Et à le détester, lui, de la laisser faire.

Où cela mène-t-il ? Nulle part. C'est la raison pour laquelle je dois l'oublier.

L'annonce du mariage de Della et Kit arrive cinq mois plus tard via Instagram (surprise, surprise !). Della poste une photo de sa main fraîchement manucurée accompagnée de la légende : *Il m'a passé la bague au doigt !*

J'apprends aussi que les poumons du bébé sont déjà formés, et qu'elle peut ouvrir et fermer les yeux. Nous savons que c'est une fille parce que Della n'a cessé de le clamer... également sur Instagram.

J'en suis malade. Encore une légende débile. #dudellstoutcraché

J'en suis malade aussi parce que ça me fout la haine. #jesuisdésolée

Della ne se mariera pas tant qu'elle n'aura pas eu son bébé et qu'elle n'aura pas retrouvé sa taille 34. Ça me réconforte un peu. Ce n'est pas imminent, et j'ai le temps de m'adapter. Quant à Kit : tu peux aller te faire foutre, espèce de connard ! Je m'apprête à effacer son numéro de mon portable pour la seconde fois, puis commence à écrire un texto. J'ai envie de lui envoyer quelque chose de virulent et de méchant. *Lâche ! Imbécile !* Mais je n'arrive pas à trouver les mots justes pour exprimer ce que je ressens. Ce que je ressens ? Je touche le lambeau qui reste de mon cœur et le malaxe. Ça fait mal, juste là. J'avais presque obtenu ce que je voulais, et maintenant je ne connaîtrai jamais ça. Je ne connaîtrai jamais ce que je désire le plus au monde. Je lui envoie un message.

Va te faire foutre, Kit.

Il ne lui faut pas beaucoup de temps pour répondre :
Helena...

La bulle de texte apparaît et disparaît. J'attends, mais rien ne vient. Je me sens méprisée. Utilisée. Et puis mon portable sonne. Un frisson me parcourt l'échine quand je vois le nom apparaître. Je n'ai que rarement parlé à Kit au téléphone. Je réponds.

Je ne dis pas un mot, pourtant je sais qu'il sait que je suis là parce qu'il prononce mon prénom.

– Helena...

Je peux l'entendre respirer dans le combiné. Son souffle est lourd. Je plaque ma main libre sur ma bouche pour qu'il ne puisse pas m'entendre pleurer.

– Helena, il répète mon prénom. Je suis tellement désolé. S'il te plaît, crois-moi.

Nous restons là-dessus pendant quelques secondes. Mon cœur se défait de semaines d'engourdissement et recommence à me faire mal.

– Ce n'est pas ce que je voulais. Je te voulais toi. Je ne peux pas fuir cette situation. Cet enfant, c'est une partie de moi.

Sa voix se brise, et je me demande où il se trouve. Dans la réserve à son travail ? Dans sa voiture ? Dans la maison qu'ils partageront avec leur enfant ? Je n'entends rien hormis le ton dur de sa voix quand il prononce ces mots.

– Je sais, je dis.

– Je suis un lâche. Tous les jours je voulais te parler depuis que je suis parti, mais je ne savais pas quoi dire.

– Il n'y a vraiment rien à dire, n'est-ce pas, Kit ?

– Si. Que je suis désolé. Que je n'avais pas le droit de te courir après pour te blesser ensuite. Que ce n'était pas facile pour moi de partir. J'ai déclenché quelque chose dans ton cœur et puis je t'ai abandonnée en te laissant te morfondre. Pardonne-moi, Helena. Je voulais te protéger de la cruauté du monde, pas l'incarner.

Je ne peux pas. Je suis pliée en deux, j'enroule mes bras autour de mon ventre. Il n'y a aucun moyen de stopper cette douleur. Je vais devoir la laisser suivre son cours. J'ai besoin de ses mots pour soigner mes blessures.

– Merci, je lui dis doucement.

Et je raccroche.

Chapitre 36

#BADNEWS

Je me réveille en sursaut. Mon portable est en train de sonner. À tâtons, je cherche l'interrupteur de la lampe et renverse des affaires posées sur ma table de nuit – ma bouteille d'eau et ma montre tombent sur le sol. J'attrape mon portable.

Kit

Je me redresse, dégage mes cheveux de devant mon visage. Je n'arrive pas à trouver mon oreille ! Où est mon oreille ? Mon chignon pendouille sur un côté de ma tête et la recouvre tel un cache-oreille géant.

– Allô ?

Ma voix est rauque et endormie. J'essaie d'attraper ma bouteille d'eau, mais elle roule sous le lit.

– Helena...

Le son de sa voix me donne des frissons. Lorsque quelqu'un vous appelle en plein milieu de la nuit, ce n'est jamais pour annoncer une bonne nouvelle.

– Oui, que se passe-t-il ?

Désormais complètement réveillée, je me lève et marche vers la fenêtre.

– C'est Della, dit-il.

Après ça, je n'entends plus qu'une succession de mots. J'arrive à peine à en comprendre le sens jusqu'à ce qu'il dise quelque chose qui me fige sur place. Mais la phrase qui résonne le plus est, « On ne sait pas si elle va s'en sortir ».

Je pars les retrouver – tous les trois. Après avoir rempli un sac de vêtements, attrapé mon déodorant et mon produit pour lentilles, je réveille Greer pour qu'elle me conduise à Seattle. Je prends le premier avion et ne ferme pas l'œil de tout le vol. Les mains coincées entre mes cuisses, je tape nerveusement du pied sur le sol jusqu'à ce que le passager assis à côté de moi me demande d'arrêter. Je ne peux m'empêcher de penser que tout est ma faute. Ça n'a pas de sens, mais si j'étais restée là-bas, peut-être...

Kit vient me chercher à l'aéroport. Il m'attend au pied de l'escalator. Ses yeux sont rouges et ses cheveux n'ont jamais été aussi longs. Je cours vers lui, me jette dans ses bras grands ouverts, et nous restons comme ça, à nous serrer fort. J'essaie de ne pas pleurer, mais *Seigneur*, comme ses épaules s'affaissent lourdement contre moi. Je craque. Les gens qui passent près de nous doivent sûrement nous observer, mais nous n'y prêtons pas attention.

– C'est tout ce que tu as pris avec toi ? me demande-t-il en voyant mon sac.

Il ne me regarde pas lorsqu'il se dégage. J'essuie mes larmes et hoche la tête. Nous nous dirigeons en silence vers la voiture. J'ai envie de lui poser un milliard de questions : *Comment c'est arrivé ? Que peuvent-ils faire pour elle ? Qu'est-ce que tu ressens ?*

À quoi tu penses ? Comment va le bébé ?

Nous montons à l'intérieur de sa camionnette. Je remarque le siège bébé à l'arrière, et mon cœur se serre. Je me détourne rapidement. Je ne veux pas penser à ça maintenant.

Ce n'est que lorsque nous sommes sur l'autoroute, alors qu'une pluie battante se déverse du ciel noir, qu'il me raconte ce qui s'est passé.

– Elle a fait une embolie amniotique.

Il prononce cette phrase avec précaution ; de la même manière sans doute que les médecins ont dû le lui annoncer.

– Pendant l'accouchement, le liquide amniotique a pénétré la circulation sanguine, empêchant son sang de coaguler. Alors pendant le travail, elle a commencé à faire une hémorragie interne. Coagulation intravasculaire disséminée. Après qu'Annie est née, ils ont embarqué Della et n'ont rien voulu me dire.

Annie, je me dis. *Tellement mignon.*

– Ils nous ont fait attendre une éternité, c'était le jour le plus long de ma vie. Ils ne m'ont pas laissé la voir, ni elle, ni le bébé. Le médecin a fini par revenir et nous a dit qu'elle avait fait une insuffisance rénale, et que ses poumons étaient remplis du liquide. Ils l'ont plongée dans un coma artificiel pour permettre à son corps de se rétablir.

Mon premier réflexe est de tout garder pour moi ; je ne veux pas me mettre à flipper devant Kit et faire empirer les choses. Je m'agrippe de mes deux mains au rebord de mon siège pendant qu'il continue de parler. *Mon Dieu, Della. Elle a frôlé la mort. On aurait pu la perdre. Et je n'étais pas là.*

– Va-t-elle... ?

Ma voix s'interrompt – se brise – peu importe comment on dit ça.

– On ne sait pas.

Il marque une pause, et du coin de l'œil, je vois sa main venir essuyer sa joue.

– Ils m'ont demandé si j'étais croyant. Ils nous ont dit de faire venir un prêtre.

J'enroule mes bras autour de mon ventre et me penche en avant jusqu'à ce que ma tête touche le tableau de bord. Ce genre de truc n'arrive pas dans la vraie vie ; ça n'arrive que dans des *happenings* à la télévision, ou dans des feuilletons. Le fait que cela arrive à ma meilleure amie me semble inconcevable. Ce n'est pas possible. Je vais arriver à l'hôpital et elle ira bien. Elle sera assise dans son lit, Annie dans les bras, les cheveux parfaits et brillants, coiffés à la perfection pour que tout le monde entre et dise, *« Oh mon Dieu ! Je n'arrive pas à croire que tu viens d'avoir un bébé ! »*

– Le bébé ? je demande à Kit. Annie ?

– Elle va bien, dit-il. Elle est parfaite. Mais il y a autre chose.

Bon sang, que peut-il bien y avoir d'autre ?

– Ils ont été obligés de lui faire une hystérectomie d'urgence.

Un frisson me parcourt. Il se répand tout le long de mon corps jusqu'au bout des ongles. Della vient d'une famille nombreuse italienne. Sa mère n'a pu avoir que trois enfants avant qu'un médecin lui annonce qu'un de plus risquerait de la tuer. D'aussi loin que je me souvienne, la mère de Della l'a toujours conditionnée pour fonder une grande famille, celle dont elle-même avait toujours rêvé. Son grand frère, Tony, était célibataire. Il n'avait pas la moindre intention de se ranger, et sa sœur, Gia, était lesbienne. Personne dans la famille ne parlait plus à Gia, qui vivait à New York avec sa partenaire de vie et leurs trois chiens de sauvetage.

Elle n'a même pas choisi des chiens de race, avait dit une fois Della en parlant d'eux. *Elle récupère tous les cabots.* Della était donc implicitement celle qui devait reprendre le flambeau de la famille nombreuse. Cette nouvelle allait la bousiller. Si elle se réveillait.

Comme c'est un samedi, l'hôpital est noir de monde. Des enfants qui viennent visiter leur famille serrent fermement les mains de leurs parents. Je dois me rappeler que tout le monde ne se trouve pas ici pour de tristes raisons. Des bébés naissent, des calculs rénaux sont enlevés, des vies sont sauvées. Kit saisit ma main et me conduit à travers les couloirs, puis nous prenons un ascenseur jusqu'au cinquième étage. À ce niveau, tout est feutré et sombre. J'essaie de chasser les pensées lugubres qui affluent à mon esprit. Mais elles sont trop présentes. *Ils l'ont placée ici parce qu'elle va mourir, et ils ont demandé à sa famille catholique de faire venir un prêtre.*

Nous passons devant le poste des infirmières et nous dirigeons vers une chambre au bout du couloir. Je respire par la bouche, craignant que l'odeur ne me fasse défaillir. *Beggiro* est inscrit sur le tableau blanc devant la porte. Je prends mon courage à deux mains, retiens ma respiration et serre les deux poings. La porte s'ouvre, et mon regard est immédiatement attiré par le lit d'hôpital. Il est au milieu de la pièce et couvert de fils : des rouges, des blancs, tous reliés à une machine et déployés comme des sentinelles derrière elle. Ils sont bruyants et témoignent de son état de santé par des bruits de bips, de clics, et des bourdonnements. Sa mère est assise sur une chaise à sa droite ; son frère est endormi sur un petit lit. On m'enlace, on me parle à travers les sanglots et des mots hasardeux en italien dont j'ai appris le sens au fur et à mesure des années. Ce n'est que lorsqu'ils en ont fini avec moi que j'approche enfin du lit pour découvrir ma meilleure amie. Je porte ma main à ma bouche et étouffe un cri. Ce n'est pas Della. Ça ne peut pas être elle.

Elle est gonflée et couverte de bleus ; son teint est d'une couleur beige terne, comme des pâtes trop cuites. J'ai envie de dégager ses cheveux de devant son visage – comment se fait-il que personne ne l'ait fait ? Ils pendouillent, filasses et sales. Je me retourne et aperçois Kit débout près de la porte, la tête baissée, comme si la regarder lui faisait mal. Je touche ses mains, repliées sur son ventre, avec des restes de vernis rose écaillé sur les ongles. Elles sont si froides que je tire un plaid dessus pour les couvrir. Comment pourrait-on savoir qu'elle a froid vu qu'elle ne peut pas le dire ? J'ai envie de lui parler. De lui dire de se réveiller et de faire connaissance avec sa petite fille, mais je suis tétanisée.

Je sens une main se poser dans mon dos – C'est Annette, la mère de Della.

– Va voir Annie, me dit-elle. Ça te fera du bien. Della sera là quand tu reviendras. Tu la veilleras demain.

J'acquiesce, essuie mon nez dans ma manche. Kit me conduit dans leur petite maison à Fort Lauderdale. Une chanson de Keith Sweat passe à la radio. *« Tu m'as fait du mal, mais je dois rester fort »*. J'ai soudain un terrible mal de crâne. Il me dit que Geri, la cousine de Della, surveille Annie. Je ne lui précise pas que Geri prend de la coke cinq jours par semaine, ni qu'elle a été en cure de désintox à cause de l'héroïne. Lorsque nous arrivons, nous la trouvons sur le canapé, en train de lire un magazine people. Elle porte un doigt à ses lèvres pour nous prévenir qu'Annie est en train de dormir. Elle me serre chaleureusement dans ses bras, et je peux sentir son haleine chargée d'alcool. J'ai toujours été cool avec Geri. Mais je ne suis pas du tout cool avec le fait qu'elle boive alors qu'elle surveille le bébé. N'importe quel bébé, d'ailleurs, et surtout pas celui-ci. J'ai l'envie irrépressible de lui dire de se casser d'ici et de ne pas revenir. Au lieu de ça, je m'éclipse dans la salle de bains. Ça me fait bizarre de voir des affaires de bébé éparpillées un peu partout chez Della : des balancelles, des berceaux, une couverture rose toute douce. Quand je sors de la pièce, Geri n'est plus là. Kit se tient devant l'entrée du salon, les mains dans les poches. Il ne me regarde pas ; il ne regarde rien.

– Kit.

Il sursaute légèrement, puis secoue la tête comme s'il venait de sortir d'un rêve.

– Tu as envie de voir Annie ? me demande-t-il doucement.

– Oui, je veux bien.

Il me conduit dans la chambre du fond. La maison sent la peinture fraîche, et avant qu'il n'ouvre la porte de la chambre d'Annie, je sais déjà que Della a peint la pièce en rose. C'est un rose vif, pas la couleur douce à laquelle je m'attendais. Je reste là un instant, en clignant des yeux face au mur de cette teinte quand mon regard est attiré par le berceau contre le mur. Il est noir. J'entends comme un froissement provenir de l'intérieur, comme si elle venait tout juste de se décider à se réveiller. Kit se tient au-dessus du berceau et attend que je vienne voir. C'est vraiment une sensation... bizarre. Mes pieds s'enfoncent dans le tapis. Mes mains sont jointes de manière stupide. J'aperçois d'abord ses cheveux dépasser de ses langes. Ce sont des cheveux de troll, une petite touffe noire sur une peau blanche laiteuse. Ses yeux sont ouverts, troubles comme le sont ceux des nouveau-nés. Sa bouche s'ouvre pour laisser échapper un cri, et je suis surprise par la douceur et la légèreté de ce son. Je la prends dans mes bras. Je ne peux pas m'en empêcher. Elle est la chose la plus parfaite que j'ai jamais vue.

– Annie, je murmure. Je suis ta tante Helena.

Je respire sa tête, puis y dépose un baiser. Je la porte jusqu'à la table à langer et lui enlève ses vêtements. J'ai envie de voir le reste – ses petites jambes de moineau, ses minuscules et parfaites petites mains ainsi que ses doigts de pied. Je suis si absorbée que j'en oublie que Kit se trouve dans la pièce.

– Je suis désolée, je dis. Tu voulais le faire ?

Je me sens si mal. Je me suis imposée comme ça, sans avoir demandé la permission. Kit sourit et secoue la tête.

– Vas-y, dit-il. Vous devriez apprendre à vous connaître.

C'est tout ce qu'il me dit. Je raffole des bébés, c'est officiel. Kit part lui préparer un biberon pendant que je change sa couche. Je me mets à pleurer avant même d'avoir terminé. Della. Elle n'a même pas pu tenir sa petite fille dans les bras. J'ai l'impression que tout est ma faute. Je dois rester pour les aider. Au moins jusqu'à ce que Della aille mieux. Surtout après tout ce que j'ai fait. Kit et moi nous relayons auprès d'Annie le reste de la nuit. J'aurais pu m'en charger toute seule et le laisser dormir, mais Kit me dit que se réveiller pour elle lui donne l'impression de faire quelque chose, et qu'il a *besoin* de se sentir utile au risque de devenir fou. Je dors dans le bureau en face de la chambre d'Annie, et chaque fois qu'elle se réveille et que j'entends ses petits cris, j'ai envie de me précipiter dans sa chambre. Quand c'est au tour de Kit, je roule sur le flanc pour pouvoir les écouter. Il lui chante une berceuse. C'est tellement tendre que ça me fait le même effet que lors des fêtes de Noël, lorsqu'il n'y a que du positif et de l'espoir. Ça me semble si injuste que je puisse entendre ce que Della ne peut entendre. C'est comme si j'écoutais la vie de quelqu'un d'autre en cachette.

Le lendemain, le frère de Della arrive pour s'occuper d'Annie. Il nous apporte des gobelets remplis de café et de l'omelette aux champignons qu'a préparée Annette. Nous prenons nos cafés et bavardons un peu jusqu'à ce que Kit suggère que nous prenions la route. Je n'aime pas trop l'idée de laisser Annie avec Tony ; au lycée, il fumait beaucoup d'herbe et mettait le feu à des trucs. Sept ans se sont écoulés depuis, mais il ne me semble pas être un choix très responsable. J'en parle à Kit lorsque nous sommes dans la voiture.

– Tu disais qu'il avait quel âge, quand il faisait ce genre de choses ?

– Seize ans, je réponds.

– Je pense que cette phase est derrière lui, me suggère-t-il. C'était il y a dix ans.

– Il est poilu, je dis. S'il essaie de l'embrasser il va lui érafler le visage.

– Qu'est-ce que tu as contre Tony, exactement ?

Il s'engage sur l'autoroute, et je commence à paniquer. Une fois que nous serons sur l'I-95 nous serons coincés dans les embouteillages, et dans l'incapacité d'en sortir si quelque chose se produisait.

– Je n'ai rien contre lui ; je ne veux juste pas qu'il surveille Annie.

Je détache ma ceinture. Je ne sais pas ce que j'ai l'intention de faire au juste... peut-être sauter du véhicule en marche et rentrer en courant. Je ne suis quand même pas assez folle pour...

– Qu'est-ce que tu fais ? dit Kit. Remets ta ceinture.

– L'un de nous doit rester avec elle. Toi ou moi. L'autre peut aller à l'hôpital. On peut s'arranger pour se relayer.

– T'es sérieuse ? me demande-t-il. Tu as bien conscience que Tony est de la famille d'Annie ?

– Je m'en fiche. Ramène-moi.

Il ne dit rien. Il prend la première sortie et emprunte un chemin différent pour rentrer à la maison. Tony n'a pas l'air surpris de nous voir ; il semble même soulagé lorsque je lui dis qu'il peut s'en aller.

– Tu as vu, j'agite mon doigt devant le visage de Kit. Un baby-sitter peu enthousiaste est un baby-sitter peu attentif.

Il attrape mon doigt et je rigole.

– Tu veux y aller d'abord, ou tu préfères que ce soit moi ? me demande-t-il.

Je jette un œil à Annie en train de dormir dans son berceau et me mords la lèvre.

– Reste, dit-il en souriant. Tu iras à l'hôpital demain quand tu seras un peu moins angoissée.

J'acquiesce.

Je l'observe s'éloigner dans l'allée vers sa camionnette, et avant qu'il ne monte à l'intérieur, il se retourne vers moi en agitant sa main.

C'est seulement là que je me rappelle à quel point je l'aime.

Chapitre 37

#CHILIPEPPER

Jamais je ne m'étais occupée d'un petit être humain auparavant. Tout est une question de mobilité : courir pour aller chercher ceci, courir pour aller chercher cela. Laver des affaires, laver le petit être humain, ne jamais se laver soi. C'est un travail qui me laisse peu de temps pour penser à moi. Moi. Moi qui ai toujours le cœur brisé. Moi qui tente de contrôler mes sentiments alors même que j'habille, lave et donne à manger. Des sentiments que je n'ai pas le droit d'avoir. Je n'y pense pas, ni ne pose un nom dessus. Vivre, vivre, vivre. Laver, aimer, dormir. Tout le monde me vient en aide, mais à un moment, pendant la première semaine, il devient évident que je suis celle qui prend le plus soin d'Annie. *Helena sait ce dont elle a besoin ; Helena sait ce qu'elle doit manger ; Helena, où sont les couches ? Helena, elle est agitée ; Helena...*

C'est vrai. Annie et moi avons mis en place notre propre mode de fonctionnement. J'ai découvert que si on lui frotte le dos deux fois dans le sens contraire des aiguilles d'une montre, puis qu'on donne des petites tapes du bas jusqu'au milieu des omoplates, les rots compliqués arrivent plus facilement à sortir. Elle fait une allergie aux protéines. Je remarque des rougeurs sur sa peau et l'emmène voir le pédiatre que Della a choisi, une femme iranienne qui s'appelle Dr Mikhail. Elle est austère et me regarde d'un sale œil pendant toute la consultation.

– La plupart des nouvelles mères sont nerveuses et hésitantes. Mais il semblerait que ce ne soit pas votre cas.

– Je ne suis pas sa mère, je dis. Devrais-je me montrer plus hésitante ? Je vous fais confiance, je ne devrais pas ? Pensez-vous que je sois trop confiante ?

Je me dirige vers la table où elle est en train d'examiner Annie et la soulève. Dr Mikhail me lance de nouveau un regard noir, me reprend le bébé des bras et la repose sur la table.

– Je me suis trompée. C'est peut-être contre votre folie que je devrais prescrire quelque chose.

Annie doit être nourrie avec un lait maternisé spécial. Lorsque Kit rentre de l'hôpital, nous nous rendons tous les trois à Target pour en acheter. Il attrape un paquet de couches, mais je l'arrête.

– Je n'aime pas ces couches, je dis. Elles fuient.

Il recule, un sourire aux lèvres, et me laisse le soin de choisir.

– Ne me regarde pas comme ça.

– Comme quoi, Helena ? me demande-t-il. Comme quelqu'un qui est vraiment impressionné par toi ? Je n'y peux rien.

Je suis troublée. Le paquet de couches m'échappe des mains et nous nous penchons tous les deux au même moment pour le ramasser. Je le laisse faire, nous nous redressons en même temps ; il coince les couches sous son bras sans me quitter des yeux. Et puis Annie se met à pleurer, et nous nous précipitons tous les deux vers elle. Cette fois, je ne concède pas. Je lui montre comment la sortir de son siège bébé. Il continue de sourire pendant tout ce temps.

– Kit ! Qu'est-ce qu'il y a ?

Il baisse la tête.

– Rien, dit-il, en me fixant à travers ses longs cils. C'est juste que tu es vraiment douée pour ça. Je te suis tellement reconnaissant d'être là.

Je rougis. Je sens la chaleur monter, le long de mon cou jusque dans mes joues.

– Beurk, arrête. Allons-y.

À la caisse, deux personnes me disent que j'ai un beau bébé, et que j'ai une mine superbe. Kit continue simplement de sourire.

Kit partage son temps entre Annie et Della. Je m'occupe de l'entre-deux. Je pense beaucoup au bon vieux temps. Quand nous buvions de la bière pas chère dans des bouis-bouis crasseux, et que nous parlions tout excitées du jour où nous deviendrions adultes. Que de beaux projets. Mais aucun d'eux n'incluait de petit ami mettant enceinte d'autres filles, ni d'avoir le cœur brisé, ni de devoir s'occuper du bébé de sa meilleure amie dans le coma. Personne ne vous prévient que ça fait aussi mal de devenir adulte. Que les gens sont compliqués au point qu'ils finissent par se blesser mutuellement afin de se préserver eux-mêmes. Je regarde Annie, et j'ai déjà peur pour elle. Je ne veux pas que le monde s'empare d'elle. Parfois, je la tiens serrée contre moi et me mets à pleurer. Mes larmes coulent le long de son body pendant qu'elle dort sur mon épaule.

Lorsque Annie est âgée de quelques semaines, je commence à sortir de la maison avec elle de manière régulière. Nous partons nous promener; nous allons au supermarché lui acheter des couches. Je lis tous les livres de Della sur comment la stimuler, à quoi s'attendre à chaque nouvelle étape de développement. Je perds tant de poids au cours de ces dernières semaines que Kit commence à me rapporter des cupcakes et des cheesecakes. Les gens dans les magasins me disent que je suis magnifique pour quelqu'un qui vient tout juste d'accoucher, et ils me demandent comment j'ai bien pu faire.

– Je mange des cheesecakes et des cupcakes, je leur réponds.

Ils me renvoient un regard noir. Qu'ils s'occupent de leurs affaires, tous autant qu'ils sont.

Un mercredi, Kit décide de ne pas aller au travail, ni à l'hôpital. Je lui lance des regards furtifs depuis la cuisine où je suis en train de nettoyer les biberons, tandis qu'il joue avec Annie par terre, sur le tapis du séjour. J'attends qu'il parte ; j'ai presque envie qu'il s'en aille pour que je puisse démarrer ma journée. Mais il ne bouge pas.

– Que fais-tu ici ? je demande, suspicieuse.

– Eh bien, c'est ma maison. Et c'est mon bébé. J'ai le droit ?

Je lui fais une grimace, et il rigole.

– Je pensais prendre ma journée. Vous emmener quelque part.

Il touche le nez d'Annie du bout de son doigt, et je suis envahie d'une vague de terreur. Je ne veux aller nulle part avec lui. Je ne peux pas.

– Pourquoi tu n'irais pas tout seul ? Je peux te préparer un sac à couches. Je me dirige vers le sac pour le remplir de couches et de biberons. Je suis la pro des sacs à couches.

– Non, dit-il. Il faut que tu sortes prendre l'air. Tu es coincée ici toute la journée. Va t'habiller.

Je baisse les yeux vers ma tenue ; pantalon de survêtement et débardeur. Je sens le vomi et la lotion pour bébé.

– D'accord.

Je n'ai pas de vêtements propres. J'emprunte quelques affaires dans le placard de Della. Un jean et un top bleu ciel. Je n'ai pas le temps de sécher mes cheveux, alors je les relève en chignon haut. Avant que nous partions, je sors le whisky du placard et m'enfile un shot. J'ai besoin de quelque chose pour m'encourager. Il ne faut pas que cela ressemble à une sortie en famille. Nous ne sommes pas une famille. Annie n'est pas mon bébé. Je vais haïr chaque seconde de cette journée. Je le sais avec certitude. Haïr. D'horribles, d'affreux moments en famille d'imposture.

Il installe le siège bébé à l'arrière de la voiture et me tient la portière ouverte pendant que je monte à l'intérieur. C'est exaspérant cette manière qu'il a de mettre pile la bonne musique et de changer de fréquence pile au bon moment. Il conduit pendant que je rumine, et le temps que nous nous garions sur le parking d'un endroit que je ne reconnais pas, je regrette de ne pas avoir glissé ma bouteille de whisky dans le sac à couches.

– Où sommes-nous ?

– Dans une ferme ! dit-il. On peut y cueillir nos propres oranges et les faire presser pour obtenir du jus. Et il y a des chèvres.

– Des chèvres ? Nous allons passer la journée avec des chèvres ?

– Ne sois pas si nulle, Helena. C'est trop cool, les chèvres.

Je n'aime pas les chèvres. Et je veux du whisky dans mon jus d'orange. Cinq minutes plus tard, nous arrivons en flânant devant l'entrée de la ferme. Kit porte Annie dans une écharpe de portage enroulée autour de son torse. C'est la plus belle chose au monde. Les chèvres peuvent bien aller se faire foutre. On nous donne des paniers et on nous envoie dans le verger. J'ai peur que des oranges ne tombent sur la tête d'Annie alors je tourne nerveusement autour de Kit jusqu'à ce qu'il se rendre compte de mon manège.

– Va-t'en de là, dit-il. Va cueillir des fruits. Je m'occupe d'elle.

Il me pousse vers un arbre. Alors je cueille des fruits tout en les surveillant du coin de l'œil. Un homme en salopette avec une tresse dans les cheveux et qui sent le beurre de cacahuète porte nos oranges à l'intérieur de la grange pour les presser. Nous sommes invités à aller voir les chèvres. Il y en a douze. Toutes avec des noms commençant par « M ». Je prends des photos de Kit en train de les nourrir. Puis il m'oblige à les nourrir et me dit qu'il ne partira pas tant que je n'en aurai pas touché une avec une intention sincère. J'essaie tant bien que mal. J'essaie si bien que Melanie la chèvre me saute dessus et pose ses deux sabots boueux sur ma poitrine.

– Kit ! je hurle. Débarrasse-moi d'elle !

Kit chasse Melanie, et je lui assène un regard noir. Mais c'était plutôt drôle, et je passe un agréable moment. Nous nous dirigeons vers la grange, près de laquelle ils nous donnent deux verres géants de jus d'orange bourrés de pulpe. Nous nous installons dans des chaises à bascule rouges et contemplons l'orangeraie frémir sous le soleil pendant que Kit donne le biberon à Annie. Je lui propose de le faire, mais il m'ordonne de me détendre.

– De quelle couleur vois-tu les chaises ? je lui demande.

Il hausse des sourcils.

– Rouges ?

– Oui, mais quel genre de rouge ? Imagine une boîte de crayons de couleur.

Il pince ses lèvres tout en réfléchissant.

– Rouge piment.

– Oui. Exactement !

Je pense au crayon qu'il m'a tendu dans mon rêve. Celui qui était bleu.

Au moment de repartir, je n'arrive pas à retenir un seul moment en particulier de notre journée. Entre les chèvres, les rires, et les chaises à bascule rouge piment. Il y a eu aussi la couche qui s'est déchirée, la tache de jus d'orange sur mon t-shirt, et le petit désaccord sur la manière d'attacher correctement Annie dans son transat. L'illusion d'une famille le temps d'un instant. Un mensonge. Une chose éphémère qui finira par me briser le cœur plus tard. Mais pour l'instant, mon cœur est dans la camionnette de Kit, battant furieusement dans ma poitrine, engourdi par tout l'amour que j'ai pour ces deux êtres-là.

Della se réveille le lendemain.

Chapitre 38

#CAROUSEL

Elle est plutôt déboussolée. Elle me demande si elle peut rester quelque temps dans mon appartement une fois sortie de l'hôpital pour que je puisse m'occuper d'elle.

– Je ne vis plus ici, Dells, je lui réponds doucement. Tu te rappelles ? Je vis à Washington, maintenant. Mais je peux rester dans ta maison, avec toi.

– Kit vient de Washington, dit-elle. Tu l'as rencontré ?

– Oui. Est-ce que tu veux encore de l'eau ?

Je caresse ses mains et brosse les nœuds de ses cheveux. Elle pousse un gémissement de plaisir et ferme les yeux comme si c'était la chose la plus agréable qu'elle ait jamais ressentie. La plupart du temps, elle me veut dans sa chambre avec elle et insiste pour que Kit soit celui qui aille chercher ce dont elle a besoin. Kit et sa mère me cèdent leur place et installent ma chaise près de son lit, en insistant pour que je sois celle qui réponde à ses questions.

– Est-ce que je lui dis pour Annie ? je demande.

– Laissons-lui encore un peu de temps pour récupérer, me dit le docteur. Son cerveau est en train de s'ajuster. Nous ne voulons pas la submerger.

Alors je lui parle de Washington. De la profondeur du Sound, des plaines vallonnées de Seattle qui enflamment les muscles des fesses quand tu les gravis. Je lui décris le bar à champagne qui sert des fraises enrobées de faux diamants en sucre. Je lui parle du sans-abri qui m'a donné une cigarette et a complimenté mes chaussettes imaginaires. Et de la sensation que ça fait de se tenir debout, sur le pont supérieur du ferry, avec l'air vif qui te lèche le visage et le cou jusqu'à ce que tu fermes les yeux pour te fondre dans cette intimité. Quand j'ai fini de lui raconter tout ça, j'aperçois des larmes dans ses yeux, et elle tend sa main pâle pour me caresser la joue.

– Je suis tellement contente, tu es si courageuse, dit-elle. J'aimerais que nous puissions tous l'être autant.

Je me détourne, les larmes aux yeux moi aussi. Courageuse, je ne le suis pas. Et puis, elle me dit quelque chose qui me fait complètement perdre mes moyens.

– Tu me fais tellement penser à Kit, Helena.

Je me lève et prétexte un besoin d'aller aux toilettes. Quand je me retourne, j'aperçois Kit dans l'entrée en train de m'observer. Je ne l'ai pas entendu arriver. Je me demande depuis combien de temps il est là et ce qu'il a entendu. Et puis j'ai la réponse à ma question car, lorsque je passe près de lui, il saisit ma main et la serre dans la sienne.

Ce n'est que peu de temps après qu'elle se souvient que nous ne sommes pas en très bons termes. Tout commence quand Kit et son médecin l'informent pour Annie, et l'hystérectomie d'urgence. Je reste adossée contre un mur au fond de la pièce, la tête baissée et les mains posées sur ma taille. Je ne me suis jamais sentie aussi vulnérable ni ne me suis autant détestée. Je sens son regard passer du docteur à Kit, jusqu'à venir se figer sur moi. J'ai porté son bébé dans mes bras, je l'ai nourri, je l'ai aimé pendant qu'elle dépérissait dans cette chambre d'hôpital. Il ne lui reste plus que de la rancœur. Mais je suis prête à l'affronter et je ne peux pas lui en vouloir.

– Où est mon bébé ? demande-t-elle, des sanglots dans la voix.

– Ils te l'amènent tout de suite, dit doucement Kit.

Elle commence à pleurer, et par-là, je veux dire *vraiment* pleurer. Je ne peux pas le supporter.

Je sors de la pièce et cours au rez-de-chaussée. Dans le hall, je rentre en collision avec la mère de Della en train de porter Annie vers l'ascenseur. Annie commence à gigoter quand je la caresse. Je n'ai pas la force d'affronter ça maintenant. Je souris faiblement à sa grand-mère et pars dans la direction opposée. Ça fait mal. J'ai envie de la prendre dans mes bras. C'est mon Annie. Ce n'est pas mon Annie.

Kit rentre à la maison aux alentours de dix heures. Le bébé n'est pas avec lui.

– Sa grand-mère l'a prise avec elle pour la nuit, me dit-il. Je voulais avoir l'occasion de te parler.

Je m'enfonce dans le canapé et replie mes jambes sous moi. Je suis prête. Mon cœur est blindé. Il s'adosse contre le mur, croise ses bras sur sa poitrine. Son regard est fuyant, ce qui n'est jamais bon signe.

– Épargne-moi tes discours. J'ai compris. J'étais justement en train de consulter les vols juste avant que tu n'arrives.

Toute ma peur se transforme en colère. Pourquoi est-ce que j'ai fait tout ça ? Pourquoi m'a-t-il laissée faire ? J'aurais dû seulement venir voir Della. Je n'aurais dû rester que quelques jours et repartir. Maintenant, je connais chaque trait du visage de cette petite fille, et jamais je ne pourrai les oublier.

– Mais de quoi tu parles ? dit-il.

– De mon départ, je riposte. Maintenant que Della est réveillée.

Kit regarde ses pieds et secoue la tête.

– Helena, ce n'est pas du tout ce que j'avais l'intention de te dire. Je te demande de rester. Au moins encore un peu. Jusqu'à ce que Della se remette sur pied. Je sais que c'est injuste, mais je te le demande quand même.

J'ouvre et referme la bouche, stupéfaite. Avant que Kit ne passe la porte, je venais juste de prendre mon deuxième verre de vodka. De la vodka pure, pas juste un mélange. Et maintenant, j'en paie les conséquences, empêtrée dans des pensées qui pataugent vainement dans mon cerveau.

– Qu'est-ce que tu attends de moi, maintenant ?

– Que tu restes. Je sais que c'est beaucoup te demander.

Je tourne la tête ; mes yeux traquent mon verre de vodka. Est-ce qu'il en reste ? Juste des glaçons, sans doute, en train de flotter dans leur propre jus.

– Elle ne veut pas de moi ici, Kit. Je l'ai vu sur son visage.

– Ahhh, Helena. Allez, arrête, maintenant. Elle vient juste de sortir d'un coma et de se souvenir qu'elle avait un bébé. Et nous avons dû lui annoncer qu'elle ne pourrait plus en avoir.

J'enfouis mon visage dans mes mains. Je suis contente de ne pas avoir été présente à ce moment-là.

– Tu sais, je lui dis, tu me surprends parfois. Vraiment.

Il pince les lèvres tout en me fixant à travers ses cils épais.

– On dirait que tu vois tout et rien à la fois.

Je me lève, en prenant tout mon temps. M'assurant qu'il voie au passage combien je suis en colère. Je porte un legging en cuir que j'ai trouvé dans la boîte de dons de vêtements Goodwill [27] de Della, qui bruisse quand je traverse la pièce pour me diriger vers lui. Kit se crispe, et je prends du plaisir à me montrer imprévisible.

– Je reste pour Annie, je lui dis en passant près de lui, avant de disparaître dans ma chambre.

La vie n'est rien d'autre qu'un manège de quatre saisons en grande partie imprévisibles. Elles sont heureuses ou malheureuses. Satisfaisantes ou inassouvies. Mélangez-en l'ordre et elles referont surface à un moment ou un autre. J'ai appris qu'une révolution peut être vécue de l'intérieur ou de l'extérieur. Un déménagement à l'autre bout du pays pour ouvrir d'autres perspectives. Une transformation du cœur et de l'esprit pour gagner en lucidité. Le but étant de se révolter lorsque la saison change. Même si ce n'est que pour étancher ta soif, révolte-toi.

---

27. Association caritative.

Chapitre 39

#COUPLESBEDTIME

Della s'installe en boitant dans sa chaise roulante, les mains repliées en boule sur ses genoux. Elle est surtout furieuse contre ses mains, me dit-elle, parce qu'elles l'empêchent de porter Annie. Je ne l'ai pas encore entendue se plaindre d'être coincée dans une chaise roulante toute la journée, ni que ses jambes déjà fines devenaient encore plus maigres. Et elle n'a jamais mentionné non plus les hématomes qui s'étendent pourtant de son ventre jusque sous ses genoux en de vilaines taches bleues et violettes. Ses mains, en revanche...

Je l'ai surprise à deux reprises en train de s'asseoir sur elles, tenter de se servir du poids de son corps pour aplatir ses doigts. En voyant que ça ne marchait pas, elle s'est mise à pleurer si violemment qu'elle a commencé à suffoquer. Je pensais que j'allais devoir appeler Kit pour lui demander de rentrer à la maison pour la calmer. Un peu plus tard, je l'entends poser des questions à l'infirmière à domicile à ce sujet. Elle semble embarrassée mais parfaitement déterminée.

– Un corps n'est pas une feuille de papier ; vous ne pouvez pas poser quelque chose de lourd dessus en espérant qu'il se lisse. Donnez-lui le temps de guérir, lui dit l'infirmière.

Ce manque d'empathie me fait frémir et je fais mine de ne rien avoir entendu. Le soir, une fois que Kit est parti au travail et que je me retrouve seule responsable, je frotte ses mains avec de l'huile de sésame. Sa peau est sèche et cassante comme du vieux bois. Elle ferme les yeux et gémit pendant que je lisse ses doigts, masse ses articulations et les étire tout doucement en essayant de leur redonner leur forme initiale. Ce n'est pas seulement son corps qui est différent ; son esprit l'est également. La Della enjouée, la pom-pom girl, l'optimiste, la fille qui chante sous la pluie a disparu. Maintenant c'est une fille austère. Une fille courbée. Morose et silencieuse, ses yeux ont perdu tout leur éclat et sont devenus troubles et ternes. Kit et moi en parlons en chuchotant la nuit et essayons de trouver des moyens de la faire redevenir comme avant. Je m'arrange pour faire venir son coiffeur à la maison pour laver et couper ses cheveux. Au début, elle semble tout excitée, mais quelques heures plus tard, elle change d'avis. Il faut que Kit arrive à la convaincre que ça lui fera du bien. Le jour où Joe a prévu de venir, Della est encore plus silencieuse que d'habitude. Quand je lui demande si elle veut porter Annie elle secoue la tête pour me signifier que non. Tôt dans la matinée, Joe sonne à la porte et apporte à Della son café habituel ainsi qu'un bouquet de pivoines rose vif. Je lui fais une accolade et grimace quand il me demande comment elle va.

– Je vais m'occuper de ses bobos, dit-il.

Joe Bae est hétéro ; nous aimerions bien qu'il soit gay, mais il est très hétéro. Il a toujours eu un faible pour Della, ce qui explique pourquoi il a accepté de se déplacer à domicile. Aujourd'hui, je lui suis très reconnaissante d'être hétéro.

– Un peu de flirt en bonus, je chuchote. Voyons si tu arrives à la faire sourire.

Il me fait un clin d'œil et s'éloigne pour la retrouver. Tout se passe à merveille jusqu'à ce que, vingt minutes plus tard, elle aperçoive son reflet dans le miroir. Elle se met à pleurer et demande à Joe de le recouvrir d'une serviette. Puis elle le supplie de couper ses cheveux très courts, et alors que je proteste, elle me demande de quitter la pièce. Je referme la porte derrière moi et vois Joe prendre une expression apeurée. Il ne sait pas quoi faire. Une heure plus tard, Della ressort avec une coupe à la garçonne. Je suis réellement inquiète pour ma vie. Kit va me tuer. Joe me fait comprendre *de la fermer*, alors j'essaie de sourire et de me montrer positive.

– C'est tellement différent et vraiment chouette ! Tu as envie de fromage frais et d'ananas ?

– Je me fiche de ce que tu penses, lâche Della, en voyant l'expression sur mon visage. Tu n'as pas senti leur odeur après...

Elle a raison. Je ne les ai pas sentis. Sa mère les a lavés quand elle s'est réveillée de son coma. Elle nous a dit, à Kit et à moi, qu'il avait fallu trois shampooings pour faire partir l'odeur de ses cheveux. Quand Kit rentre à la maison, il ne loupe pas une miette du spectacle. Il sourit et caresse les mèches de cheveux rescapées sur sa tête comme si c'était la plus belle chose qu'il ait jamais vue. Della rayonne et semble soulagée. Je m'éclipse dans la cuisine et lave la même bouteille encore et encore jusqu'à ce qu'il vienne me rejoindre. Je m'attends à ce qu'il se mette en colère, mais il me parle du dîner.

– Tu n'es pas en colère contre moi ? je lui demande. Pour l'avoir laissée couper ses cheveux ?

– Non. Si elle est heureuse, je suis heureux.

Il allume le gaz du four, un donut coincé dans la bouche.

– Ok, je dis.

– Ok, dit-il. Petit déjeuner pour le dîner ?

Deux fois par jour, je lui prépare des smoothies remplis de promesses. Les sites Internet me fournissent toutes les infos : les fruits exotiques illumineront votre peau ; le chou kale aidera à la repousse de vos cheveux. La graine de lin et l'omega-3 feront disparaître vos bleus. Boire mes smoothies magiques est la seule chose qu'elle fait avec enthousiasme. Elle en aspire les dernières gouttes avec sa paille et touche presque aussitôt ses cheveux pour les sentir. Un court instant, elle a toujours cette mine abattue lorsqu'elle réalise qu'elle les a coupés, mais affiche ensuite un air déterminé sur son visage. Annie dans mes bras, j'observe tout cela avec optimisme.

– Elle va bientôt redevenir normale, je dis à Annie pendant notre balade de l'après-midi. Et alors, tu pourras faire connaissance avec ta vraie maman.

Annie gazouille et mâchouille son pied, le vent soulève avec légèreté ses cheveux de troll. Je me sens coupable de dire à Annie que la Della qu'elle connaît n'est pas sa vraie maman. Peut-être que c'est justement la vraie Della, finalement, et que c'est très bien comme ça. Elle aimera sa maman tout autant, quoi qu'il arrive. Lors de notre balade suivante, j'apprends à Annie à accepter les gens tels qu'ils sont, à ne pas essayer d'en faire ce qu'elle aimerait qu'ils soient. Annie pleure pendant tout le trajet jusqu'à la maison, et je lui dis de ne pas se montrer égoïste.

Le seul moment où Della n'a pas l'air triste, c'est lorsque Kit est à la maison. Mais pour être tout à fait honnête, c'est probablement la seule situation où je ne me sens pas triste non plus. Épaules carrées, tout sourire, il rentre avec des fleurs, ou bien des couches, ou encore à manger, et le soulagement se lit sur nos visages. Il passe la porte, retire ses chaussures et braille, « *Lucy je suis rentré !* » [28] avec un accent cubain vraiment affreux. Quand Annie entend sa voix, ses bras et ses jambes commencent à s'agiter frénétiquement jusqu'à ce qu'il arrive pour la prendre dans ses bras, après quoi elle n'est plus du tout intéressée ni par Della ni par moi. Tout cela me chagrine profondément – cette sensation, le fait de toujours avoir l'impression de m'incruster dans leurs moments à eux. Mais aussi, je suis jalouse, parce que je ne posséderai jamais ces moments-là. Pas avec Kit et Annie en tout cas. Ils ne m'appartiennent pas. Je déteste le rêve qui m'a fait croire qu'ils le seraient. Je suis perdue dans toutes ces horribles pensées jusqu'à ce que Kit lance un disque. Dès que la musique est assez forte, et qu'il a salué toute sa petite famille – plus une personne –, il va dans la cuisine pour préparer le dîner, en portant Annie dans un bras, et en mijotant quelque chose de l'autre. Ce soir, j'essaie de ne pas l'observer chanter pour elle tandis qu'il saupoudre un truc vert dans une casserole et replace le couvercle. Elle est si petite dans ses bras, si calme. J'envie la vie de Della.

---

28. Référence à une émission télévisée des années 50, « I love Lucy », avec l'acteur Ricky Ricardo.

– Parfois, quand tu regardes Annie, tu as l'air vraiment stressé, je dis à Kit pendant que nous faisons la vaisselle.

Ses yeux sont rivés sur l'eau, mais je le vois grimacer. Je ne suis pas sûre de comprendre pourquoi nous faisons la vaisselle de cette manière alors qu'il y a un lave-vaisselle. Peut-être parce que cela nous laisse un peu plus de temps ensemble dans la cuisine.

– Tu es beaucoup trop observatrice pour ton propre bien, tu sais ça ?

– À quoi penses-tu quand tu la regardes comme ça ?

Il me tend un plat, en m'évitant du regard.

– Je ne sais pas. Je m'inquiète beaucoup de savoir comment je vais réussir à la protéger.

– De quoi ? Des hommes comme toi ?

Il me lance un regard sévère.

– Eh bien, ouais. Je sais ce que les hommes pensent. D'ailleurs, j'ai l'intention de la mettre dans une école de filles.

Je glousse tout en rangeant la vaisselle dans le placard.

– Eh bien, si tu l'élèves correctement, elle ne se laissera pas facilement séduire, je lui dis.

– Et toi, tu te laisses facilement séduire ?

Il retire la bonde, puis se retourne pour me regarder en s'adossant contre l'évier. Je hausse les épaules.

– Je suppose que non. Je n'ai eu qu'un seul petit ami, et il a fallu des années avant que je lui fasse assez confiance pour sortir avec lui.

– Donc, tu n'ouvres pas facilement ton cœur ?

– Voire pas du tout.

J'évite son regard. Je ne suis pas sûre de savoir où il veut en venir exactement, et parler de moi me donne l'impression d'être assise dans le fauteuil du gynéco.

– Tu veux dire que tu n'étais pas amoureuse de Neil ?

Je me penche sur le bar face à lui et m'essuie les mains avec le torchon. Il devrait être facile de répondre à cette question, surtout quand on sait que je l'ai tournée et retournée des centaines de fois dans ma tête.

– Je n'étais pas aussi dévastée que j'aurais dû l'être. J'ai vu mes amies vivre des ruptures, et je n'ai pas ressenti la même chose. J'étais blessée, et triste, mais je n'ai pas eu l'impression de perdre l'amour de ma vie. Est-ce que c'est... tu sais... c'est comme... ?

Ma gorge est sèche. J'attrape un verre dans le placard, mais Kit bloque l'accès au robinet. Il tend la main, avec un petit sourire, et je lui donne le verre. Mais au lieu de le remplir d'eau, il ouvre le placard et en sort une bouteille de tequila.

– Je pensais que tu étais plutôt le genre de mec à boire du vin, je dis.

Il m'ignore, dévisse le bouchon de la bouteille et verse un shot. Je peux sentir le goût de l'alcool, bien qu'il soit dans sa bouche. Cette façon qu'il a de creuser ses joues après qu'il a avalé...

– Ce n'était pas l'amour de ta vie, dit Kit en versant un autre shot et en me tendant le verre.

– Ah ouais ? Tu nous as connus pendant quoi ? Cinq minutes ?

Quand Kit réfléchit intensément, il te fixe droit dans les yeux. Ça donne l'impression qu'il essaie de se trouver lui-même dans ton regard. J'ai vu des gens ne plus savoir où se mettre sous ces regards-là. Je prends mon shot juste pour pouvoir dévier mon attention sur autre chose.

– Je te connais, dit-il doucement.

Je te connais. Je me suis promené avec toi dans un rêve autrefois...

– Quoi ? Non. En quoi me connais-tu ?

Je presse le dos de ma main contre ma bouche pour étouffer un rire. La tequila ne fait pas effet aussi rapidement, d'habitude. C'est autre chose qui me fait tourner la tête.

Derrière Kit se trouve la fenêtre de la cuisine. J'observe les voitures passer, leurs phares illuminent à chaque passage, et je réalise qu'à un moment, pendant notre corvée de vaisselle, la nuit est tombée. Nous n'avons pas pris la peine d'allumer les lumières, et nous ne le faisons pas plus maintenant, même si nous le devrions probablement.

– Je pense que c'est difficile pour toi de tomber amoureuse parce que tu aimes tout contrôler, et que tu ne peux pas contrôler ce que quelqu'un d'autre fait ou ressent, donc tu préfères garder toutes les cartes en main.

J'en ai le souffle coupé, mais il ne peut pas avoir raison. Si ? Et puis, avoir le souffle coupé est un truc de demoiselle en détresse. Moi, je suis une *bad girl.*

– Bien vu, je dis. Peut-être que si j'avais autre chose que l'amour pour continuer à avancer...

– Comme quoi ? demande Kit. Un rêve ?

Ma gorge est sèche. J'entends ma propre respiration. Le bourdonnement du frigo, le bruit de la glace qui tombe dans le bac du congélateur, une mobylette qui passe. Je tends mon verre pour qu'il me serve un autre shot. Il s'exécute. Il ne me lâche pas un instant des yeux et la bouteille vient heurter le bord du verre en tintant.

– As-tu déjà fait un rêve comme ça ? je lui demande en léchant la tequila sur mes lèvres. Un rêve si réel que tu n'arrives plus à le chasser de ton esprit ?

Une lueur traverse le regard de Kit.

– Ouais, bien sûr.

Je m'apprête à lui poser l'inévitable question « À propos de quoi ? » quand la voix de Della s'élève de la chambre. C'est rare qu'elle aille se coucher sans que Kit se soit glissé bien sagement à ses côtés. La plupart du temps, il se plaint de ne pas être encore assez fatigué pour dormir.

– C'est l'heure du couvre-feu des couples, je dis avec un petit sourire malicieux.

– Je te déteste. (Il grimace.) Tu vas regarder le programme télé débile du soir ?

– Ce programme tellement débile que tu persistes à te faufiler hors de ta chambre pour le regarder avec moi ? Oui.

Il fronce les sourcils et sourit.

– Tu ferais mieux d'y aller, tu as été convoqué.

Il prend un dernier shot avant de quitter la cuisine. Quand il atteint l'embrasure de la porte, il se retourne.

– Je veux qu'elle soit comme toi.

– Quoi ?

Je suis distraite, occupée à passer un dernier coup d'éponge dans la cuisine. Je le regarde par-dessus mon épaule.

– Ma fille, dit-il. Je veux qu'elle soit comme toi.

Une foule d'émotions s'emparent de moi, la douleur tout d'abord. J'ai encore l'image de Brandi en tête, et pourtant je ne voudrais surtout rien changer dans l'existence d'Annie.

– Dans ce cas tu aurais dû l'avoir avec moi, je dis.

Kit cligne frénétiquement des yeux, une fois, deux fois, puis disparaît.

Je range la bouteille de tequila et rince le verre dans l'évier avant de le remettre dans le placard pour effacer toute trace de notre nuit.

Chapitre 40

#SUCKS

Kit a obtenu son diplôme de Master. Il ne m'en parle pas et la seule raison qui fait que je le découvre, c'est parce que je trouve dans la poubelle, sous une boîte d'œufs, une carte que ses parents lui ont envoyée. *Félicitations, Fiston !*

– Pourquoi tu ne m'as rien dit ? je lui demande, en brandissant la carte.

Le *Félicitations* est couvert de taches et s'est gondolé avec du jaune d'œuf. Je me rends compte du ton accusateur de ma voix et tressaille. On dirait une bonne femme acariâtre. Il est en train de faire mijoter quelque chose dans une casserole, mais il me lance un coup d'œil et grimace.

– Avec tout ce qui se passe en ce moment, je n'y ai tout simplement pas pensé.

– Conneries, je lui dis. Ce n'est pas rien !

Il hausse des épaules.

– Ce n'est vraiment rien en comparaison.

– Non, je dis. C'est quelque chose qui arrive au milieu de tous ces drames dont il faut se réjouir et qui mérite d'être célébré.

– Chut, petit cœur solitaire. Passe-moi le paprika.

Ça faisait très longtemps qu'il ne m'avait pas appelée comme ça. Ça me donne des frissons sur tout le corps.

– Je n'avais pas de papier cadeau, je suis désolée.

Je fais glisser un paquet sur le comptoir. Il arrête sa tambouille pour le regarder, puis lève les yeux vers moi.

– Tu l'as emballé dans une couche ?

J'acquiesce. Kit rigole et essuie ses mains sur un torchon. Il s'adosse contre le four, prend entre ses mains mon cadeau emballé dans une couche et l'examine.

– Tu n'as pas eu besoin de mettre du scotch, au moins, dit-il.

– C'est plutôt ingénieux, je réponds.

Tout en décollant les languettes de la couche, il garde les yeux fixés sur moi avec son petit sourire qui me retourne l'estomac. Je connais ce rictus. C'est celui des nuits à flâner dans Port Townsend, une bouteille de vin à la main. Son nez tout le temps rouge à cause du froid... avec ce sourire, ce sourire satisfait. Ce soir, je suis dans la cuisine avec le Kit de Port Townsend. Ces derniers temps, il a été Kit le papa, Kit le fiancé inquiet. Ce soir, il ressemble à mon Kit. Et il m'a tellement manqué.

Il déballe la couche et découvre trois trucs à l'intérieur: un crayon bleu, un bouchon, et un carnet de croquis. Quand il me regarde, cette fois, il n'y a aucune trace de confusion. Sa mâchoire se contracte tandis qu'il touche chacun d'eux, puis il repose le crayon et le bouchon pour ouvrir le carnet. Je l'observe, le cœur battant.

– C'est toi qui as fait ça ?

– Ouais, je réponds doucement. Tu te souviens le...

– Le livre que je t'ai acheté. Ouais, je m'en souviens.

Il hoche une fois doucement la tête, puis une seconde fois, comme s'il ne se rendait pas compte qu'il l'avait déjà fait.

– Tu m'as fait un livre de coloriage.

Sa voix est rauque. Je détourne le regard.

Les images représentent une histoire, esquissée à l'encre. J'ai travaillé sur chacune d'elles pendant des mois. C'est l'histoire du rêve, et ça m'a vraiment coûté de le faire.

– Helena...

– Je veux que tu saches que, peu importe le Master que tu obtiens, peu importe le travail que tu fais, et peu importe ce que tu accompliras dans la vie, tu as changé la mienne. Il y a ce truc chez toi qui fait que tu changes les gens autour de toi.

Je ne reste pas dans la pièce pour écouter sa réponse.

Quand Annie atteint cinq mois, Della fait ses premiers pas. Ces cinq pas tremblants représentent une grande étape dans son rétablissement. Pendant que sa mère est en train de tituber sur le parquet, Annie l'observe depuis son plaid posé sur le sol. Elle a roulé sur le ventre pour la première fois ce matin-là. Kit, Della et moi nous trouvions dans la pièce, et nos réactions ont été si vives et spontanées qu'Annie, effrayée, a éclaté en sanglots. Désormais, la fille et la meilleure amie observent d'un coin de la pièce le thérapeute la pousser à aller de plus en plus loin. Au début, j'avais l'impression qu'elle allait tomber ; ses jambes sont si frêles et maigres qu'on ne les croirait pas capables de la porter. Mais elle arrive à traverser la pièce, le visage rayonnant, triomphant. C'est sans doute mon imagination, mais ce regard victorieux m'est-il adressé ? Ses cheveux lui arrivent juste en dessous des oreilles, à présent, et elle a regagné un peu du poids qu'elle avait perdu. Elle a l'air d'aller tellement mieux. J'aime penser que ma présence ici l'aide à récupérer – et c'est le cas en un sens – mais la vérité, c'est qu'elle veut que je m'en aille. Voilà pourquoi elle travaille aussi dur. Je partirais avec plaisir, sauf que Kit a obtenu un job dans une boîte de marketing, et qu'il n'y a personne d'autre pour s'occuper d'Annie pendant la journée. Della a suggéré que je prenne congé et retourne à ma propre vie, mais Kit ne l'entend pas de cette oreille.

– Annie connaît bien Helena, dit-il. Je ne vais pas laisser une inconnue la surveiller.

Il l'a dit d'une manière si catégorique que ni l'une ni l'autre n'avons osé protester. Un peu plus tard dans la journée, alors que Della est en train de donner son bain à Annie, je coince Kit dans le jardin pendant qu'il sort les poubelles.

– Il faut que je m'en aille, Kit. Elle est presque rétablie.

Ses yeux sont animés d'une sorte de lueur, mais il regarde une voiture passer pour le dissimuler.

– Je sais qu'il faudra bien que tu finisses par retourner à ta vie, je le sais. Mais reste encore un peu.

Je penche la tête en le regardant, et il ajoute :

– S'il te plaît, Helena.

– Pourquoi ? Elle ne veut pas de moi ici.

– Moi si, dit-il en se raclant la gorge, et puis il répète : Moi je te veux ici.

Je ne sais pas quoi répondre à cela.

– Annie t'aime, dit-il, comme si c'était une explication suffisante.

– Oui, je dis prudemment. Et j'aime Annie. Mais je ne suis pas sa mère ; Della, si. Et je ne suis pas ta petite copine ; Della, si. Et je ne peux pas rester ici à jouer cette comédie avec toi. Ça me fait du mal. Ça va me faire mal de partir. Mais j'ai juste envie de passer à autre chose.

Je n'avais pas l'intention de dire tout ça, mais quelque part je suis soulagée. Kit se détourne brusquement pour faire face à la rue. Il prend sa tête entre ses mains et agrippe ses cheveux jusqu'à les hérisser. Je ne vois pas son visage. Juste la partie contractée de son profil. Quand il se retourne, il est furieux. J'ai vu beaucoup de choses dans le regard de Kit – de la peur, du questionnement, de l'amusement. Mais je n'y ai jamais vu cette ébullition d'émotions. L'iris de ses yeux est rempli de couleurs vives et acérées. Ils sont rivés sur moi et me lancent des éclairs entre deux battements de cils. Je recule d'un pas.

– Tu veux retourner où ? dit-il. Chez moi ? Dans la conserverie de Greer ? Comment se fait-il que tu sois là-bas, Helena ? Tu veux bien me le dire ?

Je passe ma main dans mes cheveux.

– Bien sûr, Kit. Je vais te le dire. J'ai déménagé à Port Townsend parce que je suis tombée amoureuse du copain de ma meilleure amie. Je voulais m'éloigner le plus possible de vous deux, tout en restant le plus proche possible de toi. Est-ce que ça a du sens, ou est-ce que ça paraît dingue ?

Il cligne frénétiquement des yeux, et je poursuis :

– Parce que quand je me le dis à moi-même ça me semble dingue. Et voilà où j'en suis, à m'occuper de ton bébé, à tomber amoureuse de ton bébé, qui, soit dit en passant, vaut tellement mieux que vous deux réunis. Ta copine est une petite conne narcissique, et toi tu es un lâche incapable de prendre une décision. Je vous félicite d'avoir créé un petit être aussi parfait. Alors maintenant je vais rentrer chez moi, je vais retourner à Washington, d'où tu es parti et où j'ai choisi de vivre. Et toi tu vas rester ici, avec la femme que tu as choisie. Et je continuerai à tous vous aimer, malgré le fait que vous soyez tous des idiots. Et Kit, prends soin de ma petite fille. Si tu la fous en l'air, c'est moi qui te foutrai en l'air. Maintenant bouge ta voiture pour que je puisse m'en aller.

Je m'attends vraiment à ce qu'il fasse ce que j'ai dit. Les mains posées sur les hanches, j'attends. Après tout, je suis en colère, et je hurle – faisant surgir le professeur McGonagall qui se cache en moi, telle une vieille sorcière. Kit ne bouge pas. Quel enfoiré. Tout ce que la Floride réussit à faire, c'est friser mes cheveux et me rendre folle. Je dois partir d'ici.

– Est-ce que tu veux bien cesser de rester immobile, tes jolis cheveux au vent, et me dire quelque chose ! je hurle.

Mais Kit a le regard fixé sur un point derrière mon épaule gauche.

– Oh mon Dieu, je chuchote, en fermant les yeux.

Évidemment que ça devait finir par arriver. Je me retourne pour faire face à mon ancienne meilleure amie. Ancienne, depuis cinq mois, ou cinq secondes. Je ne sais même plus. Elle est appuyée contre le flanc de la camionnette de Kit, la respiration haletante. Ça a dû lui demander un effort surhumain de marcher jusqu'ici toute seule. Mon premier réflexe est d'aller vers elle et de l'aider à rentrer à l'intérieur, mais le regard qu'elle me lance m'ordonne de rester là où je suis. Il semblerait que nous soyons dans une impasse. Personne ne sait vraiment comment rompre le silence. *Ça devrait être moi,* je pense. *Je suis celle qui a tout fait foirer.*

Je sens l'air bouger au moment où Kit se précipite vers elle. Elle le laisse la soulever, sans me quitter des yeux une seconde.

Je peux y lire la trahison, la douleur. C'est tellement la merde.

– Della...

Son nom s'échappe trop tard de mes lèvres ; ils sont déjà à l'intérieur. Je ne sais pas quoi faire. Je ne peux pas partir parce que la voiture de Kit est toujours dans l'allée. Qu'est-ce que j'ai fait ? Je n'aurais jamais dû revenir. Kit ressort quelques minutes plus tard, la tête baissée, les mains dans les poches.

– Elle veut te parler, dit-il. Elle est dans le salon.

Je hoche la tête.

– Je suis tellement désolée, Kit. Je n'aurais pas dû...

– Non, dit-il. Tu as bien fait. Va juste lui parler. J'ai besoin d'aller faire un tour.

Il passe près de moi, descend la rue, et mon ventre se tord de douleur. Je viens tout juste d'admettre être amoureuse du mec de ma meilleure amie. À voix haute. Auprès de lui, et sans le savoir, auprès d'elle.

Je prends mon temps avant de rentrer dans la maison. Toute cette situation bouillonne depuis des mois. Je savais que ça finirait par arriver, mais je ne suis quand même pas tout à fait prête. Lorsque je rentre, Della est assise dans sa chaise roulante rose telle une reine. Elle m'a toujours fait me sentir petite, et j'en ai plus qu'assez. Elle ne me regarde pas. Personne ne veut me regarder. C'est pareil pour la vérité. Si tu évites de la regarder en face, tu peux prétendre qu'elle n'existe pas.

– Tu n'es même pas aussi belle que moi.

C'est la première chose qu'elle me dit.

– J'ai beaucoup de mal à croire ce que tu viens juste de me dire. Tu peux répéter, juste histoire d'avoir la confirmation que tu es une vraie salope ?

– Tu es venue ici pour me voler ma famille.

Je secoue la tête. C'est une sorte de hochement au ralenti parce que j'essaie mentalement de prendre conscience du fait que ma meilleure amie depuis plus de dix ans vient juste de me dire que je n'étais pas aussi belle qu'elle, suivi de l'accusation la plus démente jamais entendue.

– Je suis venue ici pour t'aider. T'aider avec Annie jusqu'à ce que tu te sentes mieux.

– Tu n'es qu'une sale menteuse, dit-elle. J'ai vu comme tu te comportais avec lui. Tu es venue ici en espérant que quelque chose m'arrive pour que tu puisses avoir Kit et Annie pour toi toute seule. Je n'ai pas l'intention de te laisser me prendre ma famille. C'est mon bébé, et je ne veux pas que tu sois près d'elle. Est-ce que tu m'as bien comprise ?

À vingt-cinq ans, j'aurais pensé avoir déjà ressenti de la souffrance auparavant. Mais quand Della me retire Annie d'une seule phrase acerbe, je suis tellement terrassée par la douleur que je me laisse tomber dans le canapé. Annie a transformé mon cœur en une chose délicate. Avant, mon cœur ne faisait attention qu'aux choses importantes pour moi, mais il y a renoncé par amour pour Annie. Tel un tambour silencieux, il se serre et brûle dans ma poitrine jusqu'à ce que je pose ma main dessus. Il n'y a rien que je puisse faire pour la faire changer d'avis. Et est-ce que je peux lui en vouloir ? Pas plus tard que ce matin, Annie a pleuré et se tortillait dans tous les sens pour quitter les bras de sa mère et venir dans les miens. Je n'ai aucun droit. Aucune raison de ressentir de la colère. Je suis la salope, pas Della.

– Je veux que tu sois partie de ma maison avant ce soir.

Elle commence à sortir de la pièce, quand le moniteur sur le comptoir indique qu'Annie est en train de se réveiller.

– C'est mon bébé, Helena.

Puis elle disparaît.

Chapitre 41

#LIEININT

Comme je n'ai pas emporté grand-chose avec moi, il ne me faut que quelques minutes pour rassembler mes affaires et les jeter dans un sac. Un avion décolle dans deux heures, je peux réussir à l'avoir si je me dépêche. J'envoie un texto à Greer et lui demande si elle peut venir me chercher à l'aéroport. Cela représente un long trajet pour elle, mais je ne sais pas à qui d'autre demander.

Elle me répond immédiatement : *Merci mon Dieu, tu es de retour. Je serai là.*

Je laisse les clefs de la voiture de Della sur le bar, avec celles de la maison, et sors de la maison pour appeler un taxi. Kit est adossé contre sa camionnette.

– Tu n'es pas obligée de partir ce soir, me dit-il doucement.

– Ce n'est pas ce que Della a dit.

J'ai la gorge en feu, et mes yeux me brûlent. Je me sens humiliée, mon cœur est fatigué. Il n'aura fallu que deux minutes dehors pour que je chope déjà cinq piqûres de moustique.

– Elle ne le pense pas. Elle a failli mourir, Helena. Elle a dû rester en chaise roulante pendant cinq mois.

– Tu es stupide, je lui assène. Elle défend les siens. Elle pense ce qu'elle m'a dit. Je le penserais moi aussi. Tu ne peux pas minimiser ce qui vient de se passer à l'instant. C'est vraiment la merde.

– Tu as raison, dit-il.

Puis tout à coup, il me regarde. J'aperçois alors un éclair de détermination passer dans ses yeux, et je sais que ce qu'il s'apprête à dire ensuite sera difficile à entendre.

– Ne pars pas. On peut tout arranger. Donne-moi juste un peu de temps pour la raisonner.

– Non. Elle a besoin de toi. Tu l'as choisie. Tu dois rester. Ça va aller.

Tous ces mots jaillissent hors de moi. Que des mensonges et des excuses.

– Elle n'aura pas toujours besoin de moi. Elle n'a pas besoin de quelqu'un qui aime une autre femme. J'ai mal fait les choses. C'est toi que je voulais ; c'est toi que je suis venu chercher. J'aurais dû dire la vérité à Della.

Tout cela me fait bien trop mal. N'enflamme pas le cœur de quelqu'un si par la suite tu essaies d'en éteindre les flammes en lui disant que tu aurais dû faire les choses autrement. Ces regrets auront l'effet de l'essence, pas celui de l'eau. Je dois l'en empêcher. C'est de la folie.

– Annie, je dis doucement.

Et la mention de ce prénom est tellement lourde de sens qu'elle suffit à nous faire tous les deux redescendre. Il pince les lèvres et secoue la tête de gauche à droite. *Comment oses-tu la mêler à tout ça ?* Mais il le faut. Elle est tout ce qui compte.

– Elle reste ma fille, indépendamment de la personne à qui je donne mon cœur. Quel genre de message je suis en train de lui donner en choisissant de ne pas être heureux ?

C'est cruel, mais je le dis quand même.

– Tu as pris une décision, Kit. Maintenant tu dois en assumer les conséquences.

Il ouvre la portière de sa camionnette du côté passager.

– Monte, dit-il.

Je m'apprête à protester, et puis je décide que je n'en ai pas la force. Je grimpe à l'intérieur et maintiens mon sac serré contre ma poitrine.

– Kit. Je n'ai pas pu dire au revoir à Annie.

J'essaie de garder un ton neutre, mais le simple fait de prononcer son prénom me fait tressaillir. Kit hoche la tête, puis il se dirige à grands pas vers la maison. Je ne m'attendais pas à ce qu'il fasse ça. Della ne le permettra jamais. Mais une minute plus tard, il sort de la maison, Annie dans les bras, couverte de purée de patate douce, et je souris. Il me la passe. Je la laisse debout sur mes cuisses pendant que je lui tiens les mains. Je peux sentir Della bouillonner derrière ses rideaux de popeline. Kit va forcément provoquer une dispute, et ça m'embête pour lui.

– Je t'aime, Annie, je lui dis.

Ses genoux sont raides et grassouillets alors qu'elle se redresse du mieux qu'elle le peut, vacillant de gauche à droite. Le vent chatouille sa petite touffe de troll, elle regarde tout autour d'elle dans la camionnette. J'embrasse ses joues, même si elles sont couvertes d'une texture visqueuse orange vif. Elle sourit et agrippe mes cheveux avec son poing collant.

– Sois douce et gentille, je lui dis. Peu importe que tu deviennes belle en grandissant.

Je la repasse à son père, tout en portant ma main à ma bouche. Kit serre les lèvres pendant qu'il la ramène à l'intérieur. Quand il revient, son t-shirt et ses bras sont maculés de patate douce.

– Elle a laissé son empreinte sur chacun de nous, je dis en remontant mes cheveux.

Il rigole, et cela rompt la tension entre nous. Ce n'est que lorsque nous sommes dans l'aéroport qu'il me parle de nouveau.

– Helena... commence-t-il.

– Tu n'es pas obligé de dire quoi que ce soit, je dis rapidement. Sérieusement, tout va bien.

Je suis en train de faire n'importe quoi avec mon billet, je le plie et le déplie de manière compulsive, puis je fais semblant de chercher quelque chose dans mon sac qui ne s'y trouve pas.

– Tout ne va pas bien. Arrête de me dire quoi faire.

Je lève les mains.

– Vas-y alors. Je suis toute ouïe, Kit Isley.

Il me lance un regard furieux pour avoir prononcé son nom de cette manière, mais je m'en fiche.

Nous sommes près du contrôle de sécurité, mon sac posé à mes pieds. Des familles sont obligées de se séparer pour nous dépasser ; un couple de personnes âgées se retourne dans notre direction et nous assène un regard noir.

– Ça va vous prendre au moins cinq bonnes minutes pour retirer vos chaussures et les poser dans le bac. Tout le temps qu'il faut pour vous venger de moi, je leur dis.

Kit se couvre la bouche et se retourne.

– Quoi ? je dis. C'est vrai !

Il me saisit par le poignet et me tire hors de la foule.

– Ne sois pas malpolie avec les personnes âgées, dit-il. Ils n'avaient même pas de micro-ondes quand ils étaient jeunes, et ça, c'est vraiment, vraiment très triste.

– Écoute, ce n'est pas ma faute, je lui réponds sèchement. Nous vivions bien sans le iPhone 6+. Parfois, la vie est dure.

Il m'attrape par les épaules et me secoue.

– Arrête de plaisanter. J'essaie d'être sérieux.

– Mouais.

Je frotte mes tempes et les lumières du plafond me font plisser des yeux. Je fais tout pour ne pas le regarder. Cet hypocrite.

– Helena, je sais que tu détestes ce genre de trucs, mais tu vas devoir l'endurer pendant une minute. Il y a cinq mois, tu t'es précipitée ici avec ce petit sac. Tu es venue pour être avec nous quand nous avions besoin de toi, et tu as pris soin de ma petite fille. Il n'y a personne à qui j'accorderais ma confiance plus qu'à toi. Je n'oublierai jamais ça.

Je me racle la gorge.

– Je t'en prie, je dis, en traînant des pieds.

– Je ne t'ai même pas encore remerciée, dit Kit.

– Et tu n'as pas besoin de le faire, je me hâte de lui dire. Je dois vraiment y aller.

J'attrape mon sac et rejoins la fin de la file d'attente, mais Kit saisit mon poignet et me tire en arrière. Soudain, je me sens pleine de grâce et de style telle Ginger Rogers. Je virevolte avec légèreté jusqu'à lui en poussant un *Yahou !*

Pendant une minute, il me serre si fort que j'en ai le souffle coupé. Je reste raide au début, mon visage écrasé contre son épaule, mais il me fait un câlin et j'ai vraiment besoin d'un câlin. C'est juste beaucoup trop d'émotions. Je me mets à sangloter. Rien de bien surprenant, je suis une pleureuse. Ce qui est plus surprenant, c'est que Kit pleure aussi. J'enroule mes bras autour de lui, et nous pleurons ensemble tandis que les gens, qui n'avaient ni micro-ondes ni iPhone 6+ quand ils étaient jeunes, passent à côté de nous. Avant de me laisser partir, il colle ses lèvres contre mon oreille.

– Merci, Helena. Je t'aime.

Soudain, je suis arrachée de ses bras et l'observe disparaître dans la foule. C'est une belle journée pour souffrir. J'ai la sensation que tout cela était une façon pour Kit de me dire au revoir pour de bon. Je pourrais accepter les choses telles qu'elles sont. Accepter cet adieu et poursuivre ma route jusqu'à la fin de mes jours. Mais je suis en colère. En colère contre les choses que Della a pu me dire. Aujourd'hui, elle m'a attribué une valeur, elle a collé une étiquette sur mon front qui dit : pas aussi belle que moi ! Je me demande depuis combien de temps cette étiquette est présente, et je me dis que, peut-être, elle choisit volontairement toutes ses amies pour qu'elles ne soient pas aussi belles qu'elle. Je ne me souviens même pas pourquoi nous avons été meilleures amies. Était-elle différente ? Ai-je été aveugle ?

Je monte à bord de l'avion et me faufile dans l'allée centrale pour rejoindre mon siège. Je ne me suis jamais sentie comme ça avant. D'habitude, je ravale mes sentiments, je les digère dans l'intimité de mon for intérieur. Je viens de donner cinq mois de ma vie pour aider quelqu'un qui m'a lâché que je n'étais pas aussi belle qu'elle. C'est quoi ça, putain ? Je file rejoindre mon siège, qui se trouve être tout au fond de l'avion, et prends un selfie. Tous mes selfies me représentent choquée, triste, confuse, ou incroyablement heureuse. Celui-ci est le tout premier selfie de moi en colère. Il est rangé juste à côté de celui qui est légendé J'EMMERDE L'AMOUR. Donc, je l'appelle

le Songe

J'EMMERDE LES MEILLEURES AMIES. À ce stade, je ne croirai plus en rien jusqu'à la fin de l'année. Sauf peut-être en Greer, qui m'attend à l'aéroport, dans un tutu violet et portant un ballon licorne à la main.

Je la serre si fort dans mes bras qu'elle pousse un petit cri, puis je prends le ballon et commence à planifier ma vie à venir.

Chapitre 42

#ILLSHOWTHEMIMPRETTY

J'emmerde l'amour, j'emmerde la Floride, j'emmerde Kit Isley et sa petite-copine-plus-belle-que-moi.

Chapitre 43

#ROSECOLOREDGLASSES

Greer n'aime pas Della. Elle me le dit quand nous sommes sur le pont supérieur du ferry, en train de boire du jus de pomme dans des gobelets en plastique et d'observer le soleil se coucher dans des nuances de rose et de violet.

– Comment ose-t-elle ? demande-t-elle. Pourquoi sort-il avec une fille comme ça ?

Greer a l'air profondément amère. Elle crache des remarques assassines à l'encontre de Kit et Della, elle arrive presque à me faire sourire.

– Tu ne l'as jamais rencontrée, je lui réponds, elle n'est pas totalement mauvaise.

– Oui, bien sûr. Mais combien de filles de la sorte avons-nous déjà rencontrées ? Elles sont partout. On fait même des émissions de télé-réalité sur elles aujourd'hui.

– Pas faux. Mais c'était ma meilleure amie. Je ne la voyais pas comme ça.

– Tu ne vois vraiment pas grand-chose, Helena. Ton âme est aveugle.

Je verse mon jus de pomme dans le Sound en disant :

– Hé ! Qu'est-ce que c'est censé vouloir dire ?

J'essaie de ne pas être sur la défensive, mais Greer me connaît trop bien. Elle masse mon cou comme si elle pouvait gommer cette insulte.

– Était... ton âme *était* aveugle. Elle est en train de s'ouvrir – à l'art, aux gens... aux hommes.

– Ah ouais ? Eh bien, c'est un peu douloureux, je dis. Comme être jetée dans de l'eau glacée.

– Pourtant c'est le prix la vérité. Il n'y a rien de drôle à être jetée dans de l'eau glacée. C'est la raison pour laquelle la moitié de la population se promène avec des lunettes aux verres teintés en rose, regarde des comédies romantiques et lit des romans d'amour.

Je l'observe du coin de l'œil. J'aime les comédies romantiques et les romans d'amour.

– Si tu es tellement réaliste, pourquoi est-ce que tu t'habilles comme ça ? je lui demande. Tu t'habilles comme une fée, tu portes la même couleur chaque jour.

– Je m'habille de la manière dont j'ai envie de voir le monde. J'exprime visuellement mon imaginaire. Mais je ne me réfugie pas dans mon mental.

Je boude encore pendant quelques minutes après qu'elle a encore marqué un point. C'est injuste qu'elle soit si belle et si sage à la fois.

Et si je devais m'habiller de la manière dont j'aimerais voir le monde, ce serait un pauvre monde tout beige. D'ailleurs, je porte un sweat à capuche marron parce que je suis naze, et que mon âme est visuellement déficiente.

– Ils ne le font pas consciemment, tu sais.

– Qui ? je lui demande.

Le vent fait voler ses cheveux autour d'elle. Des mèches grises ne cessent de venir se coincer dans ses lèvres violettes. Elle les dégage avec ses ongles peints de couleur lavande. Pendant qu'elle me parle, je recule lentement en essayant d'être discrète.

– Tous ces gens aveugles qui ne veulent pas voir la vérité en face. Ils essaient seulement de survivre.

Je suis distraite un instant, mon doigt suspendu au-dessus de la touche appareil photo de mon portable.

– Qui a envie de vivre sans avoir accès à la vérité ?

Greer hausse les épaules, et son t-shirt glisse sur l'une de ses délicates épaules. *Parfait.*

– Peut-être des gens qui ont eu leur dose de vérité. Ou d'autres qui n'en ont pas eu assez. Ou bien encore des gens trop superficiels pour en apprécier ses aspérités.

Je prends la photo, puis baisse mon portable pour la regarder. Greer est la vérité. À cet instant précis, elle représente la vérité à mes yeux. La seule personne qui s'intéresse suffisamment à moi pour me signaler que j'ai encore un bandeau devant les yeux. Si j'étais un de ces trois profils, je serais le superficiel. Dans la vie, je n'ai jamais connu de situations extrêmes. J'ai grandi dans une famille normalement dysfonctionnelle, mais aussi normalement fonctionnelle. J'ai été tellement surprotégée que je suis devenue une meuf beige. Où est passé le rose ? En maternelle, j'aimais le rose.

– Greer, je demande, tu es toujours amoureuse de Kit ?

Je ne sais pas d'où me vient cette question. Greer n'a absolument jamais sous-entendu qu'elle avait toujours des sentiments pour Kit.

Mais combien de fois m'a-t-elle répété que l'art provenait toujours d'une source de souffrance. *« L'Art est le sang qui provient d'une blessure. Il ne faut pas le laisser former une croûte ; laisse-le couler. Laisse-le couler jusqu'à ce que tu aies assez de sang pour peindre avec. »*

Son visage change à ma question. Ses sourcils tressautent, son regard s'éteint.

– La vérité, Greer, je dis.

Je retiens ma respiration. La réponse à cette question est si délicate que j'ai peur de suffoquer. Elle se retourne pour me faire face. Avec ses mains, elle empêche ses cheveux de venir lui fouetter le visage. Les tatouages sous son bras ressortent sur sa peau blanche. SOIS TOI-MÊME d'un côté, et TON ART, de l'autre.

– Oui, me dit-elle. Je suis encore amoureuse de lui.

Je détourne les yeux de Greer et les pose de nouveau sur l'eau. Kit, le pipeauteur de l'amour. Combien d'autres ont succombé à son charme ? Des filles sur son lieu de travail ? Des filles qui suivent ses cours de Master ? Je rigole devant ma naïveté, mais le vent en attrape le son et l'emporte ailleurs.

– Oh merde, je dis, en me prenant la tête entre les mains. C'est vraiment le bordel.

Quand nous montons dans sa voiture, nous n'avons toujours pas repris la conversation. À la suite de cette confidence, un sillon que je n'avais jamais vu auparavant est apparu entre les yeux de Greer et ne s'est toujours pas estompé. Je m'affale sur le siège passager, la bouche sèche, un poids sur la poitrine. Sa voiture sent le cuir et le citron. Je respire ce parfum tandis que nous suivons la file de voitures qui sort du ferry. Je repense aux photos que j'ai prises et les fais défiler pour m'occuper. Il y a une photo d'elle devant un coucher de soleil pastel. Une photo tellement puissante. La lumière éclaire le haut de ses épaules nues, où l'on soupçonne le début d'un tatouage. C'est beau. Je la poste sur Instagram – parce que c'est sûrement l'une des plus belles photos que j'aie jamais prises – en espérant que Kit la voit. *Regarde, j'ai quelque chose qui t'appartient. C'est violet !*

Je la légende avec les paroles de Greer. *Qui a envie de vivre sans connaître la vérité ? Peut-être des gens qui ont eu leur dose de vérité. Ou d'autres qui n'en ont pas eu assez. Ou bien des gens trop superficiels pour en apprécier ses aspérités* #VÉRITÉ

Le trajet du port de Kingston jusqu'à Port Townsend prend environ une heure, selon la vitesse à laquelle on roule. Au cours de cette heure, la photo de Greer est likée plus de trois mille fois, et mon Instagram obtient un millier de nouveaux abonnés. Je vais voir le profil de deux blogs qui ont reposté ma photo en me créditant. Chacun des blogs possède plus de trente mille abonnés. Je lis quelques-uns des commentaires sur la photo et rougis devant les choses qu'ils disent sur Greer et son mystérieux photographe. Kit ne fait pas partie des gens qui ont liké. Il a liké la photo de quelqu'un d'autre quelques minutes après que j'ai posté la photo de Greer, donc je sais qu'il l'a vue.

– Waouh, dit Greer en regardant mon compte Instagram. C'est une super photo.

– Un coup de bol, je réponds. Je n'ai jamais rien pris d'aussi bon avant.

Elle se gare dans le parking devant la conserverie.

– Donc, peut-être qu'aujourd'hui marque le début d'une série de superbes photos. Assure-toi que la prochaine soit encore meilleure.

Je fais une moue.

– Ok.

Je m'apprête à ouvrir la portière, mais Greer saisit ma main et la serre.

– Je suis passée à autre chose, Helena, dit-elle. Tu peux aimer quelqu'un toute ta vie et ne pas savoir pourquoi. Tu peux même vivre avec. Ça ne change rien à notre amitié.

J'ai un sourire crispé.

– Bien sûr que non. Parce qu'il n'est pas à moi. S'il l'était, tu ne serais pas si conciliante avec moi.

– Non, c'est faux, dit-elle. J'ai envie qu'il soit heureux.

– C'est facile à dire, jusqu'à ce que la personne que l'on aime soit heureuse avec quelqu'un d'autre. Les filles choisissent toujours les bons mecs, et les mecs choisissent toujours les mauvaises filles. C'est un cycle sans fin.

Je me demande si elle le faisait pour elle ou pour moi, quand elle m'a obligée à l'accompagner au mariage.

Cette fois, elle n'essaie pas de m'arrêter lorsque je sors de la voiture. La meuf beige aussi peut dire des choses qui ont du sens.

Chapitre 44

#STRANGER

Tant de choses sont à reconstruire dès lors qu'on a le cœur brisé. Revoir ses perspectives, par exemple. Qu'est-ce qui m'importe maintenant que je n'ai plus envie de manger, boire, travailler, jouer, aimer, dormir, parler, ou penser ? Me soigner. Il faut se concentrer sur ces petites choses sans intérêt qui contribuent chaque jour à me rendre heureuse. Comme sortir ma boîte de chaussettes et caresser chacune d'entre elles. Poster des photos somptueusement déprimantes de Port Townsend sur Instagram et susciter des milliers de *likes*. Je suis rémunérée par trois annonceurs pour porter ceci et poster cela. Je ne suis qu'une meuf beige qui a des choses à dire. Le vin me rend heureuse. Chaque soir, je m'enfile une bouteille entière en fixant mon mur préféré. J'apprécie même l'état dans lequel il me plonge chaque fois que je me réveille avec un mal de crâne et l'estomac en vrac, pour cause de gueule de bois. Ça me donne une occupation, autre que la mélancolie de mon cœur. Mon humeur change d'heure en heure, ce qui me donne l'impression d'être folle. Comme hier, quand je suis restée immobile à regarder l'eau sans penser à me noyer dedans. J'étais fière de moi. Sauf que deux heures plus tard, je tenais un sachet de mort aux rats entre les mains en me demandant si c'était bon. Greer me dit qu'il faut que je reprenne le pouvoir.

– Quel pouvoir ? je lui demande.

En pleine réflexion, son visage se contracte, avant qu'elle finisse par me dire :

– Tu vois, dans *Pirates des Caraïbes*, quand Calypso...

Je n'avais jamais rencontré quelqu'un qui fasse des parallèles avec Disney avec autant de conviction. Je vois ce qu'elle veut dire. Enfin, je crois. Quoi qu'il en soit, ça me fait rire.

Je suis différente. Kit m'a montré des choses, alors je me raccroche à ça – aux choses que j'ai apprises plutôt qu'à celles que je n'aurai pas la possibilité d'expérimenter. J'ai remarqué que les gens ne vous regardent jamais vraiment dans les yeux, que leur regard est ailleurs. Dirigé vers l'intérieur. Je mets un point d'honneur à regarder tout le monde dans les yeux afin qu'ils sachent que je les vois vraiment. J'ai aussi remarqué que plus les gens se sentent considérés et plus ils ont envie de vous faire confiance et de vous livrer leurs secrets. Phyllis me raconte qu'elle a donné son bébé en adoption quand elle avait quinze ans. Une cliente me dévoile qu'elle collectionne des roches de la couleur des yeux de ses anciens petits amis, et que son mari pense que son jardin de rocailles n'est dû qu'à son amour pour les minéraux. Une inconnue me dit qu'elle a été violée deux semaines plus tôt. Et ainsi de suite. Quand on fait attention aux gens autour de soi, ils le sentent. Et alors, en ma qualité de porteuse des secrets de la ville – mon nouveau statut –, je me rends compte que Kit a fait de moi une personne meilleure.

La notion de contraste est importante dans la vie. Nous comprenons ce qu'est la lumière parce que nous pouvons la comparer à ce que nous connaissons de l'obscurité. Les aliments sucrés ont l'air plus sucrés quand on a mangé quelque chose d'amer juste avant. C'est exactement la même chose avec la tristesse. Et c'est important d'expérimenter la tristesse, de l'accueillir à bras ouverts pour ensuite être capable de vraiment connaître le bonheur. Je n'étais qu'une ligne droite avant qu'il ne débarque dans ma vie. Et peut-être que je souffre aujourd'hui. Mais n'est-ce pas ce que l'amour est censé faire ? Te faire vivre des sensations, te rendre courageux, et faire que tu te questionnes davantage ?

Un mois après le départ éclair de Kit pour la Floride, un paquet arrive à mon attention à la conserverie avec son adresse raturée dans le coin, en haut, à gauche. Je le soupèse entre mes mains et laisse mes doigts courir le long de l'enveloppe. Des pages. Des pages et des pages, et des pages. Je ne l'ouvre pas, parce que je sais ce que c'est. Ce sont les mots qu'il voulait me dire. Ceux que nous n'avons pas eu le temps de nous dire. Moi aussi, je les ai ces mots. Je ne suis pas prête. Pendant des semaines, je transporte le paquet avec moi dans mon sac juste pour sentir son poids peser sur mon épaule. Toujours emballé. Juste un peu ignoré. J'ai peur de toucher ces pages. Elles pourraient me raconter une histoire bien différente de celle à laquelle je m'attends, mais la démarche de Kit d'envoyer ce paquet à PT me donne de l'espoir.

Un jour, peu de temps après Noël, je pénètre dans un bar – qui s'appelle Sirens –, à Water Street.

Une guirlande orne encore le fond du bar. Le scotch s'est décollé de l'une de ses extrémités et la fait pendouiller d'un côté. Ça me déprime. Je m'installe sur un tabouret et commande un whisky pur en tournant le dos à la guirlande pendante. Le barman fait glisser mon verre sans m'adresser un regard. *La dépression est de saison. Ouais, pour moi aussi, mon pote.* J'avale une gorgée et tressaille. Boire me semble être un bon plan. Ignorer sa souffrance intérieure et faire glisser de l'orge malté le long de sa gorge afin de l'ignorer, encore plus. La sensation de brûlure sera plus forte que celle du cœur.

– Sale journée ?

C'est une voix d'homme – chaude et intense. Il est assis juste en face de moi, de l'autre côté du bar. Je n'arrive pas bien à le voir car il se trouve dans le coin le plus sombre.

– Le whisky m'a trahi ?

Ma voix est rauque. Je passe ma langue sur mes lèvres et regarde ailleurs. Écouter les conneries d'un inconnu dans un bar est bien la dernière chose que j'ai envie de faire, à ce moment précis.

– Beaucoup de femmes boivent du whisky pur. Sauf qu'on dirait que vous, vous venez d'avaler une gorgée d'acide sulfurique.

Je rigole et me tourne vers lui, malgré moi.

– Ouais. J'ai vraiment passé une sale journée. Mais elles sont presque toutes comme ça, en ce moment.

Je fais pivoter mon verre sur le bar et plonge mes yeux dans la pénombre, en essayant de discerner son visage. Sa voix me paraît jeune, mais son aura est plus mature. C'est peut-être un fantôme. Je fais un signe de croix sous le bar. Je ne suis même pas catholique.

– Un homme, dit-il. Et un cœur brisé.

– C'est assez évident, je dis. Qui d'autre pourrait amener une femme à entrer dans un bar à trois heures de l'après-midi, en semaine, pour boire de l'acide sulfurique ?

Maintenant c'est à son tour de rigoler. *Jeune – définitivement jeune.*

– Racontez-moi.

Et il n'en dit pas plus. Ça me plaît. C'est comme s'il attendait que je lui livre tous mes secrets, et je suis sûre que c'est ce que font beaucoup de gens.

– Racontez-moi, je réponds. Pourquoi êtes-vous en train de boire seul, dans le coin le plus sombre du bar, en essayant de pousser des inconnues à raconter leurs peines ?

Il reste silencieux pendant une minute, et un instant, je crois avoir imaginé toute cette conversation. J'avale une autre gorgée de whisky, déterminée à conserver un visage impassible en observant l'endroit où il est assit. *Un fantôme !*

– Parce que c'est ce que je fais, finit-il par répondre.

Je suis surprise qu'il ait répondu, bien que ce soit une réponse évasive et pourrie.

– Quel intérêt de faire la conversation si c'est pour rester sur ses gardes et me donner des réponses toutes faites ?

Je peux sentir son sourire. Est-ce que c'est possible ? C'est comme si l'atmosphère me rapportait le moindre de ses gestes pour me tenir informée de ses réactions. Je l'entends reposer son verre.

– Ok, dit-il lentement. Je suis un prédateur. J'attends que les femmes me dévoilent ce qu'elles veulent, et ensuite je les persuade que je peux le leur apporter.

Je rigole.

– Je savais déjà que vous étiez un homme. Dites-moi quelque chose de nouveau.

Il tourne sur son siège et la lumière éclaire son visage. Pendant un moment, je ne vois qu'une barbe et un œil d'un bleu très vif.

Mon cœur s'accélère.

– Comment vous appelez-vous ? me demande-t-il.

Je cligne des yeux en écoutant le son laconique de sa voix.

– Helena, je réponds. Et vous avez raison. J'ai le cœur brisé. Et je ne bois pas de whisky. Et vous, quel est votre prénom ?

– Muslim.

Il s'interrompt ensuite, comme s'il attendait quelque chose de moi. Comme je ne réponds rien, il poursuit :

– Parlez-moi de l'homme que vous aimez, Helena.

L'homme que j'aime ? Je mords l'intérieur de mes joues et fixe l'endroit où il est assis comme si je pouvais le voir.

– Parlez-moi de toutes ces femmes que vous n'avez pas aimées, Muslim.

Il fait basculer son verre d'avant en arrière sur le bar, en me dévisageant.

– C'est comme ça que vous exercez votre pouvoir ? je lui demande. En amenant les femmes à vous raconter leur histoire alors que vous ne dévoilez rien de la vôtre. C'est bien ça ?

– Peut-être.

Je surprends un trémolo dans sa voix.

– Qu'est-ce qui vous motive à vouloir ce pouvoir ?

Il rigole. C'est un rire profond qui vient du fond de la gorge.

– L'absence ou l'altération d'une chose provoque généralement le besoin profond de posséder cette chose en question, il répond. Vous ne pensez pas ?

– À moins que vous ne soyez un sociopathe. Dans ce cas, vous désirez seulement les choses parce que vous êtes né avec ce besoin. Êtes-vous un sociopathe, Muslim ?

– Mon histoire en échange de votre histoire, dit-il.

Sa voix me transperce. Je suis étourdie par son intensité. Par sa texture éraillée. J'ai envie de l'embrasser rien qu'en l'écoutant me parler.

– Très bien, je dis doucement.

Je me tourne complètement vers lui car je suis vraiment en train de me prendre au jeu.

– C'est le fiancé de mon ancienne meilleure amie. Ils ont un bébé ensemble.

Je lui raconte l'histoire de Della à l'hôpital, et le temps passé avec Kit et Annie. Quand j'ai terminé, un éclat lumineux jaillit sur le verre qu'il porte à sa bouche. Il boit une gorgée.

– Oui, j'en suis un, dit-il.

Il me faut une minute pour réaliser qu'il est en train de répondre à la question que je lui ai posée et non pas de commenter ce que je viens de lui raconter.

– Je découvre ce qui contrarie les gens et puis je m'en sers contre eux.

– Et quand vous dites les gens, vous voulez dire les femmes ?

– Oui, répond-il.

Je suis un peu abasourdie.

– Et vous... vous ne vous sentez pas coupable ?

– Je suis un sociopathe, vous vous rappelez ?

– Mais vous n'êtes pas censé l'admettre, je dis à voix basse.

Puis il ajoute :

– Ressent-il la même chose pour vous que ce que vous ressentez pour lui ?

– Je ne sais pas, je dis. Il ressent quelque chose.

– Alors pourquoi ne faites-vous rien pour changer tout ça ?

Je suis prise au dépourvu, et pourtant je ne devrais sûrement pas l'être vu qu'il vient juste d'admettre être un sociopathe.

– Qu'y a-t-il à faire ? Il est avec quelqu'un d'autre. Ils ont un bébé.

– Vous avez quelque chose qui lui appartient, dit-il.

Au début je secoue la tête ; je n'ai rien qui appartienne à Kit. J'aurais bien aimé. Puis je sens le poids sur mon épaule. Il y a un manuscrit dans mon sac, une enveloppe froissée et souple. Comment peut-il savoir ? J'en ai des frissons.

– C'est vrai. Un livre qu'il a écrit. Je n'ai toujours pas ouvert l'enveloppe pour le lire.

Je m'attends au moins à ce qu'il soit surpris en entendant ça. Au lieu de quoi, je le vois soulever puis laisser retomber ses épaules.

– L'a-t-il écrit en vue de vous atteindre ? me demande-t-il.

– Bonne question. Je ne sais pas. Peut-être pour me dire adieu.

Mes yeux sont fixés sur la guirlande. Son aspect n'est pas si catastrophique, après tout. Je ne sais pas pourquoi je me suis autant excitée là-dessus tout à l'heure.

– Vous ne le saurez jamais, à moins de le lire. Ensuite, vous pourrez décider quoi faire.

Sa voix est un peu mélancolique. Je viens juste de le remarquer. Intense et triste.

– Il n'y a rien à faire. Il est passé à autre chose. Je lui ai demandé de le faire.

Où est le barman ? J'ai terminé mon verre. J'ai besoin qu'on vienne me sauver de cet homme qui tente de foutre le bazar dans mes pensées.

– Vous allez me dire qu'en amour comme à la guerre, tous les coups sont permis, je dis. Mais ce n'est pas vrai.

Il rigole. Un vrai rire à gorge déployée. Pas un rire faux, mais pas vraiment sincère non plus.

– L'amour n'est rien d'autre qu'une guerre, dit-il. Si quelqu'un vous affirme le contraire, c'est qu'il vous ment. Un combat permanent pour continuer de trouver un sens à l'amour, tout en évoluant en tant qu'être humain. C'est ça la vraie bataille. Il faut se battre pour les avoir, se battre pour les garder, et se battre pour les aimer. Vous battez-vous pour vous-même, ou pour la relation ? Sans quoi ne pourriez-vous pas vivre ? Là se trouve votre réponse.

J'écoute. Il parle avec conviction, et que je le croie ou non, je suis bien obligée de peser ses mots. Je le vois se lever, et j'ai la possibilité d'apercevoir un bref instant son visage pendant qu'il sort un billet de son portefeuille et le laisse sur le bar. Il est encore plus jeune que je ne le pensais, beau, avec une barbe minutieusement taillée. Il se dirige vers moi, et je sens tous mes muscles se raidir. Et cette manière de rouler des épaules – un homme qui se déplace comme un félin. Je ne veux pas savoir qui il est mais en fait, si. Il semble dangereux, comme un homme qui aurait une intention derrière la tête. J'ai à peine le temps de réfléchir à ça qu'il se déplace déjà vers moi. Je dois lever les yeux pour le regarder. Les rayons du soleil qui filtrent à travers les fenêtres se reflètent dans mes yeux. Je m'agrippe aux rebords de mon tabouret comme une enfant.

– Nous n'avons qu'une vie. Si vous avez envie de la gâcher en guerroyant contre vous-même, libre à vous.

Il tend la main et pose un pouce sur l'espace entre mes yeux, puis il se penche pour chuchoter dans mon oreille.

– Ou vous pouvez vous battre pour ce que vous désirez vraiment, dit-il doucement.

Son souffle soulève quelques mèches de mes cheveux.

– De quoi avez-vous peur, Helena ?

Je ne l'ai jamais révélé à voix haute. Jamais avoué à une amie, mais voilà que je suis en train de me livrer à un parfait inconnu.

– J'ai peur de ce qu'ils penseront de moi. Si je deviens qui je suis vraiment.

Je tremble. Ma révélation annihile presque immédiatement toute force, tout trace de whisky en moi.

Il sourit comme s'il s'attendait à cette réponse depuis le début. Sa peau est chaude ; je peux sentir la chaleur irradier de lui. Mon Dieu, cet homme n'a probablement jamais froid.

– Laissez les gens sentir la puissance de qui vous êtes vraiment, et laissez-les se démerder avec.

J'en ai le souffle coupé – ma bouche est ouverte et mes yeux sont dans le vague. J'ai atteint l'orgasme de vérité.

Il lâche un bout de papier sur le bar près de mon verre vide et se dirige vers la porte.

L'endroit où il m'a touché sur le front me picote. Je pose ma main dessus et frotte. La puissance de qui je suis. Ce n'est pas ma responsabilité de devoir gérer ça à leur place. C'est la leur. Muslim a raison. Je suis ce que je suis, ce que je suis.

Libre à vous de rester ou de partir.

Ses mots m'envahissent. Je plante mon regard dans le sien. Je ne suis pas obligée de le croire. Non. Mais je le crois. Et c'est alors que tout change. Le changement peut-il déferler sur soi en une fraction de seconde ? Il suffit du bon moment, des bons mots, et que le cœur et l'esprit soient alignés. Je vais me battre.

Chapitre 45

#HOOKED

Muslim Black est à l'hôtel Manresa Castle. J'ai entendu dire qu'il était hanté, un véritable temple de l'enfer dans lequel les esprits de femmes mortes rôdent, torturés par l'amour et tout le baratin. On ne peut même pas mourir en paix sans échapper aux peines de cœur. Déprimant. Hanté ou pas, quelque chose me dit que, pour Muslim, la présence de quelques fantômes importe peu. Je ne l'appelle pas tout de suite. Je traîne le bout de papier dans ma poche. On dirait une chose vivante. *C'est juste par curiosité*, je ne cesse de me répéter. Est-ce que j'étais effrayée, ou attirée par lui ? Peut-être les deux. Qu'est-ce que ça dit de moi, de toute façon ? Quand je l'appelle enfin, il répond en prononçant mon prénom. D'une voix si éraillée et piquante à la fois qu'elle hérisse tous les poils de mon corps. Et puis cette façon qu'il a de prononcer mon prénom. De voiler les E, et d'accentuer la dernière lettre. C'est sa manière à lui, et personne ne l'a jamais prononcé comme ça avant.

– Bonjour, Helena.

– Comment savais-tu que c'était moi ?

Mon cœur tambourine, et je dois me plier en deux pour enfouir mon visage entre mes genoux jusqu'à ce qu'il soit temps de parler de nouveau.

– Je ne donne pas ce numéro aux gens.

– Pourtant tu me l'as donné.

– Je ne t'entends pas très bien...

Je me redresse et répète.

– Tu n'es pas les gens, dit-il.

Je me demande s'il est allongé sur son lit d'hôtel ou s'il est en train de faire les cent pas dans sa chambre.

– Je suis qui ?

Je l'entends déplacer le téléphone. Peut-être changer de position. Est-il en train d'évaluer la meilleure façon de me répondre ? Je ne veux pas participer à son petit jeu ; ce n'est pas pour ça que j'appelle. Lorsqu'il me répond, sa voix est intense et normale de nouveau.

– Tu es Helena. Ce n'est pas suffisant ?

Je renifle.

– Ne fais pas ça, je dis. N'essaie pas de me faire sentir spéciale juste pour pouvoir me prendre dans tes filets.

Il reste silencieux un instant et finit par dire ok.

– Tu peux m'apprendre à faire ce que tu fais ?

– C'est-à-dire ?

Je n'ai pas envie de jouer à ce petit jeu. Je veux qu'il lise dans mon esprit comme avant. Pas qu'il me demande de le supplier.

– Laisse tomber.

Je m'apprête à raccrocher quand je l'entends crier :

– Non, non, non ! Attends. Helena...

Son masque serait-il en train de tomber ? Sa façade serait-elle en train de se fissurer ? Je suis curieuse.

C'est la seule et unique raison pour laquelle je rapproche le portable de mon oreille. Je commençais à regretter de l'avoir appelé, quand finalement il me dit ce que j'ai envie d'entendre.

– Oui. Oui, je t'apprendrai.

J'obtiens ce que je veux, mais je reste tout de même méfiante – c'est un sentiment désagréable. Comme si je faisais quelque chose que je ne devrais pas. Mais c'est pourtant ce que je fais, pas vrai ? Je décide de m'assurer des intentions de Muslim, plus que des miennes.

– Pourquoi ? je demande.

– Parce que tu me l'as demandé. Tu aimerais te joindre à moi pour dîner ?

J'accepte de le rejoindre à l'Alchimie le lendemain soir. J'avais suggéré un endroit lumineux et chaleureux dont les murs recouverts de lilas me faisaient penser à Greer, mais Muslim voulait l'Alchimie.

– Le nom me plaît, m'a-t-il dit, avant que nous ne nous mettions d'accord pour dix-huit heures.

Je m'habille tout en noir. Mais lorsque je me regarde dans le miroir, on dirait une fille déséquilibrée et apeurée. Donc je me change et opte pour un sweat-shirt beige et un jean bleu déchiré, lequel, selon Greer, me rend très sexy. Il est dix-sept heures cinquante-cinq. Mon chignon est en mode XXL et parfaitement maîtrisé tandis que je me dirige vers l'Alchimie. Moi, en revanche, je n'ai pas l'impression de maîtriser quoi que ce soit, ce qui semble être justement mon problème, d'après Muslim. Est-ce que je suis vraiment en train de faire ça pour récupérer Kit ? Ou est-ce que je suis dans une sorte de phase de deuil, au rebondissement fascinant ? *On s'en fout !* je me dis. *Fais simplement ce que tu as besoin de faire. Peu importe ce que c'est.*

Avant que je ne passe la porte de l'Alchimie, je prends un selfie titré : Prise dans ses filets.

Muslim est déjà installé à table, une boisson à portée de main dans un verre dégoulinant. Je suis contente de voir que je ne suis pas la seule à dégouliner. Attends une minute, Kit ! Ça fait combien de temps que je n'ai pas pensé à Kit ? Quand il me voit, il se lève. Ce n'est pas un garçon de la ville. C'est quelque chose que mon père fait, et il le fait parce que son père lui disait de le faire.

– Il semblerait que tu ne puisses pas t'empêcher de boire, je lui dis en lançant mon sac sur le dossier de ma chaise.

Il attend que je prenne place, puis se rassied à son tour.

– Dit la fille qui boit du whisky à trois heures de l'après-midi un jour de semaine, tout en flirtant avec des hommes sociopathes.

Que répondre à ça ? Je lèche mes lèvres et commande un verre de vin, raffiné et féminin pour accompagner ma bonne humeur.

Muslim observe tout ce que je fais avec intérêt. Quand je rigole et plaisante avec notre serveuse, il nous fixe avec un petit sourire en coin, ses yeux passant de l'une à l'autre. Quand je fais tomber un bout de gras sur mes genoux, et que, cinq minutes plus tard, je renverse presque mon verre de vin, il rigole en secouant la tête.

S'il n'avait pas reconnu toutes ces choses à son sujet un peu plus tôt, je penserais qu'il est sous mon charme. Ça fait partie de sa ruse. Je le respecte – de la même manière que je respecte un serpent à sonnette. Mais ça m'agace, et je mords l'intérieur de mes joues. J'attends qu'il attaque, qu'il m'envoûte avec son venin. Mais il reste étonnamment normal, naturel et charismatique. *Oh mon Dieu, il est très fort à ce jeu-là.*

– Je dois t'avouer quelque chose, dit-il lorsque nos plats arrivent. Je suis venu ce soir parce que je voulais dîner avec toi. Il n'y a rien que je puisse te révéler sur toi, ni t'apprendre que tu ne saches déjà.

Je rigole. J'en suis à mon troisième verre de vin, et tout me semble très drôle.

– Je suis dans un sale état, je dis.

– D'une façon adorable.

– Que veux-tu dire ?

Je le scrute par-dessus mon assiette, désirant qu'il me réponde tout en ne le désirant pas. Il me donne l'impression d'être quelqu'un d'autre. Quelqu'un de dangereux et de sexy.

– Tu es simplement brut de décoffrage, et toi-même, et belle. Tu n'as rien à attendre de qui que ce soit, à moins que ce ne soit le genre d'amour qui te choisisse toi en premier, toujours.

– Qu'il me choisisse moi plutôt que qui ? Son bébé ? Sa fiancée ?

Je secoue la tête d'un air dédaigneux. Il ne peut pas faire ça. J'ai besoin de le convaincre.

Muslim tend le bras au-dessus de la table et touche le dessus de ma main au moment où je prends mon verre de vin. La zone touchée commence immédiatement à me picoter.

– Tu ne devrais pas avoir à convaincre qui que ce soit de te choisir. On ne devrait pas avoir à faire de choix en amour.

Il se renfonce dans son siège, et je reste figée, le pied du verre encore entre les doigts.

– Il ne devrait même pas avoir à hésiter entre toi et d'autres personnes. Lui-même devrait passer en second plan.

– Alors peut-être que tu devrais me coacher sur la manière d'avancer et de ne plus rien en avoir à foutre, je finis par dire. Parce que je ne suis pas près d'y arriver.

– As-tu déjà essayé de fuir quelque chose que tu aimes vraiment ? me demande-t-il.

– Kit Isley est la première chose que j'ai vraiment aimée, je lui dis. Je n'ai pas encore fui.

– Il n'existe pas de fuite possible.

Il trempe son pain dans l'huile qu'on vient de nous apporter. Ça laisse une marque brillante sur ses lèvres. Une marque qu'il faudrait essuyer avec un baiser. *Mon Dieu !* Qu'est-ce qui ne va pas chez moi ? On dirait que je suis en chaleur.

– Essayer de s'éloigner d'une chose que l'on aime revient à essayer de se suicider en se noyant. Tu en as envie, mais ce n'est pas naturel de manquer d'air. Ton corps le réclame ; ton esprit te dit que tu en as besoin. À un moment ou à un autre, tu refais surface, haletante et incapable de nier ce besoin viscéral d'air. D'amour. De désir ardent.

Je suis tellement émerveillée que c'est à peine si je remarque mon verre en train d'être rempli d'eau, en même temps que mon âme se remplit de lumière. Muslim est en train de m'apporter toutes les réponses.

– Avec combien de femmes as-tu déjà couché ?

Ce n'est pas bien de poser des questions intimes à des inconnus. Ma mère me l'a enseigné. Ne leur demande pas leur âge, ni leur poids, ni avec combien de personnes ils ont couché. Ma mère ne m'a jamais dit ça, mais j'imagine que c'est indiqué bien en haut de la liste des choses à ne pas faire.

– Je ne serais pas capable de le dire. Avec combien de personnes as-tu couché ?

Je pense à Roger au lycée. Roger tout mignon, avec son visage boutonneux. Je l'ai remarqué cinq minutes avant que nous ne soyons diplômés. Hé, il m'a pris ma virginité.

– Deux, je lui réponds. Tu ne devrais pas poser des questions aussi intimes aux gens que tu ne connais pas, tu sais ?

– Je sais.

Il pousse son verre du bout des doigts. De petits coups furtifs comme s'il avait juste besoin d'occuper ses mains. Je remarque alors que ses incisives sont plus longues que ses autres dents. Quand il réfléchit, il fait glisser le bout de sa langue dessus.

– Tu me fais penser à un vampire, je dis. Sur plus d'un plan.

Muslim rigole pour la première fois. C'est un rire silencieux. Un rire qui habite ses yeux plus qu'il ne remplit mes oreilles.

– Je t'aime bien, dit-il.

– Ça se voit.

– Tu m'aimes bien ?

– Je ne sais pas.

Je pourrais me tromper, mais on dirait que ma réponse le rend encore plus joyeux.

– Peut-être que je t'aime bien, je dis. Je ne peux pas vraiment savoir parce que je ne suis pas certaine que tu me montres ton vrai visage.

– Ma chère, chère, chère Helena Conway. Tu dis décidemment tout ce qui te passe par la tête.

– Si seulement nous pouvions tous les deux être aussi chanceux, je rétorque.

Muslim rigole, regarde ailleurs, et rigole encore. Quand il se tourne de nouveau vers moi, il est en train de se lécher les lèvres.

– Tu veux partir d'ici, Helena ?

J'ai un moment d'hésitation avant d'acquiescer.

Chapitre 46

#BEIGEBITCH

– Comment tu comptes t'y prendre, alors ? me demande Greer.

Elle tient un bloc-notes dans les mains et tout un tas de marqueurs violets sont disposés devant elle. Elle attend, la main placée au-dessus de la feuille de papier. Je lui jette un œil tout en lavant la vaisselle. Elle s'est enflammée à la seconde où je lui ai parlé de mon intention d'avouer mes sentiments à Kit.

– Je pense vraiment que l'honnêteté est la meilleure des approches.

Greer inscrit HONNÊTETÉ sur son bloc-notes, puis lève les yeux vers moi dans l'attente que j'ajoute quelque chose.

– Je n'ai pas de plan.

Elle arrache la page et me la tend.

– Tiens-t'en à celui-ci, dit-elle en tapotant le dessus de ma tête.

Après quoi, elle se retire dans sa chambre. Cette foutue chambre que je n'ai d'ailleurs toujours pas eu l'occasion de voir. Je me sens soudain contrariée à ce sujet. Qu'est-ce qu'elle peut bien y cacher ? Je me dirige vers la pièce en question et frappe à la porte. Sûrement plus fort que je n'aurais dû. Quand elle répond, une serviette est enroulée autour d'elle comme si elle s'apprêtait à prendre une douche.

– Désolée, je dis, embarrassée. Je... je voulais juste... Je...

Greer s'écarte, et je regarde à l'intérieur, un peu hésitante.

– Waouh, je dis.

– Ouais...

Je reste sans voix face à ce néant. Une chambre blanche COMPLÈTEMENT vide, un parquet éraflé, et quelques couvertures empilées dans un coin.

– C'est quoi ce bordel ? je lui demande.

Greer fixe le sol.

– Je n'ai juste pas eu le temps de m'en occuper.

– Oh, non. Tu n'as même pas de lit.

Mon regard fait le tour de la pièce, espérant trouver une explication au fait que Greer n'ait absolument... rien.

– Les meubles dans ta chambre, dit-elle, ils nous appartenaient, à Kit et à moi. Je ne voulais pas les utiliser. Je ne pouvais pas. Et après je n'ai pas eu le temps d'en racheter d'autres.

– Ok. Donc tu dors par terre.

Son visage se fige comme si elle ne savait pas quoi répondre.

– Tu veux que je me batte pour être avec lui, alors que toi tu n'as toujours pas réussi à l'oublier.

– Si je l'ai oublié, lâche-t-elle précipitamment. C'est juste que c'était tellement dur. Toute cette histoire m'affecte encore. C'était vraiment une rupture horrible, Helena.

Je secoue la tête. Je ne me rappelle pas que Kit m'ait parlé d'une horrible rupture. Il l'a plutôt joué comme si ce n'était pas grand-chose. Tout comme il l'a joué de la même manière pour beaucoup d'autres choses.

– Ok. Je dois y aller, je lui dis. Mais ce soir, on te commande un lit, ok ?

Elle acquiesce. Je peux la sentir m'observer tandis que je m'éloigne. Ça veut donc dire que je dors dans leur ancien lit. Je grimace. Moi aussi je vais en commander un nouveau.

Della annonce la date de leur mariage. Elle sait que je consulte son compte Instagram et elle veut que je le voie. June m'envoie une capture d'écran, le premier d'une série de nombreux autres post à venir sur ce mariage.

J : *T'as vu ça ?*

Yep.

J : *Elle m'a demandé d'être sa demoiselle d'honneur.*

Ça ne me surprend pas plus que ça. Della a genre trois copines, deux qu'elle m'a piquées, juste parce que je voulais me montrer sociable à l'université, et moi. Je me demande qui seront les garçons d'honneur de Kit – si je les ai déjà vus ici en ville ?

J : *Tu devrais débarquer ici. Faire quelque chose.*

Je suis surprise ; ça ne ressemble pas à June de dire un truc comme ça. Je pense à lui révéler que c'est justement ce que j'ai l'intention de faire, mais finalement, je décide de poser mon portable à l'écart et de tenter de ne pas y penser. Mais j'y pense. Je ne pense même qu'à ça. Je pense à quel point il était beau avec son col de manteau relevé autour de son cou, à ses épaules constellées de gouttes de pluie pendant qu'il m'attendait une bouteille de vin à la main. Je pense à son sourire quand il me regardait me diriger vers lui, les coins de ses lèvres étirés d'une manière malicieuse. Je pense à comment nous nous sommes attardés quelques minutes de plus après nous être dit au revoir, aucun de nous ne voulant quitter l'autre. Je pense à la manière dont ses lèvres se sont écrasées contre les miennes, à notre baiser enflammé. À comment j'ai enroulé ma main autour de sa tête, avant de m'appuyer contre lui pour éviter de tomber. Je suis au travail, et je dois aller aux toilettes pour me rafraîchir le visage.

Il l'a ressenti lui aussi. C'est pour ça qu'il est venu ici, à Port Townsend, pour le ressentir encore. Maintenant, les cartes sont entre ses mains, parce que moi, je suis prête à jouer.

Le compte à rebours est lancé, tic, tac, tic, tac. J'ai mon billet d'avion. Mais pas de plan. Juste les mots que j'ai besoin de lui dire. Et c'est vraiment la seule chose que je puisse faire, pas vrai ? Après ça, je partirai et la suite dépendra de Kit Isley. Je ne peux pas lui rappeler un rêve qu'il n'a jamais fait, mais je peux lui rappeler les sentiments que nous avons partagés.

J'embarque à bord de l'avion avec un terrible rhume. Je frissonne, puis deviens brûlante. Je me mets à penser à Annie et me demande s'il y aurait un moyen de la voir. J'ai essayé si durement de ne pas penser à elle ces derniers mois, mais le bruit de sa respiration est resté gravé dans ma mémoire. Ce n'est pas aussi simple. Et c'est ce qui me fige sur place. Annie. La maman et le papa d'Annie. Qu'est-ce que je suis en train de foutre ? Je veux descendre de l'avion, mais il est trop tard, et nous sommes déjà en train de décoller. *Comme c'est pratique, Helena, de te retrouver impuissante face à cette situation,* je me dis intérieurement. Je prends les pilules que Greer m'a données au moment de nous séparer au contrôle de sécurité. Puis baisse la tête vers mes genoux et enfouis mon visage entre mes mains. La dame assise sur le siège près de moi me demande si je vais bien. Je marmonne un truc à propos du mal des transports et ferme les yeux. Quand je me réveille, mon cou est complètement ankylosé, et nous sommes en train d'atterrir. Le NyQuil a fait effet. Greer m'a droguée pour m'empêcher de paniquer. Je suis la dernière personne à sortir de l'avion.

June m'attend au retrait des bagages. Elle porte une cape vert foncé sur une robe d'été rose fluo – et des lunettes de soleil, bien qu'elle soit à l'intérieur. Son allure étrange et bizarre me réconforte, et je cours lui sauter dans les bras.

– Tu es tellement bizarre, je lui dis. Je t'aime tellement.

Elle s'écarte de moi et me prend par les épaules tout en m'observant de haut en bas.

– Tu portes toujours du beige.

– J'aime le beige, bordel de merde, je lui réponds en souriant. Longue vie à la meuf en beige.

June secoue la tête.

– Tu es différente, dit-elle. Ça me plaît. Maintenant, allons stopper ce mariage.

Le mariage est dans quatre jours. Je n'ai pas envie de le stopper. Je veux juste dire ce que j'ai à l'intérieur de moi et me décharger de ce fardeau qui m'oppresse la poitrine. Je reste avec June dans sa petite maison. Elle la loue à un couple de personnes âgées qui secourent des perruches. Je ne suis pas bien sûre de bien comprendre pourquoi ces perruches ont besoin d'être sauvées, mais j'entends au loin leurs pépiements provenir de la résidence principale. Ça me rend agitée et anxieuse. June me donne une paire de boules Quies roses, mais tout ce que j'en fais, c'est les malaxer de manière obsessionnelle entre mon index et mon pouce, en pensant à Kit et à Annie.

– Ce ne sont pas des balles anti-stress, me dit-elle.

Elle les enfonce dans mes oreilles, et les perruches ne peuvent désormais plus m'atteindre.

Elle me prépare une soupe, puis je fais une sieste parce que je suis encore un peu malade. En fait, je suis très malade. Quand je me réveille, June m'a laissé un mot pour me dire qu'elle a dû partir travailler. J'essaie de marcher un peu, croyant que l'air frais me fera du bien, mais je ne suis même pas arrivée au bout de la rue que je suis obligée de revenir sur mes pas. Je suis parcourue de frissons par vingt-six degrés, et je me sens misérable, sous ces palmiers et le ciel bleu. Je me traîne péniblement jusqu'au canapé à l'imprimé fleuri de June et tire une couverture sur moi. Et là, je fais un nouveau rêve provoqué par la fièvre. Un nouveau rêve qui risquerait bien de changer ma vie.

Chapitre 47

#DELIRIUM

La maison est différente. Je me promène à l'intérieur, à la recherche du canapé bleu marine Pottery Barn. À la recherche des enfants. Mais il n'y a pas d'enfants, ni rien de bleu marine. Tout est noir. Noir, noir, noir, noir. J'essaie d'appuyer sur un interrupteur, et la pièce se retrouve inondée d'une lumière rougeoyante. J'observe la peau de mes bras prendre une couleur rose pâle sous ces lumières rouges criardes. Ils sont couverts d'encre – de spirales noires, verdâtres. Des illustrations, des mots et des motifs. Je rigole à voix haute. Qu'est-ce que c'est que ce rêve dans lequel j'ai le corps tatoué ?

Je vais de pièce en pièce, en continuant de chercher. Dans la cuisine, dans les salles de bains et dans les chambres vides. Je le trouve dehors – deux portes fenêtres grandes ouvertes l'encadrent.

– Salut, je dis.

– Salut.

Il ne se retourne pas et continue de fixer... le vide. Il a le regard perdu dans la pénombre. Je passe mes bras autour de lui, parce que je ne veux pas qu'il soit aspiré.

– Retourne dans la maison, dit-il.

– Non. Ce n'est plus ma maison.

– L'a-t-elle jamais été ?

– Non.

J'enfouis mon visage contre son dos, entre ses omoplates, et le respire.

– Tu vas me quitter ? me demande-t-il.

– Non. Jamais.

– Si tu n'affrontes pas la puissance maléfique de l'ennemi, un jour, il surgira par-derrière, au moment où tu t'y attends le moins, et te détruira.

Je ne sais pas quoi répondre à cela, alors je le serre encore plus fort.

Il se retourne pour me faire face, et sa beauté et ses paroles me laissent sans voix. Muslim.

– Viens avec moi, dit-il.

– Et Kit ?

Kit est en train de s'évaporer de ce rêve, les lumières rouges tournent déjà progressivement au jaune. J'entends une voix lointaine m'appeler.

– Tu as déjà testé ce rêve.

Je rigole, parce que c'est vrai. Dans la vraie vie, j'ai passé toute l'année dernière à me battre pour tenter de comprendre ce rêve. Pour faire en sorte que certaines parties se réalisent. Peut-être que je suis fatiguée d'essayer de m'adapter à ce rêve. Je ne suis pas une artiste. Je ne suis pas une femme mariée, ni une mère de famille. Je ne suis rien. Juste Helena.

– Alors laisse-moi me réveiller, je lui dis. Pour que je puisse te retrouver.

Et je me réveille.

Le jour suivant, ma température atteint quarante degrés, et June me menace de m'emmener aux urgences. Elle se profile au-dessus de moi vêtue des vêtements les plus basiques que j'aie jamais vus sur elle.

– Je vais bien, je lui dis du dessous de ma pile de couvertures. C'est juste un rhume.

Mais, même en le disant à voix haute, j'ai bien conscience qu'un rhume ne met pas dans un tel état. Je n'arrive pas à tenir debout, alors ne parlons même pas de marcher jusqu'aux urgences. Je m'enroule dans les couvertures moites d'humidité et repense à comment c'était d'être avec Muslim. À son regard glacial pendant qu'il me conduisait non pas dans sa chambre d'hôtel, mais dans un cimetière.

– Pourquoi m'as-tu amenée ici ? je lui avais demandé.

Ses lèvres s'étaient étirées en un sourire. De ses doigts froids il avait touché mon cou, puis mes cheveux. J'avais alors réalisé qu'il pouvait alterner le chaud et le froid. Qu'il s'agisse de son tempérament comme de son corps.

– C'est ici que je te veux.

– Pourquoi ?

– Parce que tu es amoureuse de quelqu'un d'autre, et que je veux que ces sentiments meurent.

Je l'avais laissé tenter de les tuer. Il m'avait hissée et déposée sur le muret en brique d'un mausolée, et j'avais enroulé mes jambes autour de sa taille. Doucement, il m'avait embrassée, et j'avais été surprise par sa délicatesse. Tout chez lui me faisait penser à un lion. Quand j'enfonçais mes doigts dans sa peau, je pouvais sentir cette puissance onduler sous mes caresses. Ce n'était pas un homme normal.

– Parle-moi, Helena, dit June. Tu agis bizarrement et ça me fait flipper.

Je regarde June et hoche la tête. Très bien. Je la laisse m'emmener voir un médecin. Je veux juste que ça s'arrête. Elle se met à courir dans toute la petite maison en rassemblant frénétiquement des affaires, puis elle me charge sur le siège avant de sa voiture, toujours enroulée dans mes couvertures.

Je lis de l'inquiétude sur son visage, juste avant de me rendormir.

– Helena ? Helena, réveille-toi.

J'ouvre lentement les yeux. J'ai l'impression d'avoir mille ans. Tout me semble lourd et englué. Nous sommes à l'hôpital. Des gens se précipitent vers la voiture. Il m'aident à me relever et m'installent dans une chaise roulante. Je me débats, essaie de repousser leurs mains.

– Je suis différente, je leur dis.

Mais ils ne semblent pas comprendre de quoi je suis en train de parler. Je sens l'air frais sur ma peau et repense au cimetière. À la bouche de Muslim en train de m'aspirer, à ses mains agrippées de chaque côté de ma culotte, la faisant glisser vers le bas. Il faisait tellement froid cette nuit-là.

– Helena, on va te mettre sur un lit...

Je ne veux pas être dans un lit. Je veux être sur le muret. Je ressens une vive douleur dans le bras. Est-ce que ce sont les briques ? Ou une aiguille ? C'est une aguille. Je gémis. Je ne pense pas avoir de rhume. Où est June ? Où sont mes parents ? Si je dois mourir, ne devraient-ils pas être ici ? Il est à l'intérieur de moi. Il mordille mon épaule tandis que je me cambre dans ses bras. Je sens une montée en moi, puis bascule en arrière. Un orgasme... dormir... c'est la même chose à l'heure actuelle.

Kit est dans la chambre quand je me réveille. Je porte ma main à mon visage et gémis.

– Qu'est-ce qui se passe ? je lui demande.

– Pneumonie atypique, dit-il. Déshydratation extrême.

– C'est ridicule. J'ai juste attrapé froid.

– Oui, de toute évidence.

Il se penche en avant, les deux mains jointes entre les cuisses. J'ai envie de lui demander un miroir, mais ce n'est probablement pas à ça qu'une femme hospitalisée devrait penser.

– Et maintenant, je suis suffisamment hydratée ?

Mon Dieu, je ne l'ai pas vu depuis si longtemps. Il est tellement beau.

– Tu es sur la bonne voie.

– Pourquoi tu es aussi froid et dur avec moi ? Manifestement, tu es ici de ton propre gré, alors tu pourrais au moins te montrer agréable.

Il sourit. *Enfin.* Il se lève et vient s'asseoir sur mon lit.

– Pourquoi es-tu en Floride ? me demande-t-il. Et pas dans ton Washington chéri ?

Il dit ça d'une drôle de manière, qui me fait rigoler. *Mon Washington chéri.*

– Deux personnes que j'aime vraiment beaucoup sont en Floride, je lui dis. Je suis venue pour...

– Pour faire quoi ? m'interrompt Kit. Stopper mon mariage ?

– C'est très présomptueux de ta part.

Et puis je poursuis :

– J'y ai pensé.

– Ah oui ?

– Mais je suis en train de reconsidérer la chose.

Je n'aime pas le regard qu'affiche son visage. Une expression d'espoir, sans doute ? S'il ne veut pas épouser Della, il doit stopper lui-même le mariage. Mon Dieu, qu'est-ce qui a changé en moi pour que je me sente comme ça ?

– Me reconsidérer moi ? Ou ce que tu ressens pour moi ?

Je secoue la tête.

– Comment sais-tu que je ressens quelque chose pour toi ?

– Parce que je le ressens aussi.

– Bien. Je te reconsidère toi. Parce que tu es un lâche. Et que tu épouses quelqu'un que tu n'aimes même pas. Et maintenant je ne sais même plus si je t'aime bien.

Il hoche lentement la tête, les sourcils étonnés. Il ne me sourit plus, maintenant.

– Mais tu m'aimes. Tu n'es pas obligée de bien aimer quelqu'un pour l'aimer.

Je fronce les sourcils. Il a raison. « Bien aimer » quelqu'un peut être une raison suffisante pour s'en éloigner. L'amour, en revanche, amène à combattre.

– Demande-moi de la quitter, dit-il.

Ses paroles me font peur. Je ne veux pas avoir à demander ça. Ce n'est pas juste. Je n'aurais pas dû venir ici. Je secoue la tête.

– Non, Kit. Je ne te demanderai pas ça. Si tu veux la quitter, ça doit venir de toi. Tu ne peux pas me demander à moi de te sortir de cette relation.

– Helena, je suis venu à toi une fois ; je t'ai couru après dans tout Port Townsend. Personne ne m'avait traîné là-bas.

Il y a une part de vérité là-dedans. Je porte ma main à ma bouche et lèche un des fils. J'ai envie de le mâchouiller, mais j'ai peur d'avoir des problèmes. Greer est sûrement en train de dîner à cette heure-ci. Peut-être du saumon et du risotto...

– Helena ! Je sais très bien ce que tu es en train de faire. Concentre-toi.

– Ohmondieu, mondieu, mondieu ! Où sont les infirmières ? Ne devraient-elles pas surveiller mon état ?

Je frotte mes tempes. Il me caresse le visage. De toute sa main. Ça me fait reculer. Je n'arrive pas à retenir mes larmes quand je le regarde.

– Tu es en train de te convaincre toi-même que je n'en ai pas fait assez, parce qu'ainsi ça te permettra de fuir et de passer pour la fille bien.

– Non, je réponds sans conviction.

– Helena, ne lèche pas ces trucs.

Il retire ma main de ma bouche, me saisit par le menton et me force à le regarder.

– Parle-moi de ton cœur maintenant.

Je m'écarte de lui.

– Non ! Et je le dis cette fois d'une manière virulente.

Il se penche et pose son front contre le mien, en fermant les yeux.

– Helena... s'il te plaît.

Je suis faible. Je suis vraiment trop faible.

– J'étais censée devenir une illustratrice de livres de coloriage, je lui dis doucement. Et ta femme. Et nous étions censés aller dans ce foutu Train Bleu ! Je ne me suis jamais réveillée de ce putain de rêve, Kit. Tu m'entends ?

Je suis en train de sangloter comme une pathétique petite chose. Il frotte son front d'un côté puis de l'autre sur le mien.

– Alors, pourquoi tu essaies de te réveiller maintenant ?

Que puis-je répondre à ça ?

– J'ai rencontré quelqu'un, je dis.

Je le sens se raidir. Il ne me regarde pas quand il se dégage.

– Qui ?

– Quelqu'un qui ne va pas épouser mon ex-meilleure amie demain.

Il s'assied, les mains entre les genoux, et fixe le mur.

– Qui ?

– Quelle importance, Kit ?

– Ça a de l'importance pour moi. Tu le sais bien.

– Il m'a juste fait voir les choses de manière plus claire. Je n'ai pas eu à le convaincre, comme j'étais venue le faire ici avec toi. Je ne veux avoir à convaincre personne d'être avec moi.

– Tu n'as jamais eu à me convaincre de quoi que ce soit. C'était une question de timing. Notre timing n'était pas le bon.

Il secoue lentement la tête.

– Donc tu ne veux pas être avec moi ? C'est ce que tu es en train de me dire ?

– Oui, c'est ce que je suis en train de te dire. Je veux être avec lui.

Je n'arrive pas à croire que ces mots viennent juste de s'échapper de ma bouche. J'avais tort de venir. Annie, et Della, et la famille de Della. Je ne blesserais pas qu'une seule personne dans l'histoire.

– Qui est la lâche, maintenant, Helena ?

Il se lève, et j'ai envie de rentrer sous terre. Je veux ma mère. C'est bizarre, je ne m'entends même pas avec elle.

Kit sort de la pièce, et deux secondes plus tard June entre, les yeux écarquillés et la bouche grande ouverte.

– Il... dit-elle en regardant par-dessus son épaule. Helena... ?

Je secoue la tête.

– Ce n'est rien. Tout cela n'était rien. Il doit vivre sa vie. Avec sa famille. Je lui ai dit de partir. J'ai eu vraiment tort de faire tout ça. Je me sens idiote.

June pose sa main sur mon bras.

– Tu te sens idiote ?

– Oui... June. Mon Dieu. J'ai fait tout ce chemin jusqu'ici...

June secoue la tête.

– Merde, Helena... merde.

– Quoi ?

Elle cache son visage entre ses mains et s'assied sur le rebord du lit.

– Tu es restée endormie pendant si longtemps. Le mariage était... aurait dû être hier. Il l'a annulé. Ils ne se sont jamais mariés. Il a tout annulé pour toi.

J'arrache les aiguilles de ma main et bascule mes jambes par-dessus le lit. C'est à ce moment-là que l'infirmière décide de rentrer. Je n'ai même pas le temps de faire un pas qu'avec des Eh, eh, eh, elle me repousse vers le lit. C'est quoi ce timing d'enfer ?

– C'était dix minutes plus tôt que j'avais besoin de vous, vous savez ? je lui dis. Rattrape-le, June. Je t'en supplie !

June a l'air d'un lapin pris dans les phares d'une voiture. Elle secoue la tête, tout en se dirigeant vers la porte de la chambre.

– Qu'est-ce que je lui dis ? me demande-t-elle.

Je sursaute en sentant une aiguille me transpercer la peau.

– Parle-lui du rêve. Dis-lui que notre fille s'appelle Brandi. Dis-lui que je suis vraiment désolée et que je l'aime.

Chapitre 48

#COCA

S'il y a bien quelque chose que j'ai appris, c'est qu'il ne sert à rien de fuir pour se trouver. La réponse est en vous, peu importe l'endroit où vous allez. La différence c'est que, si vous fuyez, vous finissez par être trop occupé pour brandir l'épée et affronter vos ennemis. Parfois, vous serez votre propre ennemi ; parfois ce seront eux qui auront le pouvoir de vous blesser. Ôtons nos chaussures et cessons de courir. Vivons pieds nus et battons-nous, putain. J'ai fui mes sentiments – ceux que j'avais pour Kit, ainsi que la culpabilité de les ressentir. Je pensais qu'en mettant suffisamment de distance entre nous, mes sentiments finiraient par s'en aller. C'est à ce moment-là que j'aurais dû me battre contre moi-même.

June ne retrouve pas Kit. Personne ne sait où il est. Il a éteint son portable, il a disparu. Della m'a appelée en pleine crise de nerfs alors que je m'apprêtais à quitter l'hôpital le jour suivant, cherchant à savoir ce que j'avais bien pu lui faire. *À lui*. Comme s'il n'avait pas pu tout simplement me choisir de son propre chef. Comme si je l'avais ensorcelé ou quelque chose dans le genre.

– Je n'ai rien fait, Della. Je ne suis même pas aussi belle que toi.

Et puis je raccroche.

– Je pense qu'il est temps de passer à autre chose, me dit June. Il a clairement fait son choix entre vous deux.

– Merde, je dis. Tu penses que je devrais rappeler pour m'excuser ?

Elle m'observe du coin de l'œil.

– Certainement pas, dit-elle. Elle mérite de souffrir un peu. Elle l'a redit. Quand il a annulé le mariage.

– Bien évidemment qu'elle l'a redit.

– Tu sais, me dit June, elle est tellement mal dans sa peau que ça la rend presque laide. Genre, elle est tellement peu sûre d'elle que tu en viens à douter d'elle, toi aussi.

Je grimace. Tout cela n'a pas d'importance. Ce qui est important, là, maintenant, c'est Kit, pas les pommettes parfaites de Della. Je ne sais pas où il est. Ça me tue qu'il ne sache pas à quel point je suis désolée. Il ne peut tout de même pas se cacher éternellement.

Il ne pourra pas rester loin d'Annie.

– Il a besoin de prendre du recul, je dis à June. Il disparaît quand il écrit, et quand il réfléchit.

– Alors comment tu comptes le retrouver ?

– Je dois rentrer chez moi, je dis. Je pense qu'il est là-bas.

J'atterris à Seattle et loue une voiture au premier endroit que je trouve. Ils n'ont qu'une Ford Focus avec une plaque immatriculée en Oregon et une bosse de la taille d'un poing sur le pare-chocs. Pas de Range Rover, cette fois. Je m'écroule derrière le volant, exténuée, et me prends en selfie. Je le titre, Instinct. Je n'ai pas fermé l'œil dans l'avion. J'ai lu le manuscrit de Kit. Lorsque je l'ai terminé, j'ai commandé une vodka pure. C'est à moi qu'il s'adressait. Et je n'avais pas eu le courage de le lire. Je conduis la voiture à bord du ferry, puis je reste à l'intérieur en tapotant impatiemment mon doigt sur mon genou. Le ferry a toujours eu ce petit goût de liberté, mais à cet instant, je ne pourrais me sentir plus prise au piège. Je dois le retrouver. C'est tout ce que je sais. Rien ne me garantit qu'il se trouve à PT. Quand j'appelle Greer, elle me dit qu'elle n'est au courant de rien. J'y vais à l'instinct. Combien de jours d'avance a-t-il sur moi à PT ? Deux jours ? Trois ?

Je viens tout juste de descendre du ferry et conduis dans Kingston quand mon portable sonne. C'est Greer.

– Tu dois faire demi-tour, dit-elle.

Elle semble essoufflée, comme si elle avait couru.

– Il est dans le ferry que tu viens de quitter.

– Quoi ? Comment tu sais ?

J'appuie brutalement mon pied sur le frein, et quelqu'un me klaxonne.

– Sa mère. Elle revient tout juste de leur presque-mariage. Il a passé deux jours dans son appart et maintenant il retourne chez lui pour parler à Della et voir Annie.

Je fais demi-tour en roulant sur le trottoir. Je manque presque de renverser un piéton.

– J'y retourne, je dis.

Je raccroche et me penche en avant, écrasant presque le volant. S'il vous plaît, mon Dieu, s'il vous plaît, faites que j'arrive à temps. Je n'arriverai jamais à le rattraper si je loupe le ferry.

– Vous devrez attendre le prochain, me dit la dame derrière le guichet. Celui-ci est plein.

– Et si je monte à pied ? je demande.

Elle acquiesce. J'achète mon billet et me gare. Les dernières voitures sont en train d'être chargées, ce qui signifie que je vais devoir courir pour atteindre la passerelle avant qu'ils ne ferment l'accès. J'abandonne tout dans la voiture, serre mon sac à main contre moi et cours à toute vitesse.

Le contrôleur est en train de fermer la porte juste au moment où j'atteins la dernière marche du ferry.

– Attendez, attendez, attendez ! je hurle.

Il la maintient ouverte pour moi et je me précipite à l'intérieur.

– Je vous suis reconnaissante à vie, je dis.

Je suis à bord. Je ne sais pas trop où aller. Serait-il resté dans sa voiture ? Ou bien est-il en train de se promener sur les ponts ? J'ai vingt minutes pour me décider et je ne suis pas très efficace sous pression. Je traverse rapidement le café où sont regroupés presque tous les passagers, puis je me dirige sur le pont principal.

Quelques personnes traînent dehors, des gobelets en plastique remplis de café à la main tout en clignant des yeux à cause du vent glacial. Je contourne le côté gauche tout en resserrant mon sweat-shirt léger plus près de mon corps. Il me faut quatre minutes pour faire le tour du pont et le temps que je retourne à mon point de départ, j'ai le nez qui coule. Ça ne va pas le faire, je n'ai pas assez de temps. Il pourrait être n'importe où.

Je retourne à l'intérieur et prends une photo du distributeur Coca. Je ne sais pas s'il a rallumé son portable, mais j'appuie sur *envoyer*, en croisant les doigts. Kingston disparaît progressivement derrière nous.

Je franchis le seuil de la porte et reste dehors à observer l'eau. Je suis abattue. Vraiment. Et désespérée. Et stupide. Et mon sac pèse une tonne à cause du manuscrit de Kit que je transporte partout depuis des mois. Je sors l'enveloppe et la tiens dans mes mains un instant avant d'en faire glisser l'épaisse pile de feuilles. Je dois m'en séparer, pas vrai ? Comme pour le bouchon. S'il était sur le chemin de retour pour la Floride c'était sans doute pour arranger les choses avec Della. Je tiens son livre suspendu au-dessus de l'eau. Mes articulations sont si blanches qu'elles se confondent avec la couleur du papier. Puis je le lance dans les airs. L'espace d'un instant, c'est comme si un nuage d'oiseaux blancs s'étaient éparpillés tout autour du ferry, leurs fines ailes ondulant au vent. Ma lèvre inférieure tremble. Je la coince entre mon pouce et mon index pour la maintenir immobile. Mon corps me lâche pour Kit Isley, ce n'est pas la première fois. Je retourne à l'intérieur, mon sac plus léger mais le cœur plus lourd, et je m'assieds sur une chaise face à la machine Coca. Je pleure.

– Allez boire quelque chose. Vous vous sentirez mieux.

Je lève les yeux et vois une vieille dame à la chevelure argentée se tenir debout devant moi. Ses cheveux me rappellent ceux de Greer. Elle me fait chut et me glisse six pièces dans la paume de la main. Puis elle fait un signe de la tête vers le distributeur de boissons.

– Le sucre. Ça va vous requinquer.

Comme je ne veux pas la contrarier, je sèche mes larmes et me lève.

– Merci, je lui dis. C'est vraiment gentil.

Elle m'observe aller jusqu'à la machine et je fais semblant de considérer mes options. Je fais un sourire réjoui et lui adresse un signe de la main.

Dès qu'elle est partie, j'appuie mon front contre la vitre et ferme les yeux. Je n'ai même pas le droit de pleurer en paix. À l'aveuglette, j'insère les pièces dans la fente, une par une. *Ding, ding, ding.*

Et deux mains apparaissent de chaque côté de ma tête. J'ouvre les yeux pendant qu'un corps me coince contre la vitre. Je frissonne. Je reconnais son odeur.

Kit fait courir son nez le long de mon oreille pendant que son bras s'enroule autour de ma taille. Ma bouche est ouverte et mes yeux sont fermés. Il encercle mon poignet de sa main libre. Je sens sa chaleur, ainsi que l'odeur de bois et de pin. Il dépose des baisers sur ma nuque et je lâche le reste des pièces. Je les entends heurter le sol avant qu'il ne me fasse pivoter pour que je me retrouve face à lui.

Il est juste là. Tout contre mon visage. Front contre front sans prévenir. J'ai le souffle court pendant qu'il caresse mes bras et recueille mon visage entre ses mains, avant de m'étreindre plus fort contre lui. Nos lèvres se touchent, mais aucun de nous ne bouge pour embrasser l'autre. C'est un peu bouleversant de se retrouver là, tout contre la personne que j'attends depuis si longtemps.

– N'oublie jamais, dit-il. Que c'est mon livre et le Coca qui nous ont rassemblés.

– Ton livre ?

Il lève la main pour me montrer une page froissée de son manuscrit.

– Page quarante-neuf, dit-il. Elle retombait en flottant des cieux et j'ai été assez chanceux de l'attraper avant qu'elle ne sombre dans le Sound.

– J'imagine, je dis.

– Je pensais que j'hallucinais jusqu'à ce que j'allume mon portable et découvre ton message.

– Tu as couru jusqu'ici ? je lui demande.

– Aussi vite que j'ai pu.

Nos lèvres se touchent un peu pendant que nous parlons.

– Pourquoi n'es-tu pas essoufflé ?

Il grimace.

– Ça s'appelle faire du sport, Helena.

Je touche son visage mal rasé et fais courir ma main dans son dos. Il m'embrasse. Ses lèvres sont si douces et empreintes d'une telle passion. Et c'est sans aucun doute le meilleur baiser de toute ma vie. *De toute ma vie.*

#ÉPILOGUE

Ne soyez pas contrariés par le fait de ne pas pouvoir atteindre le bonheur en permanence. C'est le meilleur moyen de sentir sa vie en échec. Si chacune de nos vies représentait une page d'un livre, le bonheur en serait la ponctuation. Elle met un terme aux passages qui s'éternisent. Referme certaines choses, en divise d'autres. Mais de manière concise – elle apparaît lorsque c'est nécessaire et par des pauses remplit les paragraphes qui s'épuisent. Se sentir bien est un état constant bien plus atteignable. Apprécier son sort sans pour autant être ivre de bonheur. Une acceptation courageuse et décidée, libérée de tout amertume. Être tendre avec soi-même. Accueillir les bas afin de pouvoir vraiment apprécier les hauts. Aimer la confrontation. L'aimer tellement, et la laisser vous sauver quand vos muscles émotionnels se ramollissent. Kit et moi avons cela en commun. Parfois, nous ressentons tellement de joie que nos cœurs en sont douloureux. Et parfois, de la tristesse lorsque nous sommes loin d'Annie ou de Port Townsend. Nous nous sentons partagés entre toutes ces choses que nous aimons. Nous nous disputons ; nous faisons l'amour. Je ne revois plus Muslim. Et après un dernier appel téléphonique, nous n'avons plus jamais été en contact. En revanche, j'entends beaucoup parler de lui, cela me rappelle nos moments passés ensemble. Et je me demande s'il y a assez de place dans nos cœurs pour plus d'une personne. Je crois que oui.

Après cette journée sur le ferry, nous retournons nous installer en Floride. Nous prenons cette décision pour être proches d'Annie le temps de trouver une autre solution. Nous conservons l'appartement à Port Townsend et prenons l'avion afin d'y retourner le plus souvent possible. J'achète un canapé bleu marine Pottery Barn pour l'appartement et accroche une des toiles aux vagues mouvementées de Greer juste au-dessus. Mon cœur est là-bas, à Port Townsend. Nous prenons Annie avec nous de temps en temps et arpentons la ville avec elle pour que tout le monde puisse jacasser sur notre passage. Elle est belle comme sa mère, et perspicace comme son père. Elle pense que Greer est une vraie fée, et Greer joue le jeu. Della ne m'a jamais pardonnée, mais je m'y attendais. Notre amitié a eu son temps. Je ne deviendrai jamais vraiment douée en art. Je barbouille en dilettante. Je me sens bien comme ça. Je suis une amatrice. Quand la mère de Kit est tombée malade, je suis retournée m'installer à Port Townsend pour m'occuper d'elle. Kit prend l'avion pour rentrer le week-end, mais le temps passé avec lui ne me semble jamais suffisant. Je me sens écartelée, tiraillée de part et d'autre. J'ai envie d'être avec Kit et Annie, mais j'ai aussi envie d'être ici.

Je suis contente d'avoir une bonne excuse pour rester dans l'endroit que j'aime.

Finalement, nous quittons l'appartement et achetons une petite maison à PT. Dans un endroit où personne ne peut nous trouver. C'est un lieu caché. Une petite rue latérale, en bas d'une petite rue latérale, en bas d'une petite rue latérale. Ce n'est pas que nous ne voulons pas être trouvés ; nous voulons juste rendre la tâche plus difficile.

La maison a une galerie qui en fait le tour. Kit possède deux chaises à bascule rouge piment qui nous ont été livrées ici par la ferme aux chèvres. Nous les installons sur le côté ouest de la maison pour pouvoir entendre l'eau du ruisseau s'écouler entre les rochers. Souvent, le soir, j'emporte une tasse de vin chaud dehors et le sirote lentement en écoutant les créatures de Washington, tout en contemplant le soleil couchant se refléter dans le Sound. Elles sont bruyantes, et elles me font rire. C'est comme si j'attendais quelque chose, tout en ne sachant pas très bien quoi. Tout me rend nerveuse – les sons, les ombres, le bruit des crissements de pneus sur le gravier.

Un an plus tard, au début du mois d'août, mon attente prend fin. L'été a nettoyé le ciel des nuages chargés de pluie, et de la côte souffle un air chaud qui traverse tout le Nord-Ouest. La météo m'amène à passer plus de temps dehors. Je suis en train de déguster du vin dans un vieux mug ébréché, quand, tout à coup, un camion déboule à une vitesse alarmante en rebondissant sur la route poussiéreuse. Il heurte le fossé et, alors que je pense qu'il fonce droit sur mon catalpa, il braque soudain sur sa droite et finit par s'arrêter devant la maison. Mes tempes cognent quand je me penche plus en avant. On ne peut pas dire que je paraisse très cool à ce moment précis. On dirait une petite vieille assise dans sa chaise à bascule, furieuse que quelqu'un ait percuté son arbre préféré. La portière du camion s'ouvre à la volée et des bottes noires sautent à pieds joints dans la boue. Je me lève, le cœur prêt à exploser, et renverse ma tasse de vin à mes pieds. Le soleil m'éblouit. Putain de soleil. Il ne fait même pas partie de cette région. Je place ma main en visière devant mes yeux pour les protéger des rayons et marche dans le vin, laissant des empreintes rouges sur la peinture blanche. Je vois un visage, deux yeux bleus perçants, et une démarche de lion. Mon univers tout entier bascule. Ça va faire deux ans, mais j'ai pourtant toujours cette même réaction. Je me rassieds dans le fond de ma chaise, de peur que mes genoux ne me lâchent. J'ai trop peur de le regarder, parce que putain de merde, je ne pourrais pas survivre à un autre rêve. J'ai les mains moites et mon cœur bat la chamade, tandis qu'il se penche sur la chaise près de la mienne.

Il s'assied. Comme s'il était depuis toujours assis à cet endroit.

– Bonjour, Helena.

– Comment m'as-tu trouvée ? je lui demande.

Il esquisse un sourire.

– Je t'ai vu aux infos, je dis. Tu t'es mis dans de beaux draps.

– Je t'en tiens pour responsable, dit-il.

– Ah ouais ?

– Tu étais la femme de ma vie. J'aurais pu changer, devenir un homme meilleur.

– Devenir un narcissique, je dis, qui accuse les autres des choix qu'il fait.

Il rigole.

– Tu peux partir avec moi maintenant...

Je secoue la tête, mais mon cœur bat furieusement. J'ai failli le faire la dernière fois, pas vrai ? J'ai presque tout abandonné pour m'enfuir avec lui.

Il se lève alors pour s'en aller, notre entrevue étant apparemment terminée. La chaise grince au moment où il la libère et bascule violemment en arrière. Il s'arrête en bas des marches qui mènent à l'allée et se retourne.

– Tu penses qu'ils arriveront à m'attraper ? me demande-t-il.

Je me lève, marche jusqu'à l'extrémité du porche et enroule un bras autour d'une des colonnes. Je baisse les yeux vers lui d'un air sérieux.

– Je pense qu'il le faudrait.

– Tu es la seule à m'avoir toujours dit la vérité, dit-il, en souriant.

Et puis il part. Le gravier crisse sous ses bottes tandis qu'il remonte dans son camion.

– Adieu, Helena.

– C'était qui ? me demande Kit, en se plaçant à mes côtés.

Ses cheveux sont ébouriffés à cause de la sieste qu'il vient de faire, et je lève la main pour les lisser. Mon cœur se serre quand je le touche. Systématiquement. C'était inespéré, mais il est à moi.

– Le gourou des infos dont je t'ai parlé. Celui avec lequel j'ai failli m'enfuir.

– Merde, dit-il. J'ai besoin d'aller chercher le flingue ?

– Nan. Il est venu me dire ce qu'il avait à dire. Maintenant il est parti.

– Et qu'est-ce qu'il t'a dit ?

– Que j'étais la femme de sa vie.

– Je vais chercher le flingue.

Kit s'apprête à retourner dans la maison, mais je le retiens par le bras en rigolant.

– Je suis la femme de *ta* vie, Kit Isley.

Il se penche pour m'embrasser, mais ses yeux sont rivés sur la route que Muslim a empruntée en partant. Ce n'est pas un homme jaloux, mais il est possessif.

– Tu crois qu'ils vont l'attraper ?

Je pense à sa personnalité insaisissable et évasive. À sa faculté de s'adapter et de se sortir de n'importe quelle situation, et je passe mes bras autour de Kit.

– Non. Mais quelqu'un y arrivera.

– Il est temps de se marier, dit Kit.

Je me dégage de son étreinte et fronce le nez.

– Qu'est-ce que... ?

– Tu ne vas pas repousser une année de plus, me dit-il. Pas avec *ce mec* qui essaie de te recruter. On dirait le chef d'une secte pour mannequins anorexiques.

Je me colle de nouveau contre sa poitrine et ferme les yeux.

– Tu es en train de penser à sortir ta boîte de chaussettes, dit-il en déposant un baiser sur le dessus de ma tête.

– Oui. Je crois que chacune d'elles a une moitié et je vais les trouver.

– Ok bébé. Je vais préparer du poisson que j'ai attrapé de mes propres mains pendant que tu caresses tes chaussettes.

Il disparaît à l'intérieur de la maison, mais une minute plus tard il m'envoie un texto. C'est une photo de notre lit. En dessous est écrit : Tu me rejoins, mon amour ? Je rigole et me prends en selfie, parce que je suis heureuse et que c'est une nuit particulière. Avant de rentrer dans la maison, je jette un dernier coup d'œil à la route et me demande où Muslim a l'intention d'aller. Un lion en train de rôder. Et puis j'entends un bruit – quelque chose d'assez lointain – un hélicoptère, peut-être ?

Ra

ta

ta...

REMERCIEMENTS

Je peux clamer que j'emmerde l'amour autant que je veux, pourtant on m'en a tellement donné ces dernières années. Un amour extraordinaire. Assez d'amour pour réparer des parties de moi auxquelles j'avais renoncé. L'année 2015 a démarré très difficilement et cela n'a pas cessé par la suite. J'aimerais remercier toutes les personnes qui m'ont accompagnée, qui ne m'ont jamais lâchée, et qui ont brandi épée et bouclier pour combattre à mes côtés.

Christine Sams, tu es étrange et merveilleuse à la fois, mais surtout d'une gentillesse incroyable malgré les mauvaises petites surprises de la vie que tu as dû affronter. Merci pour ma maison. Ce livre s'adresse vraiment à toi – toi qui aurais dû dire « J'emmerde l'amour » il y a bien longtemps, et qui pourtant continues de croire en la bonté humaine. Les soirées où nous étions bourrées au Benadryl font partie de mes moments préférés. Un jour, nous raconterons à tout le monde ton histoire. Serpentard !

Jenn Sterling, je ne te mens jamais. Sauf quand il m'arrive de le faire. Je t'aime. Gryffindor !

Lyndsay Mattero, on n'a jamais vu pareille amitié se créer à partir d'une situation aussi bordélique. Je ne sais même pas quoi dire. J'ai l'impression que nous avons le pouvoir de transformer n'importe quelle connerie en quelque chose de beau. S'il te plaît, bats-toi du mieux que tu peux pour ce que tu souhaites. Je crois en toi. Gryffindor !

Maman et Papa Capshaw, merci d'avoir gardé mes petits monstres pour que je puisse écrire ce livre. Poufsouffle et Serdaigle !

Nina Gomez, chaque fois que je t'appelle en flippant pour un truc, tu te fous de moi en rigolant. Mais genre en te marrant vraiment. Je connais ton rire par cœur tant tu t'es moquée de moi. Tu abordes les problèmes tel un prophète ninja avec autant de foi que de rage de combattre. C'est grâce à ce rire de prophète ninja que j'ai réussi à croire en moi, et aussi à ta manière de toujours répéter « Ça va aller. Tu es Tarryn Fisher ». Sérieux, quoi. Merci pour ma maison. Et pour te foutre de moi. Serpentard !

Merci à toi, Jennifer Stiltner, pour avoir répondu à toutes mes questions et avoir proposé de m'offrir gracieusement des parties de ton histoire pour alimenter ce livre. Serpentard ! (Oui, inutile de discuter.)

Merci Jaime Eee-what-sue-roo, pour ce SMS nocturne qui m'a envoyée vers Banks. J'avais besoin de Banks. J'avais besoin de toi. Tu es un être humain exceptionnel, Jaime. Je t'aime. Gryffindor !

Kavika, ma tatoueuse, et l'être humain le plus évolué que j'aie jamais rencontré. Cette conversation sur les contrastes, Kavika ! J'attends toujours ton blog. Gryffindor !!

Serena Knautz, mon âme sœur. Nous n'aurons jamais d'animosité l'une envers l'autre et boirons ensemble le sang de nos ennemis. Je vais trop loin ? Gryffindor !

Claire, la fille parfaite pour le job. J'aime ton bon cœur. Gryffindor !

Madison Seidler, pour ton grand cœur et ton altruisme sans faille. Merci d'être toujours disponible pour discuter avec moi et régler mes sérieux problèmes de ponctuation. Tu me fais rire quand tu te moques de moi ; et puis, tu es complètement folle. Serpentard !

MariPili Menchaca, merci pour cette magnifique couverture. Tu étais la personne idéale pour ce boulot. Je pense que tu mérites de vivre le grand amour. Ça viendra. Serdaigle !

Jovana, je t'apprécie vraiment, vraiment beaucoup. Je continue d'attendre que tu m'envoies promener, mais ça n'arrive jamais. Tu es si gentille avec moi. Serdaigle !

Ma licorne, Amy Holloway, qui m'a fait découvrir la ville magique de Port Townsend. Je ne sais pas si PT est magique parce que tu vis là-bas, ou si tu es magique parce que tu vis à PT. Mais, quoi qu'il en soit, tu n'es pas une moldue. Mon âme t'aime si fort, Amy. Serdaigle !!

Lori, tu ne parles pas le Fourchelangue, mais ce n'est pas grave. Langues ! Merci de te battre à mes côtés et d'utiliser ton imagination quand je n'arrive plus à avoir les idées claires. Toute ma vie, j'ai rêvé d'avoir quelqu'un comme toi auprès de moi. Je n'arrive pas à savoir quelle maison t'attribuer, Lori. Je pense peut-être à Gryffondor, mais tu me rappelles un peu de moi. Laissons le Choixpeau magique choisir.

Faut-il encore que je remercie Colleen ? Mon Dieu, je n'en peux plus de remercier Colleen. Merde, elle est tellement géniale, vous savez. Merci, Colleen. Tu as fait de notre amitié une grande aventure. Sale moldue.

Et enfin, Joshua. Qui est resté tout l'hiver. Je t'aime. Gryffindor !

hugonewromance

www.festivalnewromance.fr
www.hugoetcie.fr